U0039183

GOBOOKS & SITAK GROUP ©

戲非戲150

步步生蓮

卷二十二

燒盡紅蓮

月關作品

高寶書版集團

戲非戲 DN150

步步生蓮

卷二十一：燒盡紅蓮

作　　者：月　關
責任編輯：李國祥
出 版 者：英屬維京群島商高寶國際有限公司臺灣分公司
Global Group Holdings, Ltd.
地　　址：臺北市內湖區洲子街88號3樓
網　　址：gobooks.com.tw
電　　話：（02）27992788
E-mail：readers@gobooks.com.tw（讀者服務部）
pr@gobooks.com.tw（公關諮詢部）
電　　傳：出版部（02）27990909　行銷部（02）27993088
郵政劃撥：19394552
戶　　名：英屬維京群島商高寶國際有限公司臺灣分公司
發　　行：希代多媒體書版股份有限公司發行/Printed in Taiwan
初版日期：2011 年 4 月

◎凡本著作任何圖片、文字及其他內容，未經本公司同意授權者，均不得擅自重製、仿製或以其他方法加以侵害，如一經查獲，必定追究到底，絕不寬貸。
◎版權所有　翻印必究◎

國家圖書館出版品預行編目資料

步步生蓮. 卷二十一, 燒盡紅蓮 / 月關著. -- 初版 . -- 臺北市：高寶國際出版：希代多媒體發行, 2011.04
面；　公分. -- (戲非戲；DN150)

ISBN 978-986-185-578-3(平裝)

857.7　　　　100005105

目次

四百九四　授師五州

楊浩回城之後，先去探望了李光岑。或許是因為看到了楊浩心情轉好，又或者是因為開了酒戒，李光岑的氣色變好了許多。楊浩見了李光岑，把趕到夏州後會見各氏族頭領的經過情形與李光岑簡略地彙報了一番，二人關起房門密議許久，直到明月高升，李光岑現出幾分倦意，楊浩才告辭離開。

出了李光岑的故居，只見軒廊陣庭，假山池水，顯得古色古香，這些建築若在江南，只能說是尚顯粗陋，然而在西域莽莽風沙之地，能有這樣的景致，可是十分不易。

李家規模宏大，是按照王府的建制建造的，前後分明，後苑十分寬廣，楊浩沿曲廊繞到一個人工小湖邊，過了那座小橋，就是他的住處了。一到橋邊，月色下但見碧波蕩漾，秀麗的白石小橋凌越水上，那一端與月色泯然一色，如同消失在月色之中，盡顯夜之靜謐。

楊浩舉步正欲登橋，一陣習習風來，他卻猛地站住了腳步，整個身子都凝止在那兒，只有他手中的燈籠隨著慣性仍然輕輕地搖晃著。

他忽然感覺到一陣強大的殺氣，很凌厲，很危險，卻無法摸清它的方向。

曾經，他以為所謂什麼無形殺氣一類的說法都是無稽之談，但是當他的內功修為達到一定的境界，六識變得極為敏銳的時候，他才知道此言不虛。誰說它是無形的東西？以為無形，只是大多數人感覺不到，就像人類的雙耳很難聽得到高頻聲波一樣，一個人內心的殺氣，是可以形諸於外的，內家修為達到極高境界的人，就可以像機警的野獸踏進獵人的伏擊圈時一樣，哪怕牠沒有看到也沒有聽到，但是牠一樣能夠感覺得到。

有刺客！

竟然有刺客！

刺客會在哪裡？橋下？假山後面？樹上？灌木叢中？抑或是利用某些可以混淆耳目的斑斕披帛伏在地上？

他使用的是什麼武器？是銳刀利劍、伏弩強弓，還是細如牛毛的吹針？如果不能確認對方的位置，在這麼近的距離，對方於夜色之中，又是使用依靠機括發射的強弩或肉眼難辨的吹針，楊浩實在沒有把握能避得開。

他就像一尊石雕，靜靜地佇立在那兒，冷汗在不知不覺間沁滿了他的掌心。

有時候，手握十萬大軍，一念間可令千萬人生、千萬人死的梟雄人物，在匹夫面前未必就能占據上風，楊浩萬萬沒有想到在重重警衛之下，居然有人不動聲息地潛入他的府邸，耐心地守候在這裡。

楊浩一動不動，目光徐徐掃過一切可疑的目標，佇立良久，他的耳邊突然聽到細微的兩聲，非常細微，那只是扣指之聲，這兩聲扣指猶如一個訊號，楊浩聞聲轉身便走，把整個後背毫不設防地丟給了橋頭一側，但是他雖做出一副從容不迫的模樣，兩隻耳朵卻警覺地注意著兩側的動靜，手掌也已緊緊地攥住了劍柄。

埋伏在暗處的刺客顯然沒有料到他會做此反應，先是微微一詫，眼見他馬上就要走開，刺客無暇多想，立即叱喝一聲，如一縷輕煙般自橋下翻出，箭一般射向楊浩的背影。

與此同時，楊浩前面也陡然出現了一個人影，速度似乎比那刺客更快，而楊浩眼見那人撲面衝來，居然沒有反擊，眼看著那人箭一般自他頭頂掠過，半空中便鏘然一聲利劍出鞘，堪堪截住衝向楊浩後背的那人。

這明顯是在保護楊浩的侍衛後發先至，掠至刺客面前，截住他的去路，手中劍電光一閃，帶著颯然的風聲便刺向他的面門，那刺客大吃一驚，但他卻不格架，手中劍陡然下沉，反刺向這人小腹，才只一個照面，就似已打定了同歸於盡的主意。

那截住了刺客的黑影身材嬌小玲瓏，動作如同鬼魅，這樣前衝的情形下居然猶有餘力避退，她低喝一聲，身形陡然一閃，堪堪旋過對方刺來的一劍，手中長劍一劃，劃出一個小小的半圓，蕩向那刺客的長劍。

他這一劍本來只是防守，意欲盪開對方的長劍，隨即再猱身而進，重展攻勢，不想雙劍相交，並未發出他預想之中的鏗鏘之聲，反而輕飄飄如未著物，只聽「嚓」的一聲，那刺客手中的兵器已然短了一截。

那侍衛不禁驚咦一聲，站住了身子。兩人交手的工夫說來話長，實則電光火石，只在剎那之間，而這剎那之間，楊浩業已飄身閃到了那刺客後面，一手仍然持著燈籠，另一隻手卻已按住了劍簧，逼住了刺客的退路。

他與那侍衛雖只兩個人，可是憑他兩個人的身手，已足以封住這刺客意欲逃走的一切路線。頃刻間攻守易勢，那刺客反成了網中之魚。

楊浩按劍森然道：「閣下是什麼人，受誰差遣而來？」

那刺客前後看看，訕訕地道：「楊太尉找的好幫手，在下自愧不如。」

楊浩聽她聲音，不由失聲叫道：「竹韻？」

那刺客轉過身來，輕輕拉下面巾，搖一搖手中的「斷劍」，嘆道：「竹韻只是想知道暗中守護著大人的這位高手到底是什麼人，如今知道了，我卻只希望自己不知道才好。」

燈下一照，那人一身夜行勁衣，俏臉如花，正是竹韻，她手中拿的也不是劍，而是一截細細的樹枝，難怪她方才不敢硬接狗兒的一劍。

楊浩苦笑道：「妳如此這般，就為了引出她來？真是胡鬧，如果我剛才真的傷了妳怎麼辦？」

竹韻不服氣地道：「若論武功呢，我或不及大人，也不及大人這位……」她看了看楊浩身邊一身灰衣，頭梳雙丫、姿容俏麗的女孩：「不及這位小妹妹，不過就算你們聯手，想讓我連表明身分的機會都沒有，大人也太小瞧了我吧？」

楊浩搖頭一笑，對身旁的護衛說道：「狗兒，收起劍來。」楊浩初時本以為狗兒是個小男孩，後來再次重逢，見她容顏俏麗，覺得納悶，一問之下才知道原來馬燚是個不折不扣的小姑娘，但狗兒這個頗不文雅的小名卻已是叫慣了。

狗兒嗯了一聲，手腕一翻，利劍鏘然一聲，準確地插入肩後的劍鞘，一雙大眼睛仍是瞪著竹韻，目中不無敵意，顯然對她方才的行為仍然不能釋懷。

竹韻瞄她一眼道：「在蘆嶺州的時候，我就感覺到大人身邊有人暗中護衛，而我卻一直無法發現他的蹤跡，若論潛伏匿蹤的功夫，除了我爹，能在我眼皮底下潛伏起來而不被我發覺的，我還從來沒有遇到過。就算大人您，武功雖比我高明，可若論起這匿蹤的功夫，你也遠不及我，是不是？」

楊浩頷首道：「是，這方面的功夫，我的確不及妳。」

竹韻嘆了口氣道：「你六識敏銳，我想瞞過你卻也殊為不易，這一番，為了引出你身邊這位高手，我著實地費了番功夫，用了閉氣法，才算澈底隱藏了方位。想不到……找不出這位高手時，我固然不服氣，待到引出她來，我卻更受打擊。她才這般年紀，就有如此身手……」

楊浩笑道：「她叫馬燚，是華山陳摶祖師的親傳弟子。」

「華山睡道人？」

竹韻臉上頓時顯現出驚容，她仔細地看看狗兒，不無豔羨之意地道：「原來是華山睡仙的徒弟，想不到輩分尊崇的睡道人偌大年紀，還肯親自授徒。我學的雖也是道家武功，可是比起睡道人的功法來自然要差上許多……」

她的聲音低沉下來，有些落寞地道：「竹韻奉命護衛大人周全，如今大人身邊既有華山睡道人的高徒，想必……以後也不會再用到我了。」

楊浩截口道：「此言差矣，妳們二人各有所長，狗兒……小燚師從一代道家大聖扶搖子前輩，一身藝業武功自然不俗，可若論起閱歷經驗，那又遠不及妳了，本官如今得了夏州，大敗李光睿，正要大展宏圖，我的『飛羽』名為暗諜，實則主要作用僅僅是傳遞訊息，遠遠沒有達到密諜的要求。我正想自飛羽中集結一批精英，打造一支更加高明的密諜隊伍，專司護衛、刺探之要任，想讓妳和小燚分別擔任正副統領，竹韻姑娘何以忽萌去意？」

竹韻有些意外地瞟了楊浩一眼，遲疑道：「我……我是繼嗣堂的人，大人肯用我擔任直屬大人的密諜統領？」

楊浩笑道：「自我離開汴梁回返蘆嶺州的那一路上，竹韻姑娘小心護衛，為我擋下無數明槍暗箭之後，又為我鞍前馬後，立下無數功勳，我早有心想向大郎說一聲，把你們父女二人討要過來，我若開口，相信這個面子，大郎還是會給我的。」

竹韻聽得一陣淒然，楊浩說的不錯，雖然她父女都有一身出神入化的本領，放到江湖上也算是數一數二的高手，可是說到底，她父女只不過是「繼嗣堂」豢養的鷹犬爪牙罷了，出生入死、替人賣命，就是他們的使命。如果有需要，他們隨時可以用來犧牲，如果要把他們送人，尤其是送給楊浩這樣一個對繼嗣堂來說極為重要的扶植對象，繼嗣堂的那些長老們也絕不會猶豫。她，不過是人家手中的一枚棋子，雖然她能掌控許多人的生死，可她的命運，又何嘗不是任人擺布？

她淡淡一笑，情緒更加低落，幽幽地道：「既然如此，大人何必再來問我？如果崔大公子要把我們父女送與大人，我們任人驅策的兩個小卒，又哪有拒絕的本領？」

楊浩笑道：「強扭的瓜不甜，總要妳心甘情願……」

他剛說到這兒，狗兒螓首一側，突然道：「大叔，有人來了！」

只一句話的工夫，楊浩和竹韻也先後聽到了一陣輕盈的腳步聲，楊浩立即道：「閃避一下。」

三人不約而同，躍到了就近的一叢灌木後伏下，狗兒在左，竹韻在右，本能地將楊浩緊緊護在中間，遲疑片刻，狗兒眨眨眼睛，好奇地對楊浩道：「大人，這是咱們府上啊，為什麼要鬼鬼祟祟地躲起來？」

楊浩聽了也是一怔：「是啊，我躲什麼躲？」

竹韻忍俊不禁，嗤的一聲笑，楊浩瞪她一眼道：「還不是妳鬧的，弄得我疑神疑鬼。」

竹韻道：「噓，那人走近了。」

三人這時再要露頭反而不妥，只得噤聲潛伏。

因為那叢灌木並不甚寬，所以三人只得緊緊偎向中間，狗兒年紀尚小，不知男女有別，小時候她還被楊浩抱著在月下漫步呢，雖說如今長了幾歲，偎得他近也自然無比，並不覺有什麼出奇。可竹韻卻已是情竇初開的大姑娘了，與一個男子這般緊緊依偎在一起，大有耳鬢廝磨的味道，一旦靜下來，只能聽到對方淺淺的呼吸，一種前所未有的綺思不禁悄然萌生，由不得她胡思亂想起來。

楊浩知道夜間在內宅這般大模大樣走動的人，不會是什麼外人，所以也未想去看他身分，仍在想著自己的盤算。他想招攬竹韻，確是看重她的本事，狗兒的武功無疑是比竹韻高明的，但是她只適合做一名貼身侍衛，而竹韻則不同，她從小就從事各種刺殺、刺探情報、潛伏追蹤、敵後破壞的伎倆，堪稱特務密諜行業的老祖宗。

刺客、密諜、斥候，從春秋戰國時候起，他們就開始發揮了重大的作用，然而他們只是掌權者凌亂鬆散偶爾為之的一種運用，始終沒有形成一個系統的組織，而楊浩來自後世，卻是深知一個強大有力的特務組織，在兩個對峙的政權之間會有多麼重大的作用。

兩股勢力之間，其中一方的戰略策劃、戰術運用，可以被對方通盤掌握，可以隨時掌握對方的一舉一動，可以在雙方對戰的緊要關頭在敵後進行各種破壞，可以策反他們的將領、刺殺他們的官員，隨時掌握對手的動向，了解對手的虛實……

那麼，特務的作用將不亞於一支強大的軍隊！

當然，除了竹韻本身具有這方面的極深厚造詣外，任命兩個女統領，是因為楊浩希望建立的這個核心密諜組織全部是由女性所組成的。女性的敏感、細膩和耐心，已經越來越被證明在情報戰方面確實先天就具備優於男性的優勢，而且女性一旦樹立忠誠，比男性更不易受到金錢、利祿、色相等外在因素的引誘而叛變。

當然，由女性來組成間諜和保鏢組織之核心，其中也不排除楊浩他自己的惡趣味：KGB的「燕子」、德意志的「茱麗葉」，尤其是格達費上校那支忠心耿耿，女子之嫵媚、軍人之英武兼備的女保鏢軍團，那可是楊浩前世時曾意淫過無數次的夢想，拉風得很吶……

這時，腳步聲在灌木前停下了，三人忙屏住呼息，就聽一個女孩的聲音幽怨地道：「為什麼要給他熬什麼枸杞蔘茸湯啊？李光睿做定難節度使，爹就把姐姐送給了他。如今楊浩眼看又要做定難節度使，爹又想把我送給他。如果……李光岑大人不是病重不起，這定難節度使還要再做幾十年，爹爹是不是也要把我送給他為妾？難道我們女兒家，生下來就是為部落犧牲的？」

她越說越氣，忽然頓足道：「還要我趕著去給他送蔘茸湯喝，沒得教人家看輕了我，我才不去！」

說完，她掀開罐蓋，將一罐蔘茸湯潑向灌木叢後，狗兒和竹韻反應甚快，兩人不約而同地掀起了楊浩的長袍，將自己的腦袋藏了進去。

「嘩……」楊浩背上一熱，一下子被燙醒過來：「似乎……女保鏢也不是那麼忠心耿耿啊……」

爾瑪伊娜潑光了湯，端著空罐子洋洋得意地道：「這不就成了？爹總不會跑去問他湯的滋味怎麼樣吧？嘿嘿……」

爾瑪伊娜一轉身，便向來路走去。

竹韻從楊浩的袍下探出頭來，似笑非笑地瞟著他道：「楊大人雖然少年得意，位高權重，不過……看起來並不是每個女人，都願意跟著你呢。」

楊浩摸摸頭髮，好在那湯沒有直接潑在頭上，他輕輕一搖頭，笑道：「是啊，就算她肯，我也未必就答應。我的身分和她的身分，又豈能視同一般的婚姻？眼下人心未定，我若與細風氏族長之女成為夫妻，那麼拓跋氏的頭人們會不會以為我要重用七氏，抑制李氏？

「七氏之中，其餘六氏，會不會以為我將最為倚重細封氏，不能公平處事，繼而損害到他們的利益？而細風氏會不會恃寵而驕，主動去欺壓其他諸氏，從而給我惹下麻煩？我今已有四位妻妾，都沒有強大的勢力做後盾，如果我真娶了這位細風氏的小公主，那麼她會不會倚仗娘家對我的助力，鬧得家宅不寧？

「西域有數百萬漢人，我做這定難節度使，想要收復自清水盟約之後被吐蕃、回紇諸部占領地區，必然會受到他們的歡迎和擁戴，大大減輕我的阻力，然而一旦與細風氏聯姻，他們還會不會把我看作與他們同祖同宗的漢人？」

竹韻怔道：「好麻煩，怎麼會牽扯上這麼多東西？」

楊浩道：「天地一盤棋，人人是棋子。哪一件事，不是牽一髮而動全局？要不然，妳當我真看不出五了舒大人的意思？在不恰當的時候、不恰當的地位上，娶回一個不恰當的女人，會惹下一身麻煩的。我又不好拂了五了舒大人的好意，不裝傻充愣又能怎麼辦？竹韻姑娘，妳不要以為自己只是一件為人賣命的工具而自怨自艾，其實誰也做不到超然世外，凡事只為自己負責、凡事只由自己作主的。許多事，我也是身不由己啊。」

竹韻嗤笑道：「你何必說的那麼可憐，就算我們一樣是棋子，你還是帥，而我……我只是那枚可憐的過河卒罷了。」

楊浩笑道：「妳不願做那有去無回的過河卒？呵呵，那麼，本帥想提拔妳做那進退自如的守宮士，妳可願意嗎？」

竹韻眼珠轉了轉，眸中漸漸露出一抹笑意：「我聽我爹的，我爹肯，我就肯。」

楊浩輕輕吁出一口氣，微笑道：「女人呵，都是天生的外交家，或許……我的衙門裡，將來可以不止有一個女統領，還可以有一個女鴻臚寺卿……」

*　　*　　*

党項八氏頭人，這數十年來還是頭一次聚集的這麼齊全。

人人都知道，李光岑拖著病重的身軀召開這次大會，必然是要把定難節度使之位公開傳予楊浩，確立他的合法繼承地位，儘管這件事還沒有公開宣布。

除了拓跋氏一脈，其餘七氏早在三年前就已歃血為盟，承認了楊浩的少主地位，今天，党項七氏，乃至楊浩身邊的文武重臣俱都揚眉吐氣，只有拓跋氏的頭人們有些忐忑不安，楊浩一旦確立身分，那麼他不但是党項八氏的共主，正式成為西北王，而且將是拓跋氏党項羌人的直接領導人，其餘七氏的內政事務，他或許還要透過七氏的族長來管理，而拓跋氏各部的領地、族帳規模、甚至各部落頭人的任免，他都可以直接下令。

所以，儘管昨天楊浩已經巡閱各營，對他們進行了一番安撫，然而除了為楊浩攻克夏州立下汗馬功勞的拓跋蒼木父子，其餘的部落頭人們還是有些心中忐忑，只是如今已是大勢所趨，他們除了接受，已經不能改變什麼了。

楊浩對李光岑抱病傳位頗為擔心，以義父如今的病情，他也不希望這個老人繼續以拓跋氏族長的身分操持族務和履行定難節度使之責，可是傳承大位，又不能視若兒戲，必要的典制禮儀還是要的，所以他只能囑咐操辦此事的張浦和拓跋蒼木，要他們盡量簡化步驟，免得義父過於操勞。

所以這場傳位大典操辦得十分簡約，儘管典禮已再三簡化，可是規模仍然宏大。

今天，天氣十分晴朗，初夏的草原美麗而遼闊，無垠的草浪中點綴著星星般的野花，一座座氈帳星羅棋布於草原之上，無數的騎士策馬肅立於城下，按照部落結為一個個方陣。

党項八氏的人馬排成一個個方陣，除拓跋氏外，其餘七氏的部落均在古長城外線，在此的族人不多，所以只是各成一個方陣，而拓跋氏一族的力量就大過其餘七氏的總和，當真是兵強馬壯、虎賁如雲，雖說如今靜州、宥州、綏州及其附近的府縣還在李光睿舊部控制之下，拓跋氏一族的部落還有三分之一未曾趕來向楊浩宣誓效忠，可是城下各部落的方陣也足足有數十個之多。

一身隆重裝束的李光岑高聲宣布傳位予義子楊浩，強撐病軀把那桿犛牛尾的狼頭大纛遞到楊浩手中時，老人已滿頭大汗、臉色赤紅如血。在此當口，楊浩看得心痛，卻不能有什麼表示，只能向隨侍在義父身側的木恩、木魁遞個眼色，他剛一接過大纛，二人便趕緊扶著李光岑，退回白虎交椅上坐下。

楊浩立在城頭，將那桿高大沉重的大纛盡力舉起，往石砌的坑洞中用力一杵，大纛迎風展開，九條犛尾飛舞，「盡統諸將授師五州定難節度使楊浩」的旗號亮了出來，城下所有的武士齊刷刷拔出了肋下的彎刀，數萬柄鋼刀霍然舉起，如一道閃電，剎那的光輝超過了天上的太陽。

「嗚嗚」的號角聲在蒼涼雄壯的古城上響起，各部頭人站在城頭，手撫左胸，向楊浩單膝跪下，宣誓效忠。

「……本帥志存裹革，仕不擇地。繼義父之志，統御西北，唯以保境安民為己任，不打無利於民之仗，不行無益於民之舉，唯西北戎政敝極，警息頻聞，欲政修人和，諸部安樂，尚需吾等上下一心，今日謁我夏州諸部，皆我定難之股肱，願你我眾志成城，共創幸福美好的家園。」

楊浩一番由張浦草擬的就職演說鏗鏘有力，待他朗聲說罷，城上城下轟然應和，聲撼天地。

這一刻，大漠孤煙，碧空萬里，楊浩手扶犛尾狼頭大纛，俯瞰著城下一眼望不到邊的雪亮刀叢，心潮澎湃，他高聲道：「酒來！」

竹韻托著茶盤來到他的身邊，茶盤上放著三碗烈酒，楊浩捧起一碗，面朝城下，高聲道：「這第一碗酒，我敬所有的勇士們，願你我戮力同心，用我們手中的鋼刀，讓這草原永遠美麗、安詳。」

楊浩將一碗烈酒一飲而盡，城下無數的草原男兒見大帥這般豪爽，轟然叫好，他們雖無酒碗，但草原男兒嗜酒如命，誰的腰間不帶著酒囊？只聽「嚓嚓嚓」一陣怵人的鋼刀入鞘聲響，戰士們紛紛取下腰間的酒囊，舉在手中，高聲喝道：「甘為大帥效死！甘為大帥效死！甘為大帥效死！」

三聲高呼，勇士們便開懷痛飲起來。楊浩放下酒碗，一抹嘴角酒漬，又痛快地端起一碗，竹韻撇撇嘴，小聲地道：「拿白開水糊弄人，還一副豪氣干雲的模樣。」

楊浩瞪了她一眼，轉身又向七氏族長及各部落頭人們慨然道：「這第二碗酒，本帥敬各位族長、頭人。願本帥與諸位從此如兄弟手足，同榮共辱！」

族長、頭人們紛紛自案後起身，捧起牛角杯，高聲敬酒道：「我等願同心戮力，扶保大帥，天地神祇，共知我志。有負此誓，使身體屠裂，同於牲畜。」說罷，眾人將杯中酒一飲而盡。

「這第三碗酒，我敬義父！浩只希望義父能身體安康，親眼看我……」

楊浩捧起第三碗酒，回身看向端坐虎皮交椅上的李光岑，忽然發現他雖面帶微笑，二目微睜，正定定地凝視著自己，但是眼中的神采卻已消失不見，楊浩臉色一變，踏近兩步，顫聲道：「義父……」

李光岑仍然靜靜地坐在椅上一動不動，一陣風來，吹著他頷下的鬍鬚瑟瑟抖動，楊浩遲疑著將目光投向侍立在虎皮交椅兩側的木恩、木魁，兩人臉上熱淚縱橫，強抑著一直沒有發出哭聲，這時見楊浩向他們望來，兩人輕輕點了點頭，突然一起跪倒，伏地大哭。

楊浩雙手一顫，不由倒退三步，手中的酒碗「啪」的一聲摔在地上，跌得粉碎……

四百九五　桃花依舊

號角長鳴，聲音在遼闊的草原上遠遠傳開，片刻的工夫，方才還廝殺成一團的戰士便迅速回歸本隊，形成了兩個齊整的隊伍。兩個方陣，各三千人，都騎在雄駿無比的戰馬上，左邊一隊人馬甲冑鮮明，鞍韉齊備，左手刀右手盾，背挎一品弓，刀盾相擊，用沉雷一般的聲音向肅立在軍旗下的楊浩致以敬意。

右邊一隊人馬，使的都是紅纓長槍，腰佩短刀，肩上也斜挎著角弓箭囊，手中的長槍鵝卵粗的槍桿，長約一丈有八，精鋼打造的近一尺半長的槍刃，寒光熠熠，殺氣騰騰，他們亦高舉長槍，向楊浩山呼三聲。

楊浩箭袖輕衣，銀冠束髮，騎在一匹紅馬上，肅立在獵獵生風的大旗下，脣上兩撇微髭，目光銳利，氣度威嚴，見到這兩支人馬訓練有素，他嚴肅的臉龐上才微微露出一絲笑意，向木恩和艾義海兩員帶兵將領讚許地點了點頭，一撥馬首，說道：「走，咱們去琉璃廠看看。」

策馬馳出校場，楊浩對張浦道：「很好，种放與楊繼業都是帥才啊，會用兵固然了不起，可是會練兵的一樣了不起。我這蘆嶺州講武堂成立的還不錯吧？由种放任主師教授，楊繼業為輔師教授，練成的兵再調到這邊來，交給木恩、木魁和艾義海他們在實戰中予以鍛鍊，小經幾戰，便有如此威勢，不亞於一支百戰精兵啊，尤其是自講武堂中出來的人，在戰陣中稍經磨礪，就可以擔任將校，如此一來，我們擴招的兵馬才不會空有人數，卻成為一群烏合之眾啊。」

張浦笑道：「大帥說的是，自講武堂教出來的人，連卑職也有些驚訝，其中許多人至少已具備了低階將校的才幹，只是少了一些戰場上的經驗，而且自大帥設立的講武堂中教出來的勇士，都是大帥的門生，可以避免軍中派系滋生，形成一個個互相勾結照拂的小團體，呵呵，大帥這一點，想必是偷師於趙官家的主意吧？」

楊浩大笑道：「人家有好東西，咱們為什麼不拿來一用？」說罷策馬一鞭，飛馳而去，張浦帶著幾十名侍衛，立即緊隨其後，讓駿馬放開四蹄，踏著風奔馳在草原上。

自楊浩兼任橫山節度使、定難節度使以來，已經兩年過去了。兩年的時間，楊浩休養生息，屯田練兵，開設工廠，發展商業，設立學堂，儲備文武，又大興水利，為農耕和畜牧提供種種便利條件，兩年的時間，他的領地日新月異，已發生了翻天覆地的變化。

這變化不止是武力的強大和經濟實力的急劇發展，更重要的是他爭取到了民心，他已經占領的土地，所有的百姓不管信不信佛的，都已把他視作了甘霖普降的岡金貢保、活佛轉世，憑著楊浩現在的莫大威望，和佛教界對他不遺餘力的支持，他的戶籍制度和司法制度已經建立下來，如今正著手建立常備軍，這是把武力從各個部落收回的第一步。

如今，楊浩麾下已建立了常備軍飛龍、飛虎、飛豹、飛狼、飛鷹、飛馬六支軍隊，這六支軍隊是從部族勇士和原來各有派系出身的軍隊中擇其精銳，打散混編，重新編組，完全掌握在自己手中的。同時，他在蘆嶺州設立講武堂，由种放以將校標準進行培養，楊繼業等將領也不定期地到講武堂將自己一身韜略和戰陣經驗傾囊相授，教出來的學生再打散了編入已成常備軍的各個行列，從基層幹起，在他麾下最強大的武力，如今已被他完全消化吸收了。

李光睿原來所統治的領地，本來還有綏州、靜州、宥州三地及其相鄰地區，掌握在李光睿殘部手中，楊浩採用蠶食、排擠、拉攏、分化等非戰手段，已經迫使靜州和宥州內部兵變，改換門庭投到了他的麾下，至於綏州，其外圍也已被折御勳和楊繼業逐步侵蝕，完全吞沒。

如今綏州只剩下一座孤城，簡直是吹口氣都會倒，楊浩之所以還留著它不動，只因為綏州刺史明明身陷絕境，連兵都快養不起了，卻仍堅決不降，綏州地處外圍，楊浩現在還不想和趙光義撕破臉面，為了如今只是一塊雞肋之地的綏州，不值得。

不出楊浩所料，綏州刺史李十二，原綏州刺史李丕祿的兒子沒有活過十二歲，楊浩當初之所以如此斷言，是因為自五代以來，亂世之中，絕無一個少年人能坐得穩他的位子，就算他手下掌握重兵的大將本人沒有野心，這些將領的屬官們也不會甘心服從於一個無知少年。自己的主帥再升一步，他們的地位也會水漲船高，何樂而不為？

李十二去年「病」死了，就在離他生日還有七天的時候「暴病」身亡，如今的綏州刺史名不見經傳，據說是李丕祿的一個堂弟，叫李丕壽，楊浩向李氏嫡系族人打聽，綏州刺史李丕祿確實有這麼個堂弟，因自幼多病，所以習文而不武，為人低調，因是李丕祿至親，又確有一身學問，所以在綏州任長史之職。

楊浩料想此人必是一個傀儡，真正掌握綏州權力的，應該是一員武將，可是綏州草木皆兵，進出皆十分嚴密，上層人物更是很少再公開露面，所以始終無法掌握綏州的真正動靜，不過如今的綏州，已經不看在他的眼裡，所以也未對那處投以太多的關注。

楊浩麾下，如今文臣有張浦、蕭儼、徐鉉、丁承宗、林朋羽、范思棋、秦江、盧雨軒、席初雲，武將有楊繼業、种放、木恩、木魁、艾義海、李華庭、何必寧、拓跋昊風、李繼談、張崇巍、柯鎮惡，還有新近投靠的大批文武之士。

而他的密諜隊伍「飛羽」與冬兒親手訓練的「火鳳」合併，現在也劃分出了更加細緻的功能。內城警衛力量由冬兒掌握，密諜由唐焰焰掌握，竹韻和狗兒則負責「火鳳」

最核心的部分，直接對他負責，可謂是人盡其用，人才濟濟了。

戰馬馳騁，遙遙一騎飛馳而來，馬上一人一身青衣勁裝、笠紗蒙面，楊浩一見便知是馬燚到了。

狗兒到了楊浩身邊，一個輕快的撥馬轉身，與他並轡而行，脆聲說道：「大叔，剛剛收到的消息，吐蕃尚波千部、大石族、小石族、安家族、延家族正進行會盟，指責大叔派兵南侵西進，搶占他們的領地，他們還拿出清水盟約來做為憑證，尚波千、禿逋、王泥豬等吐蕃部首領已聯手派出使者赴汴梁，請宋帝為他們主持公道呢。」

楊浩聞言失笑道：「他們打仗不行，吵架看來也不在行。想求趙光義主持公道，只管去向他哭訴就好了，好端端地何必扯出來《清水盟約》？趙光義做的是大宋的皇帝，不是大唐的皇帝，那些領土是軟弱無能的唐德宗李適割讓給他們的，他們把《清水盟約》搬出來，趙光義若肯給他們撐腰，那不是掌他自己的嘴嗎？」

狗兒抿嘴一笑，薄薄黑紗下，皮膚白皙如雪，若隱若現兩個酒窩，說不出的迷人：「大叔可不要這麼自信啊。趙光義不肯明著替他們出頭，未必就不肯暗中援助他們，扯大叔的後腿。」

楊浩若有所思地道：「嗯，不無可能。這幾次與他們發生衝突，我軍小有斬獲，俘獲的軍械製作精良，規格統一，雖無宋國的鈐印鐫鑄於上，可是憑他們這些部落，那是萬萬製造不出來的。還有他們的軍糧，竟有大批米麥，這可不是他們慣食的牛羊和青稞，沒準……」

楊浩扭頭道：「狗兒……」

狗兒螓首微歪，雖有黑紗遮面，仍可感覺出她向楊浩扮了個鬼臉：「大叔放心，竹韻姐姐已經親赴秦州查探虛實去了。」

楊浩點了點頭，又對一側的張浦吩咐道：「那些地方，趙官家收不了，難道還不讓我收嗎？不過……我眼下的目標是往西，暫時不宜與趙官家較勁，咱們還是收斂些好了。向南的行動暫緩，然而也不能讓他們清閒了，讓赤邦松和羅丹兩大部落去對付他們好了，糧秣軍械，有什麼需要，儘管滿足他們。」

張浦點頭應是。

*　　*　　*

琉璃廠設在夏州城外十餘里地處的一片地方，占地寬廣，猶如一個農莊，是星羅棋布於夏州周圍的眾多工場中的一個。一路行來，羊群像一片片白雲，牛隻則哞哞地歡叫著，三五個牧人，在牧羊犬的幫助下，便能照料一大片牛羊。

看到楊大帥自前方的軍營裡歸來，熱情的牧民用歡歌和舞蹈邀請他停一停馬足，到帳篷裡稍坐歇息。楊浩拗不過他們的好意，與張浦、狗兒下了馬，到了一個老牧人的帳篷裡，眼看就快到飯晌了，氈帳的女主人正在侍弄飲食，一見自己的男人把楊大帥給請了來，忙歡天喜地地把鮮美的手扒羊肉、烤羊腿、青稞酒、奶皮子呈上來。

楊浩與氈帳主人對坐暢飲一番，揀了幾樣東西填填肚子。

夏州附近的草原是十分肥美的，雖說這裡往北去已接近毛烏素沙漠，夏州城也有漸趨沙漠化的模樣，可是因為選擇的這處建城地點是依著幾條黃河支流，所以沙漠至此而止，這裡儼然就是一片綠洲。四面的山脈，遮住了寒冷的氣流，使得土地膏腴，牧草肥美。河套地區青青的草原是天然的牧場，引水灌溉，則立成肥田，可謂宜耕宜牧。

楊浩這兩年興修水利，鼓勵工商，這裡的百姓是最直接的受益者，家境立刻顯得富足起來，而且學著漢人在帳前屋後種植糧粟、蔬菜、瓜果，時不時地還可以騎上馬去打打獵，打些黃牛、野鹿一類的野味，日子真是過得愜意無比。

楊浩和張浦捱不過主人的好意，各自飲了三碗青稞酒，又吃了幾塊肥美的手扒羊肉，這才告辭離開，趕往琉璃廠。

這間琉璃廠是大食國商人伊本‧艾比‧塔利卜投資興建的，叫琉璃廠，只是適應本地叫法的習慣，實際這家作坊生產的可不是琉璃，而是玻璃。中原製作的琉璃是不透明的，而且輕脆易碎，西方傳來的玻璃窗能耐高溫，可以做飲食器皿，而且晶瑩剔透，如水晶般璀璨，再加上自西方一路運來，輾轉萬里，磕磕碰碰，所以能完整運到中原的玻璃製品都是價比黃金的貴重商品。

本來楊浩還沒有想到這個東西，而是塔利卜獻寶似地拿了一匣玻璃杯來送給楊浩，這樣極佳品質的玻璃杯，價值萬金，塔利卜這一路送過來，還沒有一位大人不見之欣喜的，可是楊浩……楊浩是打哪兒來的？玻璃這東西，實在很難教他看進眼去。

不過他也知道這玻璃是如何珍貴，更知道將來人類的科技文化知識不斷發展的進程之中，玻璃會產生多麼重要的作用，頓時就起了覬覦之意，軟磨硬泡的，只想要這玻璃製作之法。

塔利卜自然更明白這東西的貴重，哪肯輕易把它的製作方法說出來，不過他想發展西域自中原的商路，甚至想壟斷幾樁最獲利益的商品獨銷權，萬萬離不開楊浩的支持，而楊浩如今的勢力擴張已經讓崔大郎大獲其利，對楊浩他是不遺餘力地支持，便也幫著楊浩說項。

最後，還是楊浩簽署正式公文，答應這琉璃廠建成之後，由塔利卜獨家經營十五年，此後楊浩才可以據此技術和工人，進行官家生產，塔利卜這才重金邀請了幾位西方玻璃匠人來到此處建廠。由此，中國第一部專利法，便也順理成章地在楊浩手中完成了。

楊浩趕到琉璃廠，正在此處的崔大郎、妙妙和大食國商人塔利卜聞訊忙迎了出來。

「官人。」

一見楊浩，妙妙便歡喜地叫了一聲，妙妙身穿一襲緋色的圓領官衣，腰束玉帶，頭頂垂耳帕頭官帽，若不是宜喜宜嗔的模樣，修長苗條的身段，顯得脂粉氣太濃，儼然就是一位風流俊俏的小公子。

楊浩掩脣咳嗽一聲，妙妙忙斂了歡喜的笑容，規規矩矩地向他兜頭一揖，拉著長音道：「下官林音韶，見過節帥。」

「咳，免禮，平身。」

一見夫妻倆正經八百的模樣，狗兒忍俊不禁，「噗嗤」一聲笑，趕緊把臉扭到了一邊。

妙妙如今可不是像在銀州時候一般，以楊浩妾室的身分代他打理一些工商事務了。她如今已是節帥府專門負責工商方面的一位正式官員。哪個朝廷都有女官，可女官向來只在宮中負責尚宮局、尚儀局、尚服局、尚食局、尚寢局、尚功局等一應宮中事務，從來沒有女官拋頭露面，處理外界政務的，然而楊浩卻開了這個先例。

如今不但妙妙有正式的官職，他的四房妻妾都有正式的官職，包括穆青漩、丁玉落、甜酒，都擔負著一定的正式職務，在下屬的各司衙門裡，也或多或少地穿插了一些女官。

楊浩起用女官，最初所受的阻力，不亞於他推行戶籍制度和司法權的收回。不過西北地區諸族聚居，清規戒律並不如何森嚴，此時的儒家弟子也沒有後來那麼多迂腐泥古的臭毛病，經過一段時間的推行，反對者發現並沒有因此鬧得風化大傷、家庭破裂、醜聞重重，反對的聲浪這才漸漸平息。

再加上楊浩用人任官總不能用些大字不識的，而識文斷字有文采的大多都是豪門世家、頭人貴族家庭的女子，此時中原的男女大防也沒到了後世草木皆兵的地步，女人也擁有相當大的社會地位，西北地區的貴小姐們更不用說了，她們得以起身，來自上流社會的阻力更為削弱，這樣一來，自上而下，把女人從政做官視若牝雞司晨有悖天理的說教者就更沒了市場。

楊浩與妙妙以上下官員的身分正式見了禮，這才轉向塔利卜，笑道：「塔利卜先生，聽說第一批玻璃器皿已經燒製出來了？」

塔利卜笑逐顏開地道：「不錯，樣品非常成功，所以我和大郎才急著請大人來看一看，大人，請。」

楊浩隨著他們走進作坊，只見案上放著已經燒製成功的一些玻璃器皿，棚上懸掛著綵燈彩燭，映得那晶瑩剔透的各色器具璀璨奪目、絢麗多姿，楊浩見慣了玻璃，根本沒往心裡去，可是張浦、狗兒等人卻像剛剛走進來時的妙妙一樣，看得目瞪口呆，瞧著那一件件珍逾美玉的器皿愛不釋手。

「好極了，就這一案的器皿，就能賣上一大筆錢吶，呵呵，塔利卜先生可以加緊製造，透過大郎的商路管道賣到上京、汴梁去，賣到南詔、大理去，還可以賣到日本、呂宋去，本官在這裡先祝你財源滾滾啦。」

塔利卜撅著大鬍子，笑得眼睛都瞇成了一道縫：「承大帥吉言，承大帥吉言。」

妙妙美目一瞟，在一旁接口道：「大帥，方才塔利卜先生正與奴……下官商量，希望能在稅賦上再多予他些優惠呢。」

「是啊，是啊。」塔利卜忙道：「大帥，我這琉璃廠的稅賦是最高的，咱們是老朋友啦，我又是受您楊大帥之邀，才費盡周折，聘請了名師，在此設廠，大帥是不是應該給我些優惠才是？」

楊浩拿起一只造型別緻的酒杯，一邊端詳，一邊笑吟吟地搖頭：「塔利卜先生，我的稅賦雖然收的很高，可是你的盈利，也高得離譜啊。而且，這些玻璃的本錢，可比你不遠萬里從貴國運來要低得多了。呵呵，珠寶玉器、首飾頭面一類的商品，稅賦定的是最高的一檔，這是本官定下的稅法，本官豈能不帶頭遵守？」

塔利卜的臉剛垮下來，楊浩忽然放下酒杯，回首說道：「嗳，不過呢……誰也不會怕錢多了咬手，我知道塔利卜先生的生意做的很大，絕不只是這琉璃廠一途。有些方面的稅賦是可以商量的，甚至……本官還可以免稅。」

塔利卜精神一振，崔大郎在一旁也兩眼放光，商人逐利而動，一聽有些商品可以免稅，他們怎能不動心？

塔利卜趕緊問道：「大人請說，什麼商品可以免稅的？」

楊浩轉身面對著他，又睨了一臉期待的崔大郎一眼，說道：「人。」

塔利卜一呆，奇道：「人？」

楊浩笑道：「不錯，人。你看啊，我這西北，是地廣人稀，現在工商農牧，百業初興，最缺的就是人手。我見塔利卜每回販賣貨物，常使黑奴往來，不若……你販些黑奴過來，如何？」

塔利卜一聽大為意動，大規模的販賣黑奴是從十五世紀開始的，當時雖然也有黑奴買賣，但是新大陸還沒有開闢，歐洲的那些大公國本身就沒有多少土地，也用不到多少奴隸，所以還沒有形成風氣，如果楊浩這裡需要大量人手，只要有利可圖，這個生意自然是可以做的。

塔利卜想了想，覺得十分合算，他的生意做的十分繁雜，雖說在這裡只有他一個人，但是在家鄉，他有一個龐大的家族，經營著各種各樣的生意，不斷地開拓著商路，擴大著家族的勢力，販賣奴隸，本來就是一本萬利的買賣，再加上楊浩若不收稅，那更是一條賺錢的路子。

塔利卜捋著大鬍子沉吟許久，一邊點頭一邊自言自語：「唔……我看可行，可行……啊！大人既然要的只是人力，那麼應該不只限於黑奴吧？白奴……也可以嗎？」

楊浩一怔，詫異地道：「白奴？」

塔利卜道：「不錯，我們大食與波斯帝國、大秦帝國經常發生戰爭。」

他呵呵地笑起來：「波斯和大秦經過五百年的戰爭，國力正在衰落，和我們的戰爭中，他們經常落敗，被我們俘獲大批的俘虜，那些貴族，會被他們的家人重金贖回去，可普通的士兵下場就淒慘多了，與其把他們殺掉，做為肥沃土壤的肥料，我想大人您……對他們會有興趣的。」

楊浩聽了有些好笑：「弄一些金髮碧眼的白種人做奴隸嗎？」

轉念一想，卻又怦然心動：那些戰俘可是各行各業，什麼樣的人才都有，造紙術就是唐朝與黑衣大食在怛羅斯戰役中失敗後，被大食人把大唐戰俘帶回了撒馬爾罕，而這些戰俘中就有長於造紙術的工匠，從而使造紙術傳遍西方的。同樣的，這些西方人中自也不乏能工巧匠、各個方面的人才，他們的到來，豈只是帶來了勞動力，而且會帶來大量的西方文化和科技知識，澈底地融入我們的文化，對我們的發展產生有益的補充，尤其是思想方面的融合……」

楊浩只略一沉思，便很痛快地點頭道：「好，不管黑奴、白奴，我都要，而且完全免稅。」

塔利卜大喜，連忙躬身道：「多謝大人的慷慨，我會盡快派人回去通知我的家族，盡可能將您所需要的健康、強壯、吃苦耐勞的奴隸運來。」

題內損失題外補，有了這條財路，塔利卜對玻璃生產徵收的高稅也不那麼計較了。

*　　*　　*

離開琉璃廠的時候，崔大郎也跟了出來，乘馬與他一同返城。

剛一上馬，狗兒便道：「大叔，咱們幹嘛要花錢買些金髮碧眼的番鬼啊？看起來好嚇人的。」

楊浩失笑道：「有什麼嚇人的？我覺得挺好看的啊。」

崔大郎按捺不住地道：「如今大帥兵強馬壯，隨時可以向西打通西域商道，那才是財源滾滾吶，奴隸交易和玻璃生產與之相比又算得了什麼呢？中原的茶葉、絲綢、瓷器，鏡子……西方的藥材、香料、鑌鐵、寶馬……然而現在不成啊，幾乎每過一地，都是據地稱王的一方豪強，都要繳納極高的稅賦，沿途還要自備強大的護送隊伍，一批貨物近六成的利潤，就這樣消耗掉了，要不然，大人想把這裡打造成西域江南又有何難？」

此地離城已然不遠，楊浩緩轡而行，微笑著說道：「大郎此言差矣，其實我早就想兵進西域，把河西走廊和瓜、沙、甘、涼諸州澈底拿到手，這方面的武力準備也已經做好，可是，占領它容易，澈底把它據為己有卻大不容易。不把它澈底據為己有，又如何做到你說的保證財源滾滾呢？

「要把它澈底占為己有，那麼武力征服之後，就要駐軍控制，移民實邊，兩者互輔，才算是真正地征服了那裡，否則西域商路不可能長久暢通。可是，駐軍控制移，移民實邊難吶，我這地方，本來就地廣人稀，青壯勞力少得可憐，如今工商農牧四業一齊發展，現在看著是蒸蒸日上、百業俱興了，可再發展下去，那就處處缺人，嚴重限制進一步發展了，哪裡還有閒人移去駐邊？而且故土難離，如非得已，誰肯移民？」

楊浩接著道：「西域有數百萬漢人，可是分散開來，卻是百里難見人煙，弄些人來，才能增加這裡的生氣，這些來自遙遠異國的人，今後習我漢文、穿我漢服、說我漢話，百年之後，就是不折不扣的漢人，無論是對現在還是對將來，這不正是立足長遠的大利潤嗎？」

崔大郎幡然若悟……

到了夏州城，崔大郎告辭回了他的住處，楊浩逕回節帥府，把馬交給狗兒，獨自行往後院，剛剛走過月亮門，就見姆依可挎著一個食盒走向西跨院，忙喚住她，詫異地道：「月兒，這是給誰送餐，府上來了客人？」

姆依可扭頭一看是自家老爺回來了，忙蹲身施禮道：「奴婢見過老爺，府上沒有來客，奴婢是給蓮覺居士送飯。」

蓮覺居士就是周女英的法號，如今楊浩四房妻妾自然知道她與楊浩的關係，不過對府中下人也是一概瞞著的，她在西院自有一個住處用作修行。平素她雖與冬兒她們常在一起，夜晚卻是「獨宿」於彼的。

楊浩一聽忙問道：「蓮覺居士身體不適嗎？怎麼不與大娘一起用餐？」

姆依可道：「蓮覺居士閉關了，所以需要奴婢把飯菜送到居士的修行之所。」

楊浩窒了一窒，擺擺手讓她離開，姆依可好奇地看了他一眼，挎起食盒走了。

楊浩站在原地發噱：「又要閉關？女英還真……真能生啊……」

女英去年已為他生下一個女兒，當時也是遁詞閉關修行，本來想孩子生下來就先充作冬兒所生，可是冬兒偏偏那時又有了身孕，便要娃娃喬扮懷孕，女英一朝分娩之後，對外就說是吳娃兒所生。女英喜歡孩子，冬兒公事繁忙，雪兒就是她一手帶大的，這親生女兒雖假託了別人是生母，卻也仍然由她帶著。想不到冬兒眼看就要瓜熟蒂落，分娩在即，女英居然像跟她比賽似的，又有了身孕。

多子多孫，自然是好事，可是娃娃和妙妙到現在肚子還平坦如昔，女英這一有孕，只怕那兩個小妖精又要死纏住自己不放了。

女英既然有孕，楊浩自然不能置若罔聞，女人本來就是敏感動物，何況是這個時候，若是怠慢了些，怕是要讓她以為自己對她有所冷落。楊浩略一思忖，便向西邊拐去。

繞過一叢假山花樹，剛要踏上長廊，一個頭梳雙角丫，穿著小花襖，生得粉妝玉琢的小丫頭忽然向他跑來：「爹爹回來了，爹爹抱。」

楊浩抬頭一看，不由喜上眉梢，這小丫頭正是他的愛女雪兒。

「來，爹爹抱抱。」

楊浩剛剛蹲下身子，一隻通體雪白的小狼已一溜煙竄到了他的面前。

「去去，大笨狗，走開啦，不要搶我爹爹！」雪兒瞪起杏眼，對唐焰焰拾回來的那隻狼中之王，她眼中的大笨狗一陣拳打腳踢，打得小白狼抱頭鼠竄，躲出老遠，才委屈地嗚嗚兩聲，用一雙幽怨的狼眼瞟著牠的小主人。

雪兒根本沒理牠，已換了一副甜甜笑靨，向自己的爹爹張開了小手。

楊浩俯身將女兒抱起，這一抱忽地發覺她的褲子溼了，不禁羞羞臉道：「小丫頭，都這麼大了還尿褲子，羞不羞？」

雪兒理直氣壯地道：「這不是我尿的，是妹妹尿的，我哄她玩，她就尿到我身上了。」

楊浩抱起雪兒往前走，小白狼又蹭地一下竄過來，貼著他的腿，拖著一條直挺挺的尾巴，亦步亦趨地跟著他走。楊浩笑道：「是嗎？妹妹這麼不乖呀？好，等一會兒爹爹打她的小屁股，好好教訓她一頓。」

雪兒一聽咯咯地笑，快樂地道：「我就知道爹爹會這麼說，我已經替爹爹打過了，哈哈哈……」

楊浩聽了哭笑不得，瞪她一眼道：「臭丫頭，不學妳娘那般溫柔善良，偏學妳三娘、四娘的狡詐機靈。我不是說過，不許妳單獨帶著小狼玩耍嗎？怎麼沒有人陪著？是不是也要討打啊？」

雪兒得意地道：「我才沒有一個人玩，我有姨姨陪我啊。」

楊浩隨口問道：「是妳二姨娘還是三姨娘啊？她們今天怎麼這麼閒？」

雪兒把頭搖得跟撥浪鼓似的，奶聲奶氣地道：「不是二姨娘，也不是三姨娘。」

楊浩笑道：「小丫頭，撒謊露餡了吧？嘿嘿，妳四姨娘如今正在城外呢，來，讓爹爹拿鬍子扎扎妳的小臉蛋當懲罰。」

雪兒用小手推著他的下巴，咯咯地笑：「人家才沒撒謊，這是雪兒剛認識的一個姨娘，喏，爹爹你瞧……」

雪兒用手向水上亭中一指，楊浩一抬頭，瞧見那亭中人，不由停住了腳步。

碧水紅亭，翠蘿垂蔓，柔軟的枝條在風中輕輕婆娑起舞，亭中籐蘿之下，俏生生地立著一位姑娘，穿著一身玄色衣衫，腰紮一條青色的帶子，上懸一口短劍，腳上一雙鹿皮小蠻靴，英姿颯爽，宛若神仙中人，那雙秋水般的眼睛正投注在他的身上。

楊浩一時間呆住了，折御勳時常到夏州來，可是折子渝卻已很久不見她的芳顏了。想不到，今天竟會遇到她。她已經出落成一個真正的大姑娘了，昔日那尚帶著幾分稚氣的面孔，如今已是秀雅嫵媚，嬌麗不可方物。

小白狼見男主人停下了，便殷勤地繞著他打起轉來，時不時地用狼鼻子嗅來嗅去，楊浩只是定定地看著亭中俏立的折子渝，過了半晌，忽然踢了一腳，喝道：「閃一邊去！」

小白狼熱臉貼了冷屁股，剛挨了小主人一頓粉拳，又挨了男主人一腳，於是很受傷地嗚嗚叫著逃去找牠的女主人了。

折子渝站在亭中，看著身形頎長，日漸雄壯，虎目有光，日益成熟的楊浩，心中也是心潮起伏，但她面上卻是竭力保持著風度，盡力地矜持著，不讓自己內心的情感呈露於外，可是忽見楊浩這個頓失節帥風範的動作，卻忍不住「噗嗤」一聲笑了出來。

楊浩並沒有忘記她，可他也不知道這段感情該如何繼續下去。這兩年來，軍務、政事、文事、宗教、農工商牧，乃至外交，太多太多的事需要他去策劃、決定、推行，他沒有時間去想一些不願遺忘，卻又無法面對的事情，他只能把某些人、某些事，深深埋在心底，藏在他塵封的記憶裡。

現在，當那深藏心底的人突然出現在面前，往事歷歷在目，他才忽然發現，不管時間過去了多久，不管他經歷了多少、成熟了多少，身分地位又是發生了怎樣天翻地覆的變化，然而有些事沒有變，也沒有忘。

折子渝忽然的一笑，楊浩才發現，現在的他，和當年在程世雄府上看著那個葡萄架下笑顏如花的玄衣小姑娘時，並沒有什麼不同。

而她呢？

桃花依舊，滿眼春風……

四百九六　交鋒

折子渝對楊浩淺淺一笑道：「雪兒聰明伶俐，可愛的很。」

楊浩笑道：「呵呵，聰明伶俐嗎？這丫頭跟娃娃和妙妙學的一身古靈精怪，教人頭痛得很呢，妳要是熟了就知道她有多難纏了。」

說著，兩人已很自然地走了個並肩，眼下這情形，他自然是不方便再趕去養心堂了，便陪著子渝往後院裡走：「今天……怎麼肯來夏州？」

折子渝瞥了他一眼道：「怎麼？不歡迎嗎？」

楊浩脫口說道：「怎麼會不歡迎，我恨不得妳肯長住夏州才好。」

折子渝笑了笑，抿著嘴脣不說話，楊浩自知失言，只得沉默下來，一雙眼睛卻偷偷地打量著子渝。

當年廣原初遇的及笄少女，如今已出落成一個雙十年華的大姑娘了。人常說，美人如玉。年至雙十，正是美玉芳齡。少女時候的她，還是一塊未經雕琢的璞玉，欠缺了幾分成熟的韻味，少了幾分人生的閱歷，這幾年下來，她已是潤於內、澤於外，剖去石璞的一方美玉了。

然而在這個時代，年近雙十的女子，已鮮有尚未婚嫁的，就算她自己不介意，也難免要承受家人的嘮叨、旁人的指點，壓力之重可想而知。楊浩知道她是為誰磋砣了歲月，可是曾經的爭吵和衝突他至今記憶猶新，哪怕他如今稱霸西北，在折子渝面前，他始終沒有那樣的勇氣，霸道的勇氣。

折子渝看著腳下的小路，忽然道：「早聽說，在你的治理之下，這一方土地已變得十分富饒，百業興盛，大有西域江南之風範。這一路行來，所見所聞，當真不假。我折子渝少有服人的時候，如今……卻是真的很佩服你。」

楊浩也微笑起來：「能得妳誇獎一聲，當真是不容易。不過認真說起來，其實我也沒有什麼點鐵成金的本事，我所做的許多事，不是別人做不了、想不出，而是他不肯去做。今日我去做了，顯得我很是英明，如果當日取代李光睿的不是我楊浩，而是張浩、李浩……只要他肯與麟、府息兵戈，修水利，興工商，扶農牧，重文教，一樣可以取得這樣的成就……」

折子渝莞爾道：「可惜……沒有如果一說，所以，你這西北大帥、岡金貢保的聲名，便也如日中天，再也無人能搶得去了。」

這時前邊花苑之中忽然傳出一陣笑鬧聲，只聽一個女子聲音道：「啊！這就是海東青嗎？好雄駿的鷹，難怪人家說，十萬隻雄鷹中才能出一隻海東青，把牠尊為萬鷹之神呢，真的是太漂亮了！」

一個男子聲音得意地道：「那當然，葉之璇從女真那兒一共才弄回來五隻，每隻都是價值千金，我加了雙倍的價錢，又向他說盡好話，這才討來一隻。妳瞧，這隻海東青的爪子是純白色的，這種海冬青叫『玉爪』，是海東青裡的極品。伊娜，妳既然喜歡，我就把牠送給妳。」

「什麼？送給我？這隻海東青價值兩千金呢，這麼貴重的東西，我可不能要。」

「我這隻鷹本來就是要送給妳的呀，我不能時常留在夏州，就讓這隻鷹陪著妳。」

女孩吃吃地笑起來：「臭美，誰會想你呀。嗯……不過這頭鷹嘛，倒真是比你生得還英俊，有牠陪著可比你來陪我有趣多了。」

「好呀妳，居然說我不如一頭鷹。」

兩個人打打鬧鬧地從花叢裡跑了出來，一下子撞見楊浩，那女孩不禁吐吐舌頭，紅著臉喚道：「楊大人。」

這女孩紅撲撲的一張俏臉，正是爾瑪伊娜，在她後面張牙舞爪地追出來的男子肩頭穩穩地站著一頭雄駿的海東青，看他模樣，卻是楊繼業的三公子楊延訓。一見楊浩站在那兒，楊延訓不禁紅了臉，他訕訕地放下手，向楊浩施禮道：「延訓見過大帥……三叔……」

一轉眼他又看到折子渝，不禁嚇了一跳，馬上變得更加規矩起來：「小姨，妳……妳怎麼來了？」

折子渝板起俏臉道：「你能來，我怎麼就不能來？馬上就要及冠的年紀了，還這般不穩重，這是節帥府，不是你楊家的後花園，打打鬧鬧成何體統……」

說起來，這楊三郎只比折子渝小了一歲，可論起輩分來，卻是他實實在在的親姨，折子渝非要拿出長輩架子，老氣橫秋地一通訓斥，楊三郎也只好苦著臉連連稱是，好不容易等折子渝訓斥完了，他才悄悄拉拉爾瑪伊娜的衣袖，兩個人飛也似地逃了。

折子渝看著那女孩的背影，若有所思地道：「伊娜……這女孩就是爾瑪伊娜？」

楊浩道：「是啊，她就是細風氏的爾瑪伊娜。」

折子渝瞟了他一眼，神氣有些古怪地道：「她怎麼會在這裡？」

楊浩笑道：「親戚越近越親，朋友越走越近，如果大家老死不相來往，這西北諸族如何能融為一體、親如一家呢？西北戰亂不休，很難穩定，雖說有許多原因在其中作怪，可是族屬眾多，互有恩怨，也是一個重要原因。我致力於諸族融合，自然要率先垂範，這夏州城，如今不止是拓跋氏的頭人貴族們在此建有府邸，其餘七氏，乃到我節帥府的重要官員，大多在此建有府邸，他們的家眷常常駐居於此，彼此間多了往來，關係也就親密起來。當然，我這府邸對他們也是不設防的，大家多走動走動，不是什麼壞事。」

折子渝唔了一聲，又睨了楊浩一眼，淡淡說道：「我聽說，細風氏五了舒大人，一直想把他最心愛的小女兒嫁給你，你若肯點頭，爾瑪伊娜早就成了你的五夫人，以她的身分，你若娶了她，對鞏固你的權力可是有莫大助益的，怎麼……看這樣子，她和延訓似乎……」

楊浩淡淡笑道：「聯姻有利有弊，在我看來，弊大於利，我一直在努力促進西域諸族融合，消弭彼此間的仇恨，也鼓勵各族百姓間的通婚聯姻，但那種聯姻和我這種聯姻是完全不同的兩碼事。這樣的聯姻毫無意義，文成公主之和親，帶去了營造、工技、農耕、醫術還有植桑養蠶之法；金成公主之和親，把整個河曲九套都送給了吐蕃，可曾因此得以化解他們的敵意？我若想依賴聯姻來取得他們的支持，其實也就意味著，我根本無法控制他們，妳說是嗎？」

折子渝負起手來，莞爾笑道：「縱不談利益，爾瑪伊娜也確實是個嬌俏可人的姑娘啊。」

楊浩若有深意地道：「那又怎樣？她的姐姐瑪布伊爾的美貌並不遜色於爾瑪伊娜，李光睿奪人所愛，強娶瑪布伊爾的下場妳是知道的，我若想要一個女子，也得她心甘情願跟我才成……」

「心甘情願嗎？」

折子渝的目光凝視著爾瑪伊娜遠去的背影，悠悠地道：「如果你肯對她用心的話，焉知她不會為你心甘情願呢？」

楊浩心中怦然一動，似乎若有所覺，可他的目光在折子渝臉上轉了幾轉，卻未發覺絲毫異樣。

「難道……她只是無心之語，是我多疑了？」

楊浩暗自揣測著，正欲再出言相試，前方路上卻閃出了唐焰焰的身影：「官人可算回來了，折元帥已在中堂等你好久了。」

楊浩抬頭一看，就見唐焰焰俏生生地站在前面，臉上一副似笑非笑的神氣，楊浩忙咳嗽一聲，對折子渝道：「好，咱們到廳上說話。」

折子渝看著前方的唐焰焰，也露出一副似笑非笑的神情，對楊浩道：「家兄找大人，是有軍政要事商量，子渝卻不便在場的。」

楊浩奇道：「此話怎講？」

折子渝瞟了他一眼道：「聽說大人的『飛羽』甚是了得，西北地面上有任何風吹草動，都瞞不過你的耳目，怎麼對我府州的事情竟然毫不知情嗎？

「我姪兒折惟正年初成親之後，已正式開始幫我大哥參謀軍政。折家的『隨風』，我現已交給他了，如今我是無事一身輕，論起身分來，只是折家的二小姐而已，這些軍政要事，我是不便再參與的了。」

原來，折御勳的長子折惟正在今年年初已經成親，同時娶了一房妻子一房妾室。妻子曹氏，年方十七歲。妾室李氏，年方十三歲。

男兒成立家庭，也就意味著澈底步入成年人的行列，所以折惟正已正式開始參與府州的軍政大事。折御勳正當壯年，這麼著急開始扶植兒子料理軍機大事，其實也是受了楊崇訓後繼無人之事的影響，未雨綢繆，開始提前培養接班人了。

這件事楊浩是知道的，折惟正成親的時候，他這個做叔叔的不但去喝了喜酒，還饋贈了一份厚禮。不過折子渝交出「隨風」，澈底退出折家的權力核心這件事，他的確一點也不知情。他的情報組織是掌握在唐焰焰手裡的，而唐焰焰……明顯是把涉及她昔日情敵的情報都過濾掉了，根本沒有讓他過目。

楊浩回頭瞪了唐焰焰一眼，便又改口道：「既然如此，那我先陪妳到花廳去吧。」

折子渝微微一笑，睨了他一眼道：「怎麼？妳還怕她唐大小姐會吃了我嗎？」說著提高了嗓門，說道：「大人有事儘管去忙，我和焰夫人許久未見，正好促膝長談，敘一敘舊。」

唐焰焰同樣笑得風情萬種，乜著折子渝，一語雙關地道：「好啊，焰焰許久未見子渝姑娘，心中也想念得很呢。官人儘管去忙，妾身會好好款待子渝姑娘，一盡地主之誼的。」

兩個美麗的女人巧笑嫣然，儀態萬千，看起來就像……一對鬥屏的孔雀。

四百九七　交心（上）

楊浩一路趕往中堂，想起唐焰焰和折子渝之間的恩恩怨怨，總是放心不下，這兩人脣槍舌箭一番倒也罷了，怕就怕焰焰性如烈火，兩人若是在那花廳演起全武行，那這節帥府可就熱鬧了。行至中堂廊下，恰見小源丫頭姍姍而來，楊浩連忙招手把她喚過，囑咐道：「小源，府中來了女客，現在花廳。妳讓二娘去款待一下。」

小源答應一聲折返身去，楊浩這才稍整衣衫，舉步入廳。

中堂是他會見重要客人的地方，軒敞而豪綽。本來，這裡也是李光睿當初會見重要客人的所在，所以整個中堂原本是按照游牧民族氈帳的布置習慣進行擺設，純羊皮的坐褥、狼皮的靠墊、胡凳錦墩、長條的几案，壁上還掛著獸骨的裝飾品。

楊浩入主夏州後，對此已進行了澈底改變，無論是室內裝飾，還是桌椅陳設，俱都代之以符合中原文化品味和官場身分地位的東西，繡屏字畫，捲耳方桌，花梨木的座椅，布置精美而雅致，富麗而堂皇。

親眼見過楊浩中堂的氣派之後，許多受他接見過的僚屬官員都起而效之，回去後按照這種漢家風格對自己的府邸進行了重新裝飾。

在西北游牧地區，崇尚中原文化是有相當深厚的基礎的，在原本的歷史上，李繼遷的孫子李元昊建立西夏王國與大宋抗衡的時候，就曾為了「去中國化」而大費腦筋，為了完全保持党項羌人的風俗習慣，與漢人區別開來，他軟硬兼施，費盡了手段，僅是為了讓族人把髮型一律改成那種中間禿禿、四周留髮的羌式髮型，就下達了類似於「留頭不留髮」的強硬指令，這才把西域百姓嚮往和融入中原文化的勢頭緩了一緩。

如今楊浩就是夏州之主，統御著党項八氏，與吐蕃、回紇的一些部落也過從甚密，以他的地位，他既有心推行中原文化，再加上手下的文教之臣俱是來自中原漢土的博學之士，對這種漢化勢頭自然產生了不可估量的推動作用，本來就嚮往中原文化的部落貴族們對漢化更是趨之若鶩，由上而及下，他正在不動聲色地消弭著各個民族之間的差距和區別。

楊浩走進中堂，一眼就看到娃娃正坐在主位上與折御勳談笑風生，不由得暗暗叫苦。他這才想起來，娃兒如今可是徐鉉的副手，專司文教和外事差使。

娃娃博學多才，當初在汴梁的時候，結交往來的就俱是鴻儒名士，那時還得了一個「清吟小築主人」的雅號，詩詞文章、琴棋書畫無所不通，以她的才學，從事文教和外事工作正是得其所哉，如今已成為徐鉉的得力助手。自己不在府中時，出面款待折御勳，本就是她分內之事。她既然在這裡，花廳那邊，真不知道那兩隻母老虎會不會鬧出事來，可是這時再想回頭已經晚了，楊浩只得硬著頭皮上前，展顏笑道：「大哥，你來了。」

中堂裡不止坐著吳娃兒和折御勳，丁承宗和范思棋也在一旁陪坐談笑，四人正在說著什麼，一見楊浩進來，立即起身相迎，楊浩忙道：「坐坐，都坐，都是自家人，不必客氣，你們在聊些什麼呀？興致這麼高。」

折御勳就勢落座，笑道：「弟妹正在向我講起大興文教的好處，老三吶，你確比老哥我有眼光吶，真沒想到，重視文教、譯印書籍，會有這麼大的好處。」

「哦？」楊浩在主位上坐下，瞟了娃兒一眼。

娃兒笑著解釋道：「妾正在向折帥解說我蘆嶺州印書館的事呢，我們不止印了佛經和儒教經典，而且還印製了農書、牧書、法經、武略等等發付各處，影響頗大，如今正打算定期印製小報，折帥對此很是好奇呢。」

楊浩釋然一笑，說道：「原來是這樣啊，呵呵，其實這小報只是邸報、邊報的模仿，邸報記載的多是軍國大事，邊報記載的多是沿邊地區的軍政動態，這些傳報一向只能由官員權貴們來閱讀，不過唐朝最興盛的時候，曾經出過一種雜報，上邊公私事宜一應俱全，亦有民間佚聞、朝野逸事，印製之後叫賣於市。

「而今，我就打算仿照『開元雜報』，將我轄地內各種動態、新聞定期編輯成報，發行於各城阜與部落貴人們之間，這只是個開始，受限於西北地區如今的城市規模和文化傳播條件，不會做的很大，不過有勝於無，這個東西對我在西北各部貴族頭人們之間傳達聲音、統一論調、推行漢學，都是有相當助益的。」

折御勳搖頭嘆道：「你說的只是眼前可見的利益，我真正欽佩你的，是你大行文教所產生的長遠影響啊。只是一個譯經印經，尊崇佛教，你就把西域的活佛們全都拉到你身邊去了，有了這些活佛寺主們相助，你上令下達，推行治理，無往而不利啊。

「還有這大行文教，唉！不是做不到，只是想不到啊，我和李光睿之間打打殺殺，和吐蕃、回紇之間打打殺殺，唯一看重的就是農耕，唯一捨得花錢的地方就是軍隊，誰肯花錢印些書籍典章，把那些文謅謅的士子文人當回事的？可是你楊浩卻是獨立特行。」

折御勳豔羨道：「更想不到的是，這樣做竟然有這麼大的效果，不但有許多在中原不得志的文士才子們望風而來，西域許多士林名儒也都投到了你的門下。沙州的路無痕，其家族在沙州有很大的勢力，而他本人，不但是一位博學鴻儒，更兼精通天文、地理、西域民情，他在沙州開堂講學，授業弟子已有七百多人。

「七百多人吶，貧苦人家哪裡讀得起書？他這些弟子，大多都有一定的家世背景，能得到他的支持，那就是得到七、八百個在西域家境殷實、有一定地位的門戶之支持啊，嘿！想當初我曾派任卿書攜重金往沙州，欲禮聘他來我府州做事，他卻不屑一顧，如今竟因你興文教而欣然投效。」

楊浩微笑道：「路老一生致力學問，官途財運自然是不放在他的眼中的。」

丁承宗笑道：「不止折帥沒有想到，就是我，當初也沒有想到興文教會得到西北士族這樣的鼎力支持。呵呵，還有太尉發明的那個活字印刷術，遠勝於雕版印刷，對大力推行文教，實有莫大的助益。可笑的是，有人把這門技術傳入中原後，一些士林名流卻頗為不屑呢。」

楊浩哂然一笑，說道：「那些所謂名流，誇誇其談，棄實務虛，哪是真正重視文教的人？那些士林名流認為，雕版印刷刻工精美，都是請名士謄抄刻模的，字字都是精妙的書法，一卷書印出來，就是一部精品。而活字印刷，字體千篇一律，粗製濫造，實是褻瀆了學問。

「呵呵，可笑，這些士林名流，簡直是買櫝還珠，忘卻了書本存在的根本意義，反倒是在邊荒地區，能有本書讀，對讀書人來說就是件極為不易的事了，反而沒人在乎這些東西。像路無痕那樣的西域大儒，一代代歷盡艱辛，在最困難的環境中口耳相傳地向後人傳遞著漢學精髓，才明白活版印刷大大降低了印書成本，對普及書本、傳播學問具有多麼重大的作用，你看著吧，活字印刷早晚會取代雕版印刷，在中原也形成主流。」

說到這兒，他沉默了一下，又輕輕嘆道：「自大唐勢衰，吐蕃占據河西走廊之後，回紇、拓跋氏次第統御這裡，隔絕了西域數百萬漢人與中原的往來，然而，那裡依舊是文教不絕，許多學問精深的儒家弟子在那狼煙四起、處處殺伐、唯尚武力的地方，努力地傳播著中原漢學，歷兩百年而薪火不絕，實是難能可貴啊。

「大哥，路無痕這等西域大儒競相來投，原本也不在我的算計之內。我之所以重文教，是因為縱處亂世，也離不了文。治國平天下，文治武功缺一不可。專文而棄武，則趨於柔弱，任人欺凌。專武而棄文，縱然倚仗強橫的武力逞威於一時，結果仍是能立而不能治，戰亂連綿不休。

「縱然開拓期間武力顯得更為重要，通盤運籌、策劃全局的人也必然應該是站在一個脫離於武力的更高點，而不是為戰而戰的人。武功是術，文治是道，唯有以道御術，文武並用，宏圖大業方有可期。這才是我重視文教的根本原因，至於西域士林名流競相歸附，倒是意外之喜，事先連我也沒有想到。」

折御勳默默點頭，索然一笑，輕輕地道：「這就是我和仲聞不如你的地方了。正因為你看的比我們遠，才能赤手空拳打下這片天地，而我們，縱然繼承了祖宗基業，可是……漫說開拓，就是守成，嘿！也嫌心有餘而力不足啊。」

丁承宗和吳娃兒對視了一眼，吳娃兒姍姍起身，嫣然道：「折帥，奴家去吩咐一聲，備幾味精緻的酒菜，折帥和我家老爺許久未見，今日一定要喝個痛快才好。」

丁承宗也微笑說道：「我手頭也還有些事情需要處理，折帥與我家太尉且品茶寬坐，承宗去處理了手上的幾件事務，待酒宴齊備，再來奉陪幾杯，呵呵，告辭。」

二人尋個由頭，各自告辭，廳中頓時只剩下楊浩和折御勳兩人，楊浩這才一斂笑容，傾身說道：「大哥此番來，似乎心事重重，莫非府州那邊遇到了什麼為難之事？」

折御勳有苦難言，欲言又止。

他的確遇上了為難之事，可這事卻是和楊浩無法啟齒的。自剷除死對頭李光睿，府州外無戰事，著實安泰了一陣，也有了些興旺的意思，可是這種因為和平而換來的發展契機，卻遠不及同樣處於和平之中，卻大力革新的楊浩。

楊浩興工商，重文教，扶農牧，給各行各業製造了大量的盈利機會。商人逐利，這就使得各種社會資源必然向他的轄地流動，相應的，近在咫尺的府州競爭力不足，便成了資源流出方。府州只有一州數縣之地，無論是農耕還是畜牧的底子都很薄，商業賦稅是他的一塊重要收入，然而楊浩得了麟州，使得他這一塊收入也銳減了。

因為商人往來，許多品種的稅賦在一個統治者的轄地內只可能繳一次，而不會每至一城都重複繳納，這樣一來，麟州成了楊浩的轄區，西域來的商人在夏州繳了稅，就會選擇麟州做為北上契丹或南下宋國的出入口，而不必跑到府州去再繳一次稅，從契丹和中原的客商自然也是如此選擇。

商人獲得了利益，繁榮了他們經營、流通區域內的地方經濟，然而政權獨立的府州卻因此在經濟上遭受了重創，這是誰事先也沒有預料到的。折御勳能對楊浩怎麼說？楊浩沒有使用任何不正當的競爭手段，更無心對府州進行挾制，只不過當一大片區域成為一個政治、經濟共同體的時候，被包圍其中的某片自治區域，必然是這樣一種結局，而當時的這些地方統治者們，誰有這種經濟學家的預見能力呢？

折御勳總不能告訴楊浩，他不得不取消各項與楊浩轄區的重疊賦稅以加強自身競爭力，楊浩因此得與他共享賦稅的支配權利吧？就算他們是親兄弟，兩個獨立的政權之間，也不可能有這樣荒唐的利益分配方案。

折御勳反覆思量，自己的這些苦處實在無法說與楊浩知道，縱然說了，楊浩也不可能拿出解決辦法來，他只好搖了搖頭，轉而問起了另一件事：「老三，經過兩年的休養生息，積蓄實力，你如今已成為整個西北無論是地盤還是武力都最強大的一方諸侯……」

他微微蹙起眉頭，說道：「可是……你這兩年來，練兵從不鬆懈，先是把得自銀州、夏州的軍隊，重新編制之後調往蘆嶺州訓練，繼而不斷擴充軍隊，訓練出來的士卒也都調到夏州這邊來，近來……銀州、麟州、蘆嶺州幾個地方的駐軍也在減少，大批的軍隊調往夏州……

「老三，為兄不是想干預你的事情，只是想提醒你，莫要忘了，在我們東面，還有一個趙官家。你這兩年養精蓄銳，趙官家這兩年也沒閒著。他在朝中，利用這兩年的時間，提拔了大批新晉官員，文臣以張洎為首，武將以羅克敵為首，這些新晉文臣、少壯武將，雖然一時還不能完全取代曹彬、潘美這些前朝老臣，然而，至少已經具備了與之分庭抗禮的能力。有這些他親手提拔起來的文臣武將支持，趙官家已完全控制了朝政，根本不必擔心受到老臣們的掣肘，更不必擔心皇位不穩。

「對外，他澈底蕩平了江南的叛亂，加強了對閩南、江南、荊湖的控制，蜀地叛亂義軍也接連吃了幾個敗仗，十餘萬義軍現已退往與吐蕃交界的山區蟄伏，他如今已經具備了對外大舉用兵的條件。老三，趙光義雄心勃勃，一直想著超越他的兄長，建立一世奇功。如今他既騰出手來，依我之見，他不是要往北，就是要往西，在沒有摸清他的動向之前，你把大批軍隊調往夏州，臨宋一面的防線立顯空虛，萬一宋國尋個由頭突然來攻，豈不是要被打個措手不及？」

楊浩微笑道：「這一點，大哥不必擔心，你在宋國那邊遍布眼線，同樣的，小弟在那邊也是耳目眾多，他要調動大軍，怎麼可能一點聲息也不透？只要提前得到消息，還怕來不及準備嗎？」

折御勳猶疑不定地道：「可是，你向夏州大量集結軍隊又是意欲何為？」

楊浩起身走到牆邊，牆上懸掛著一幅巨大的富貴牡丹圖，楊浩伸手在牆邊扯起一根細繩一拉，整幅畫面刷地一下捲了起來，露出下面一張巨幅地圖。

「大哥，你看，由此往西，涼州、甘州、肅州、瓜州、玉門關，直至天山，還有多麼龐大的土地？由此往南，慶州、原州、渭州，過六盤山，經鞏州、熙州、蘭州、湟州、青海湖、昆侖山……又是多麼龐大的土地？向西，吐蕃、回紇和李光睿的殘餘勢力參差其間，犬牙交錯，向南，大片領土此時更在吐蕃人統治之下。

「大哥，如果我不能把這些地方一一征服，那麼來日當宋國大軍真的來襲的時候，除非我們投靠契丹，否則真有實力自保嗎？吐蕃亡國已一百多年，可是吐蕃王系還傳下四脈子孫，他們控制的領土比我們還大，只要他們從王室子孫中推舉出一位贊普，重新建立政權，一團散沙就會形成一隻鐵拳，我們的優勢就會蕩然無存。那時又該怎麼辦？」

楊浩回轉身來，抗聲說道：「天山，是我們的！昆倉山，是我們的！我興工商、強農牧、重文教、練兵馬，休養生息，積蓄實力，就是想把這些地方都拿回來。那些吐蕃部族如果願意歸順我，我會一視同仁，讓他們過上安泰富足的生活。如果他們不願意……」

楊浩冷冷一笑：「如果他們不願意，我就在那兒重建北庭都護府、安西都護府！若是不然，我怎對得起趙官家欽封我的這河西隴右兵馬大元帥之職？」

四百九八　交心（下）

折御勳知道楊浩向夏州集結軍隊，是有西進意圖的，但是在他預料之中，楊浩西進，應該是想把河西走廊完全控制在手中，讓這條財源滾滾的西域古道重新興旺起來，卻未料到他的胃口竟然這麼大。

折御勳愕然看著那張地圖，越看越是吃驚，這些地方若真的被楊浩爭取到手中，他的轄地之廣幾乎已不下於整個中原，到那時……然而……這可能嗎？

折御勳訥訥問道：「老三，這……可能嗎？」

楊浩道：「如果等到中原騰出手來，給予吐蕃人更多的援助和支持，就會大大增加我成功的難度；如果吐蕃這盤散沙重新凝聚起來，建立一個統一的政權，我想成功就更加困難；如果我望而怯步，根本不去嘗試，那麼……毫無疑問，根本沒有成功的可能。幸好，我所說的，現在都不會出現，我竭盡全力地與趙官家爭奪時間，就是為了搶先一刻，搶得一步先機，就能處處主動，如果我此時全力以赴的話，怎麼就不會成功呢？」

折御勳的雙眼微微瞇了起來，沉聲道：「就怕……無論是契丹還是宋國，都希望西域維持現狀。」

楊浩的目光變得深邃起來，彷彿穿破了牆壁，看到了很遠的地方，過了許久，他才輕輕一笑，說道：「大哥，相信我，就算我不做這件事，也會有人去做。誰也不希望這裡出現一個強大的、統一的政權，但是這裡一定會出現那樣一個政權。天下大勢，分久必合，合久必分，西域……已經分得太久了。

「至於契丹和宋國，的確不會希望出現第三個強大的競爭者，然而它們之間的競爭，注定了他們無法出兵干涉，而一旦有一方出兵干涉，另一方就會馬上轉變態度，變反對為扶持的。這符合它們的利益需要，大哥應該明白的。」

折御勳沉默了，他知道楊浩說的是實話，不管是契丹還是宋國，有這樣一個強大的對手在身邊，都不可能對西域投注全力，一旦在這裡陷入太深，另一方就會獲得漁人之利，不管其中哪一方先按捺不住對西域動手，另一方都會很高興看到楊浩與之結盟的。

如果楊浩果真把這些領土都拿下來，那麼他完全可以稱王稱帝，與趙光義平起平坐了。而對他來說，那時府州何以自處？在這幅龐大的版圖上，小小的府州不過是滄海一粟，麟州成為楊浩的轄地之後，府州已然失去了它存在的必然意義，如果楊浩整個西域都拿在手中，府州被他懷抱於內，面朝大宋，唯有處於一個更加尷尬的境地。

楊浩伸手輕輕一扯，「富貴牡丹圖」緩緩滑落，將那幅地圖遮掩了起來。

楊浩微笑道：「大哥，我這兩年練兵、富民齊頭並進，就是在和大宋搶時間，搶在它有餘力對我下手之前，把自己更形壯大；搶在它有餘力扶植吐蕃、讓西域始終處於戰亂之前，壯大自己。時不我待啊，這就是我集結軍隊於夏州的原因，事實上我早就開始輪番把他們調過來，透過實戰以適應這裡的地形地貌了。現在不過是把預演變成行動罷了。」

楊浩拍了拍手，又笑道：「我既然走上了這條路，就沒有安於現狀而能圖長遠的道理，逆水行舟，不進則退，豈能做了一方草頭王，就心滿意足？以前，常有人拿張義潮的事來鼓勵我，張義潮一代豪傑，楊浩不敢比擬，是否重返西北，我曾經猶豫再三，然而我既然回來了，那麼，要嘛不做，要做，我就做楊浩第一，絕不做張義潮第二。要做，我就要建立一個比他更龐大的王國，建立一個比他的百年王國更長遠的政權。」

折御勳忽然古怪地一笑，輕輕地道：「老三，你現在已是有實無名的西北王了，如果你真能拿下這些地方，那你就是有名有實，到那時，我府州該何去何從呢？」

楊浩一怔，折御勳的語氣更加蕭索：「一群狼，可以抱成一團抵禦一頭猛虎的威脅，然而在兩頭猛虎之間，哪有一隻狼存在的餘地？」

楊浩訝然道：「大哥不會以為……你我情同兄弟，楊浩無論如何，也不會打府州的主意。」

折御勳淡淡地笑道：「趙匡胤曾在金殿上當著滿朝文武向家父親口承諾：『折家世

居雲中，爾後子孫遂世為知府州事，得用其部曲，食其租入。』未過幾年，中原一俟到手，還不是改變了主意？我相信你現時的誠意，可是時過境遷之後，你還會是這般想法嗎？」

楊浩道：「趙官家欲得西域，必先取隴右，欲取隴右，必先取麟、府。而我不同，我的天地在西北，若我再能得到隴右之地，則這片領土已渾然一體，何須背信棄義，謀奪大哥的府州呢？」

折御勳睨著他道：「府州在你的腹心之地，你能容忍我的存在？你就不怕有朝一日，我或會對你不利嗎？」

楊浩沉默有頃，方道：「夏州往西，是拓跋嵬武部的牧養之地，在我入主夏州之前，拓跋寒蟬和拓跋禾少與靜、宥兩州過從甚密，如今他們雖迫於我強大的武力，與李光睿殘部澈底斷絕了往來，歸順於我，焉知來日有更大的利益可圖時，會不會在我的腹心處突然下手呢？為安全計，大哥以為，我要不要先把他們除掉？」

折御勳本來滿腹怨恚，卻未料到楊浩突然向他請教事情，聽他一說，頓起兔死狐悲之感，脫口反駁道：「荒唐！欲成霸業，就要有海納百川的胸懷，就因為他們曾與李光睿過從甚密，就因為他們有可能對你構成某種威脅，你就要來個先下手為強？

「你好不容易經營出如此局面，使得党項八氏盡皆歸心，何其不易？如此作為，豈非不教之誅？如果你這麼做，恐怕本來對你忠心耿耿的部族，也會生起異心；今後也不會再有部族來投奔於你，你這不是自毀長城嗎？」

楊浩眸中微微閃過一絲笑意，說道：「大哥教訓的是，那麼，楊繼業如何？他如今為我掌管著麟州、銀州、蘆嶺州，而且他與你又是姻親，萬一他對我起了異心，三州之地，頃刻易主，這太危險了，你說……我是不是應該先下手為強，把他除掉呢？」

折御勳終於明白他意有所指，只是睨著他不語。

楊浩又道：「有些東西，是必須要堅持的，『孔德之容，唯道是從』，領道、悟道、循道的人絕不翻雲覆雨，將周圍的人玩弄於股掌之中。這道，是為人做事的根本，是大略，無道，則根基不牢，目的不明，方向不穩，術將安出？而術，不過是技巧、方法，採用什麼樣的方法，取決於什麼樣的道。

「有道而乏術者，終被人所敗，而有術而乏道者，必然將遭反噬。楊浩率五萬疲弱不堪之民逃亡西北，是得大哥相助，才得以立足。楊浩據蘆嶺州而有今日，更離不開大哥的鼎力相助，楊浩是絕對幹不出過河拆橋的事情的。」

楊浩鄭重地道：「府州但在折家手中一日，楊浩絕不會對府州用兵。」

折御勳神色緩了緩，忽然苦笑道：「老三，你言重了。我……最近心情不好，說話未免有失分寸。」

他輕輕嘆了口氣，又道：「你的為人，我自然是信得過的。只是不知道，你的子孫、我的子孫，將來……他們之間是否也能像你我一般肝膽相照呢？」

楊浩也輕輕嘆了口氣：「如果我有一個殘暴的子孫，或許他會對府州用兵，如果你有一個頗具野心的子孫，或許他會對夏州用兵，又或者，你我的子孫皆不肖，這西北大地上，再出一位豪傑，將你我留給他們的基業都取了去，未來的事，你我管得了嗎？」

折御勳臉色陰晴不定，半晌，忽然苦澀地一笑，說道：「是啊，兒孫自有兒孫福，那不是你我能管得了的事，我們就說些我們管得了的事吧。老三，如果在你有生之年，真能一統西域，奠基定國，說句實在話，到那時，你縱不打我府州的主意，府州彈丸之地，也已沒有了獨立生存的可能。我現在，終於明白仲聞身受重創，苦捱求生，煞費苦心地為兒子安排出路的時候，是一種什麼心情了。」

「大哥……」

折御勳抬手止住了他的話，目不轉睛地盯著他，沉聲道：「如非得已，我是絕不願在我手中，把祖宗基業交出去的。可是你說的對，天下大勢，分久必合，合久必分，我……也得為子孫後代有所打算才行。如果……我是說如果，如果有朝一日，你真能一統西域，榮登九五，那時為兄才厚顏將府州歸附，你會如何待我折家？」

楊浩苦笑道：「大哥，我真的無意於府州。再說，什麼奠基立國，稱王稱帝的？這樣遙不可及的事，談它做什麼？」

折御勳嘿然道：「既然遙不可及，那我隨便說說，你又何妨一答？」

楊浩無奈地搖頭道：「好好好，如果真有那麼一天，我就送大哥一個世襲罔替的折蘭王，行了吧？」

折御勳一呆，失聲道：「折蘭王？」

楊浩笑道：「我聽子渝說過，大哥本是匈奴折蘭王後裔，祖上自匈奴分化出來，成為鮮卑，北魏王朝滅亡之後，與鮮卑皇裔拓跋氏一同融入党項，世居雲中，始有今日，難道不是嗎？」

折御勳撫著他標誌性的關公鬍子，喃喃地道：「是啊，是啊，折蘭王，折蘭王⋯⋯我家先祖，本是匈奴之王，縱橫大漠，子孫不肖，不斷衰敗，不斷遷徙，到如今不過一州之地，左支右絀，捉襟見肘，難道只是我折御勳不肖嗎？嘿嘿，要是能做個世襲罔替的折蘭王，我折御勳上對得起祖宗，下對得起子孫，還有啥沒顏面的？」

折御勳自知楊浩越是發展，府州越是萎縮，偏偏這種隱性壓制，是商道和士林自然的選擇，他既無法指責楊浩，也不可能要求楊浩停止發展，恢復李光睿時期的封閉落後，在楊浩的不斷擴張和發展中，府州必然幾近於消亡，可是祖宗交下來的基業，如非得已，他是絕對不想交出去的，然而他不但要對祖宗負責，又不能不考慮子孫的出路，如此種種，糾纏心中，這才矛盾不已。

而今得了楊浩這個承諾，心中如醍醐灌頂，豁然開朗，不禁心懷大暢。

趙光義的為人秉性，實在是教人不放心，如果必須得投靠一方，他當然會選擇楊浩。而宋國處置投降的國君，以原國君的身分，也不過是封個侯、伯，他折御勳就連侯、伯的爵位都不可能，頂多封個有名無實的節度使，縱然不死，三代之後，家門也必然中落，楊浩一開口就是一個世襲罔替的折蘭王，這後路已然無憂，他還有什麼不滿意的？

想至此處，折御勳不由轉哀為喜。

楊浩瞧他瞇著丹鳳眼，捋著大鬍子，分明一副關二爺再世的模樣，偏偏一臉詭笑，瞧起來奸詐無比，不禁好笑：「大哥這麼大老遠地跑來，就是因為這件事嗎？」

折御勳陡然清醒過來，連忙一正神色道：「自然不是，這次來，我除了提醒你向西集結軍隊，也須小心東邊的趙官家，更主要的事情是……我的小妹子渝……」

楊浩一聽頓時緊張起來：「子渝，子渝怎麼了？出了什麼事？」

折御勳翻了一個大大的白眼，冷哼道：「怎麼了？老三吶，你小子也太不厚道，我妹子她……她今年都二十啦！」

折御勳痛心痛首地道：「別人家的女孩子，十五歲都當娘了，可我妹子……女人二十，形同敗犬啊！」

楊浩翻了個白眼，心道：「至於嗎？二十歲，大一的小學妹罷了，我怎麼沒看出來她哪兒像敗犬了。」

折御勳卻憂心忡忡地道：「二十歲了，還不許配人家，能不讓人說三道四嗎？長兄如父，她的終身大事，我不管誰管？本來，我是女方的家長，沒有主動向人許親的道理，可是……可是……」

折御勳忽然鳳眼一瞪，正色道：「今天我拉下這張老臉，豁出去啦，你說吧，到底對我妹子有沒有意思？憑我小妹的姿色，配不上你嗎？」

楊浩方才指點江山的激揚派頭全然不見了，他訥訥地道：「大……大哥，子渝的身分……你知道的，我……我已經有四房妻妾了。」

折御勳揮手道：「這算什麼？你大哥我如今有九房妻妾呢。只要你不委屈了她，嫁過來之後，扶她做個平妻，冬兒是你髮妻元配，咱比不了，只要不比旁人低一頭，又有什麼不可以的？」

楊浩滿頭大汗，期期艾艾地道：「我……我不是這個意思，問題是……子渝外柔內剛，性如烈火，我看她……她與程世雄將軍的娘子有些相似，不喜歡……不喜歡丈夫三妻四妾啊……」

折御勳緊鎖雙眉道：「我說老三，你怎麼就那麼蠢呢？」

楊浩呆呆地道：「啊？」

折御勳道：「十五妙齡、及笄之年時不切實際的想法，和二十歲時的老姑娘能比嗎？家中長輩給她說了多少門親事，都被她拒絕了，還不是仍然惦念著你？你已經娶了四房妻妾，連娃兒都生了好幾個了，還能休妻不成？她既然仍是放不下你，就算心裡有些不開心，可是只要你上門提親，她還能拒絕不成？

「她平時如何悶悶不樂，我可是都看在眼裡，我還能不了解她的心思嗎？她那幾個姪子每天被她訓得像孫子似的，這無名之火哪兒來的？還不是因為你嘛。我已讓她交出了折家的一切職司，這就有點待嫁的意思了。這次到夏州，又特意要她同來，她若不想見你，以她的性情，你想她肯來嗎？結果還不是痛痛快快地來了，都二十歲啦，成了老姑娘啦，你以為她自己心裡不急？可你這榆木疙瘩，總不能要她主動以身相許吧？」

楊浩聽得兩眼發亮，心想：「果真如此？果真如此嗎？對啊，她剛剛那似有所指的話……她若不是動了嫁人的心思，怎麼會來到我的府邸呢……」

楊浩一拍腦門，喜不自勝地道：「大哥說的對，我這真是當事者迷，旁觀者清。」

「子渝……子渝真的肯放開心結，願意與我雙宿雙棲，白頭偕老了嗎？」楊浩心花怒放，搓了搓手，才忐忑地問道：「大哥，那……那我現在應該怎麼辦？馬上向你提親嗎？」

折御勳撫著鬍鬚沉吟道：「女孩子臉皮嫩，你若現在提親，倒像是她自己送上門似的，子渝一定會感到羞澀。依我之見，不如……」

他剛說到這兒，雪兒騎在小白狼的背上，抱著牠的脖子，笑逐顏開地闖進了大廳，小源和杏兒慌慌張張地追了來，一見自家老爺和折大將軍正在廳上，不虞無人照料雪兒，這才施禮退下。

雪兒喜孜孜地叫道：「爹爹，爹爹，二娘娘和穿黑衣姨姨玩的遊戲好有趣，我也要爹爹教我。」

楊浩俯身將她抱了起來，在她頰上親了一下，問道：「玩什麼遊戲？」

雪兒手舞足蹈地比畫道：「二娘娘和黑衣服姨姨在花廳玩遊戲，她們跳來跳去，跳來跳去，你劈我一劍，我打你一拳，好玩極了，然後二娘娘扭住了黑衣服姨姨的手，奪了她的劍，黑衣服姨姨就羞羞了，二娘娘就說這是爹爹教給她的功夫，然後黑衣服姨姨就像一隻蝴蝶，咻地一下，飛出窗口不見了……」

折御勳撫著鬍鬚，笑咪咪地道：「雪兒小丫頭年紀不大，已經學會說話了啊，呵呵，妳的二娘娘是焰夫人吧？那穿黑衣服的姨姨是誰啊？」

楊浩瞧了折御勳一眼，突然抱著雪兒咻地一下，就飛出門口不見了。門外傳出雪兒大驚小怪地叫道：「哇！爹爹咻地一下，比黑衣服的姨姨飛得還快啊……」

折御勳怔了一怔，突然也反應過來，一個箭步便搶向門口，那小白狼一見主人離開，忙也追了上來，折御勳毫不客氣，把牠一腳踢開，便甩開大步，追著楊浩去了……

＊　＊　＊

綏州，刺史府。

李丕祿的九姨太花飛蝶的閨房中。

花飛蝶自帳中起來，順手抓起一件衣服，披在身上，懶洋洋地坐到了梳妝檯前，抓起玉篦輕梳秀髮，可是只梳了幾下，便停了手，幽幽地嘆了口氣。

她仍然風華正茂，胴體豐腴勻稱，容貌嬌美冶豔，散發著成熟嫵媚的魅惑力，就是那絲袍半掩的巍巍乳峰，嬌雪膩玉間一道深深的乳溝，也足以令人沉醉。

刺史府這兩年又納進了幾房侍妾，她們服侍的那個男人雖然換了一個，而她九姨太卻依舊是所有女人中最受寵的那個，可是，她一點也不快樂。

纖毫可鑑的上品銅鏡中，那如花美人一頭秀髮披散肩頭，臉上還帶著兩抹酡紅，和雲雨之歡後的滿足與慵懶，可是她的眉宇之間卻是寂寥的。

她只是一個弱女子，一個依賴美色，倚仗男人而生存的女人。她一直懷疑大哥的死，與剛剛在她身上滿足了獸欲，正躺在榻上的李繼筠有關，可是她不敢露出一點疑色，還得盡心竭力地服侍他、取悅他，只為生存。

然而，綏州這座孤城，幾乎已成了一座死城，她不知道李繼筠會不會在搾盡綏州最後一點民脂民膏之後一走了之，也不知道這座城池會不會一夜之間就被楊繼業或者折御勳攻陷。到那時候，她一個弱女子，又將成為誰手中的玩物呢？

輕輕地盤起秀髮，玉簪輕輕插到一半，她幽幽地嘆了口氣，又放下了手，讓那一頭青絲又復披下，黛眉籠煙，滿是憂愁。

一隻大手忽然按上了她的香肩，花飛蝶嬌軀一顫，趕緊扮出一副嬌媚的笑容，回眸嬌聲道：「大人……」

李繼筠赤著黑熊似的胸口嘿嘿一笑，問道：「在想什麼？我看妳好像很多心事？」

「我……」花飛蝶欲言又止，終於輕輕嘆了口氣，壯著膽子幽幽地道：「大人，妾身……是為大人擔憂，為我綏州擔憂，這兩年，綏州既無百姓稅賦，又無商賈往來，四城緊閉，猶如一座死城，街上，每天都有人餓死，還能……撐多久呢？」

李繼筠被她的柔情打動了，探向她胸口的大手居然沒有如以往一般粗暴地揉捏，只是輕輕地握住那一座玉峰，柔聲道：「妳不用擔心，妳是我李繼筠最寵愛的女人，不管到哪兒去，我都會帶著妳的。」

花飛蝶神色一動，脫口道：「大人要走？」

隨即自省失言，忙道：「啊，妾身不敢胡亂動問大人公事的。」

李繼筠道：「告訴妳也無妨。這兩年，妳以為我一直縮在綏州扮烏龜嗎？嘿嘿！我只是在等機會。靜州完了，宥州也完了，還有一部分殘部逃到了瓜州、沙州，我李繼筠鞭長莫及，也指揮不動他們了，憑區區一座綏州，我縱有通天的本事，又能與誰為敵？我在等，一直在等啊……」

李繼筠神祕地一笑，說道：「現在，終於不用再等下去了。很快，我的機會就要來了。」

他眼中露出危險而得意的神色，說道：「有一個比楊浩強大百倍的大人物，已經為我安排好了一條出路，我可以循那條祕密路徑，遠離綏州，到一個很安全的地方去。」

他直起身，傲然道：「到了那裡，會有人提供給我金錢、糧食、盔甲、兵器……提供我所需要的一切。有了糧，我就能招兵，有了錢，我就能買馬。有了盔甲和兵器，我就能馬上武裝起一支大軍，楊浩，就是兩年前的我，我，現在就是兩年前的楊浩。」

他獰笑著說道：「我一定會殺回夏州，親手砍下楊浩的狗頭，祭奠我父在天之靈，我還要讓他的妻妾做我的女人，狠狠地蹂躪她們，讓他的子女做我的家奴，讓楊浩在九泉之下也不得安生，哈哈哈哈……」

他仇恨地說著，大手下意識地握緊了花飛蝶的香肩，彷彿那就是楊浩的頭顱，花飛蝶一直銀牙緊咬，苦苦支撐，直痛得花容失色，到後來實在忍不住了，不由嬌呼一聲，李繼筠這才清醒過來，忙放了手，又復詭譎地一笑：「而這，只是我萬一失敗後的退路，我如今正在籌謀一件大事，這件事如果成功，這天馬上就要變了，我再也不用扮可憐蟲，藏頭露尾地躲在這兒，也不用像一條喪家犬般灰溜溜地逃走，我會堂堂正正地站在這綏州城頭，向楊浩挑戰！」

李繼筠說罷，仰天發出一陣猖狂、陰險、得意的笑容……

四百九九　女人之間的戰爭

楊浩一縷風般掠進花廳，就見唐焰焰正好整以暇地坐在那兒品著香茗，旁邊侍立著杏兒和小源，一見他趕到，立即嬌聲瀝瀝地喚了聲老爺。楊浩卻不應承，只是眉頭微鎖，向焰焰問道：「折姑娘呢？可是與妳鬧了意氣？」

唐焰焰站起身，一臉無辜的表情：「官人，奴家豈會不知待客之道，又怎會無端得罪了折姑娘？折姑娘因何發怒，人家現在也是一頭霧水呢。」

就這工夫，折御勳也追了進來，楊浩的目光在小源和杏兒身上轉了一轉，向小源問道：「小源，妳和老爺說說，折姑娘為何一怒而去？」

楊家四房夫人各有本領，丫頭們也都古靈精怪，且各有出身，各依一人，對自己說話恐怕會有所忌憚，雖不敢說謊，但是避重就輕那是一定難免的了，而小源是比較老實的姑娘，而且是自己在霸州丁家時就認得的人，一直服侍在冬兒身邊，諒她也不會搪塞。

小源瞟了剛剛走進花廳的折御勳一眼，欠身答道：「二娘邀折姑娘入花廳就座，又奉上今年剛剛購進的瀘州新茶『納溪梅嶺』請折姑娘品嘗，接待十分熱情。不過……折姑娘似乎心情不好，也不見什麼笑顏，二娘與折姑娘就座談天，也只說些家長裡短，聊著聊著，二娘又說起近兩年來隨老爺學武，一身技藝大為增進，折姑娘卻不甚服氣，二娘便與折姑娘切磋起來，結果……折姑娘落敗，便一怒而去。」

這樣說來，倒是折子渝氣量狹窄了，折御勳字字句句聽在耳中，卻不相信自己妹子如此不識大體，可是如今他妹子可不是楊夫人，楊家的侍婢們哪有可能背了自己的女主人，說他妹子好話的道理？折御勳便乾笑兩聲，打個圓場道：「老三，你看，我就說吧，舍妹近來脾氣有些乖張，呵呵，倒讓你們見笑了。女兒家使使小性子，發發小脾氣，也沒什麼大不了的。沒關係，沒關係……」

楊浩勉強笑了笑，說道：「折姑娘外柔內剛，一旦脾氣發作，這夏州城，她未必就肯再待了。恐怕……」

折御勳一拍額頭，恍然大悟道：「不錯，這丫頭若是獨自離開，我還真的放心不下，我這就去找找她。」

楊浩道：「我與兄長同去吧，不管如何，這總是待客不周。」

折御勳苦笑道：「還是算了吧，小妹脾氣拗起來時，就連我也……她如今正在氣頭上，我去勸勸她就好。」

「如此，有勞大哥了。」楊浩忙陪著折御勳步出花廳，走到廊下，略一猶豫，又道：「大哥，我沒想到，會弄出這檔事來，子渝和焰焰簡直是一水一火，沒有一回碰到一塊不生出些事端來的，咳！咱們……方才所議？」

折御勳一口應承道：「自然還是算數的，不管怎麼說，我還是折氏家主，再說，她的心意我不知道嗎？這事就這麼定了。」

他探頭看看，見無人追來，又向楊浩擠擠眼睛，說道：「不過……小妹還很少有在人前失據的時候，如今她也不知怎地，發了這股無名火，恐怕……也只有你才能真正化解她心中的怨尤。」

楊浩鄭重地道：「漫說小弟深愛子渝，就憑她為我付出良多，小弟心中怎不感念？子渝不是個不識大體的姑娘，偶爾性情發作，女人嘛，誰不這樣？我知道怎麼做的。」

「那就好，那就好。」折御勳拱了拱手，急急走出門去，雪兒眨眨眼睛問道：「爹爹，黑衣服姨姨生氣了嗎？」

楊浩沉著臉轉身就往花廳走，雪兒咯咯地笑起來：「雪兒捉迷藏的時候，不管被小白抓到，還是被小源她們抓到，從來都不生氣的，雪兒是不是比黑衣服姨姨還乖？」

楊浩在她嫩頰上擰了一把，苦笑道：「乖，當然乖，我的小祖宗，妳就別跟著添亂了。」

回到客廳，只見唐焰焰已坐回椅上，端起了那杯茶，見他進來，只是美目微揚，瞟了他一眼，便又趕緊垂下眼簾，盯著自己手中的茶杯，微微露出心虛的模樣。

楊浩哼了一聲，在廳中踱了幾步，盯著小源道：「我不是叫妳請三娘來待客嗎？怎麼妳獨自在此？」

小源忙道：「奴婢已把話傳到，三娘正處理幾樁緊急的公務，說是馬上便到。」

唐焰焰放下茶杯，板起俏臉道：「官人，焰焰不懂得待客之道嗎？還要叫娃兒來應承客人？」

楊浩瞪她一眼，怒道：「懂，怎麼不懂？若是懂，怎麼就把人氣跑了？」

唐焰焰站起身來，怒道：「我可不曾對她說過半句言重的話，她要發火，我有什麼辦法？你剛才也聽到了，小源可不會撒謊，你就會怪我……」

楊浩怒道：「那也沒有一見面便切磋武藝的道理，妳們兩個刀來劍去，在這花廳之中，成何體統……」

唐焰焰露出一絲得意的笑容，搶白道：「人家可沒動刀動槍。」她舉起雙手，翠袖垂下，露出一雙皓腕柔荑，沾沾自喜地道：「官人，她動了劍，我可是空手喔……」

「妳！」

唐焰焰馬上又換了一副楚楚可憐的模樣，眼淚巴眨地看著他，微微縮著脖子，一副等著挨訓的模樣。

楊浩哭笑不得，沒好氣地又道：「那我問妳，妳幾時隨我學過功夫來著？怎麼就說打敗她的武功是跟我學的了？這不是……她豈不是……」

唐焰焰破涕為笑，羞嗔而迅速地瞟他一眼，低下頭，腳尖在地上畫著圈圈，囁嚅道：「本來就是跟你學的嘛。你又不是不知道，還明知故問，要不是官人三不五時地便來『教』……人家功夫，人家哪兒能打得過她？」

杏兒和小源不知就裡，楊浩自然明白她說的是什麼，臉上不由一熱，拿這沒皮沒臉的丫頭可真是沒轍了，他跺了跺腳，努力維持著臉上的怒容，瞪眼道：「不許打馬虎眼。那個……咳，那個只是內功，妳空手入白刃的手法，是從哪兒學來的？」

唐焰焰抬起頭，眨眨眼，一臉天真、理直氣壯地道：「自悟的呀……」

楊浩怪叫一聲道：「妳？妳能自悟武學？」

唐焰焰趕緊換了一副討好的模樣道：「當然不是我一個人，是我和馬燚、竹韻，以扶搖子前輩的先天太極拳法，純陽子真人的天遁劍法、靜音道長的狐尾鞭法，再加上竹韻所習的極其龐雜的武功招法，傾心研究予以揉和，由馬燚創出來的一套功法，施展起來，既優雅又犀利，我們還給它起了個名字，叫『天山折梅手』。」

「天山折梅手！」

「是啊，你不是總說，天山、昆倉山都是我漢家故土，早晚要從你手中收回來嘛，我們起這麼個名字，先為官人討個吉利的彩頭啊。這折梅手共包括三路掌法、三路擒拿法，含蘊有劍法、刀法、鞭法、槍法、抓法、斧法等等諸般兵刃的絕招。」

楊浩有點犯傻了，喃喃地道：「天山折梅手？天山折梅手！」

唐焰焰道：「我受官人差遣，負責飛羽祕諜嘛，有許多刺探、潛伏的任務，需要深入敵群，不能攜帶兵刃，我們創出這套武功來，擇其精要，傳予咱們的祕諜，才好為官人做事呀。」

唐焰焰說著更加委屈起來，走到楊浩身邊，挽住他的胳膊抵在自己酥胸上，嬌軀扭起麻花，開始撒起嬌來：「人家一個婦道人家，這麼費心竭力的，還不是為了官人你？如今不過是和折姑娘起了點小磨擦，你就鼻子不是鼻子、眼不是眼的，人家才是你的女人啊，你怎麼裡外不分啊？是不是天下間的男人，都喜歡胳膊肘往外拐，偏袒別的女人，已經娶過門的女人，就成了落翅的鳳凰，再也不受待見了……」

唐焰焰說著，已是泫然淚下。她本來就是極美的一個女子，眉眼五官更是精緻到極點，毫無半點瑕疵，自與小周后學了那雙修功法，與楊浩效魚水之歡之後，那種蘊於其內的媚態被開發出來，與她嬌美動人的模樣更是相得益彰，這一含淚，我見猶憐，不知不覺便用上了幾分媚功。

楊浩大感吃不消，有些頭痛地扶住了額頭，小源和杏兒瞧了不禁感到好笑，卻又不敢當著楊浩的面真的笑出來，只得緊緊咬住了嘴唇，把一張俏臉憋得通紅。

楊浩無奈地嘆道：「妳……唉！焰焰啊，妳們之間曾經的些許恩怨，就不要再放在心上了。總之……這一次我不說什麼了，但是絕不允許再有下次。妳呀，妳那小聰明，可不要放在這種地方，明白嗎？」

唐焰焰馬上換了一副模樣，甜甜地笑，用力地點頭：「嗯，奴家明白。應該大智若愚嘛，對不對啊官人？你看我傻不傻，呵呵呵……」

楊浩又好氣又好笑，抬手在她豐臀上就是一巴掌，「啪」的一聲響，唐焰焰哎喲一聲，便捂住了翹臀，一雙大眼瞟著楊浩，卻有了幾分水汪汪的味道。

楊浩把雪兒往她懷裡一遞，轉身就走，邊走邊道：「小源，為老爺執行家法，今天中午不許二娘吃飯。」

小源瞟了唐焰焰一眼，趕緊應道：「喔……是。」

唐焰焰追在後面，嬌聲道：「官人不要生氣啦，人家今晚為官人燉蔘茸熊掌湯謝罪，好不好啊？蔘茸熊掌湯補氣血、健脾胃、壯陽、益精髓，主治頭昏眼花、少氣乏力、食欲不振、心悸失眠……」

遠遠的，傳來楊浩一聲悶哼，唐焰焰捂住脣，嗤地偷笑了一聲，眉眼間滿是得意。

懷中的雪兒大叫道：「二娘笑得好奸詐！和我家小白一樣奸詐。」小白狼聽見小主人叫牠的名字，忙湊到了跟前。

「去妳的，臭丫頭，沒大沒小。」唐焰焰在雪兒的小屁股上拍了一巴掌，雪兒又大叫道：「哎喲，爹爹打二娘，二娘就打雪兒，我要告訴我娘。」

唐焰焰瞪她道：「敢去？敢去下回二娘不偷偷餵妳糖吃了。」雪兒聽了就癟起了小嘴。

唐焰焰道：「雪兒啊，二娘教妳個乖，自己一家人呢，千萬不要鬥來鬥去的，縱然別人小有不是，也要多多包容。要不然，妳一時小小得意，卻早晚搞到家人失和，家道中落，害人又害己。但凡大戶人家，最忌諱的就是自家人之間勾心鬥角，妳二娘的娘家已經夠大了，可是咱楊家，將來更要大上許多，咱們家的孩子，一定要記住這一點。

「不過呢……她折子渝可還不是咱楊家的人，妳看她傲的那副模樣，又有一個有勢力的娘家撐腰，哼！還沒過門呢，就拽成那副模樣，不削削她的銳氣，真等她進了門，咱們這些女人還有容身之地嗎？」

雪兒道：「二娘是說黑衣姨姨嗎？黑衣姨姨很好啊，一直笑咪咪的，還給雪兒糖和奶酪吃呢。」

唐焰焰白了她一眼道：「那是對妳，可不是對別人，笨丫頭，幾塊糖和奶酪就把妳收買了，虧了二娘對妳那麼好……」

娃兒端坐案後，懸筆疾書，一行行端正娟秀的小楷字題寫於卷宗之上，杏兒站在一旁，把發生在花廳的事情原原本本地對她說了一遍，娃兒筆端一停，微微側著頭，若有所思地凝神想了片刻，莞爾一笑道：「折御勳此番登門，莫非是按捺不住，給子渝姑娘提親來了？也是啊，子渝姑娘如今都雙十年華了，就是她自己，也該要著急了。子渝姑娘真若嫁進門，就是一家人了，那時再若與她爭鋒，必惹老爺憎厭，所以二娘搶在頭裡，先給她一個下馬威。」

說到這兒，她筆尖一頓，輕輕地畫上了一個圓潤的句號，這是楊浩傳授開來的分句符號，為防語意不明，容易產生分歧，節府乃至轄下各職司的公文都要註以標點符號，就連蘆嶺州印刷的各種經書、農書、醫書、兵書，都莫不如此。

娃兒輕輕搖著手腕，搖頭嘆道：「二娘只是想削削她的銳氣，免得她入了我楊家的門，目中無人，誰也不放在眼裡，憑她的身分和娘家的勢力，天長日久，影響漸深，咱們誰能與之相爭？然而子渝姑娘身分尊貴，心比天高，天下的男子沒有幾個被她看得上眼的，可她一顆芳心偏就緊緊繫在了我家老爺身上。

「只是咱家老爺關心則情怯，總是畏縮不前，反把人家耽擱到了今日，最後還要折帥厚顏主動上門提親，以子渝姑娘的冰雪聰明，焉能不知兄長用意？恐怕她早已是一肚子委屈，這個時候，旁人隨意笑上一聲，耳語一句，恐怕都要被她以為是在譏笑她，二娘偏又……」

娃兒苦笑一聲道：「子渝姑娘輕易不怒，一旦動了真怒，恐怕又要生出許多波瀾。老爺想要一償夙願，與這怨偶共結連理，又要費上許多周折了。二娘只想挫挫她的銳氣，可她難道不曉得，男人是參天樹，女人是菟絲花？子渝姑娘也是如此，她們聰明絕頂，偏偏就不明白……鬥什麼氣？爭什麼爭？難道不知道，老爺心中最在意誰，誰才是勝利者嗎……」

＊　＊　＊

折子渝伏在馬背上，揮鞭如雨。

駿馬揚開四蹄，疾策如飛，馬鬃迎風飛舞。

火辣辣的臉龐被風吹著，那種屈辱羞臊的感覺漸漸淡了些，可是委屈的淚水卻是止不住地往下流。

這一次，大哥執意要帶上她同赴夏州，她就隱隱明白了兄長的用意。年已二十，孑然一身，折家許多比她小上五、六歲的女子都已成親生子，而她仍是形單影隻，獨自一人，就算平時沒有家中長輩沒完沒了的嘮叨，沒有那些抱著孩子的堂姐妹，甚至姪女、甥女們一見了她就小心翼翼生怕她觸景傷情的眼神，那種難言的寂寥、孤單，也早磨消了她的傲氣。

她來了，用一種矜持、隱晦的方式表達了自己的態度，如果那個該死的膽小鬼肯向她求親，她也不想再為了一些既成的事實，與他計較那些毫無意義的恩怨。可是……可是唐焰焰欺人太甚！

折子渝抬起衣袖，又狠狠地擦了一把眼淚。

唐焰焰其實也沒做什麼，只是太「熱情」了一點，款待接迎，盡顯女主人的風範，氣度雍容地往主位上一坐，大模大樣地吩咐下人取出剛自瀘州購進的「納溪梅嶺」請她品嘗，再說說一家人如何的和睦，花廳中這邊幾扇屏風是她選購的，那邊牆上掛的字畫，是她擺飾的……

可憐子渝此時的心態是何等敏感，往客位上一坐，聽說唐焰焰所說的一切，只覺得她無一處不在賣弄、嘲諷、炫耀。她的從容和風度都不見了，只覺得尷尬、難堪。如果……如果不是她唐焰焰橫刀奪愛，今天坐在那裡的本該是她，她才應該是楊浩的夫人，她的女兒也該有雪兒這等年紀、這等可愛了，而如今，她卻只能陪著笑臉，忍受著唐焰焰的羞辱。

繼而，那唐焰焰又狀似無心地談起她隨楊浩修習武功，當年在府州時武藝不及她十之二三，而今一定能比她高明時，她終於忍不住了。

她無法忍受唐焰焰後來居上，處處壓她一頭的模樣，一想起楊浩扶著唐焰焰的纖腰皓腕，手把手地教她武藝，更是妒火中燒，她本想至少扳回一局，於是主動提出比試一番。可誰知……她用上了劍，而唐焰焰居然是空手，空手奪劍！把她打得一敗塗地！

「你親手教你娘子的武功，讓我丟盡了臉面，這一輩子都要貽人笑柄，我就算孤老一生，也不嫁你這混蛋了！絕不！」

傲嬌的子渝行至三岔路口，吸了吸鼻子，淚眼迷離地往東去府州的方向看了一眼，在夏州，她丟盡了臉面。而折家，她就有臉回去嗎？

天空悠悠，白雲朵朵，天地之大，似乎已沒有她容身之地了。駿馬原地轉了兩個圈子，折子渝忽然一撥馬頭，狠狠一鞭，策馬向南馳去……

第五百章　羯鼓聲催入西涼

折子渝這一去，竟是下落不明。楊浩也慌了，與折御勳分頭找了幾日，一切可能的地方都查找過了，始終不見她的蹤跡。折御勳懊惱不已，不由怒道：「不省心吶，真是不省心吶，都是我從小把她慣壞了，居然連『隨風』都找不到她的下落，一個女孩子家，又能到哪裡去？」

楊浩這時也清醒過來，想起與折子渝相識以來種種，她是個外柔內剛的女孩子，尤其是地位尊崇，所以臉皮薄好面子，受不得羞臊，這一番雖只是比武較技輸與焰焰，事情本身並沒什麼了不起，卻是她心懷忐忑地意欲應長兄之命嫁入楊家前，與自己夫人之間的一場較量，內中微妙的含意卻不是那麼簡單了，恐怕她不堪羞辱，一時半晌不會回家。

想到這裡，楊浩便對折御勳道：「兄弟正欲西進，大哥不可久離府州，還請盡快回去坐鎮，以你我二人之力，就算馬不停蹄日夜尋找，能搜尋幾塊地方？何況這事又不便張榜行文天下。子渝剛剛交出『隨風』沒有多久，『隨風』在各地的暗樁眼線，她一清二楚，如果她存心不讓人見，『隨風』怎麼可能找得到她？這件事還是由我來吧，我讓

『飛羽』暗中搜尋。」

他略一思忖，又道：「兄長返回府州後切勿聲張，全當不曾發生這回事，反正子渝經常離開府邸，不會引人疑心。要不然，鬧得盡人皆知，就算子渝想回去，也是羞刀難入鞘了。」

折御勳別無他法，仔細想想也是道理，便依了楊浩囑咐，返回府州去了。送走折御勳，楊浩回到府中，往花廳一坐，沉著臉道：「叫二娘來。」

廳中幾個丫鬟一見老爺臉色，連忙去喚人來。焰焰掌握著飛羽，早已知道事態發展，眼見連折家的人都找不到折子渝下落，情知這一次事情真的鬧大了，這幾日也著實有些忐忑。

當初她被折子渝欺侮得可兇了，若是她的性子像子渝一般高傲，早就氣得嘔血，如今雖時過境遷，可是想起舊怨，難免仍有些芥蒂。她是明知折子渝是一定會嫁進楊家與她做姐妹的，那日故意撩撥她，激她發怒，既有給她一個下馬威的意思，也有些炫耀楊浩對她疼愛的意思，說到底，不過是想在舊情敵面前揚眉吐氣一番。

卻不想以她大剌剌的性子，受些委屈大吵大鬧一番也就夠了，她以己度人，以為刺激一下折子渝出口惡氣也沒什麼大不了的。卻不想一樣米養百樣人，折子渝與她性情截然不同，而且不知怎地，年紀長了幾歲，脾氣倒似比頭幾年更加剛烈，這一番出走竟連折家都找不到她的下落了。

唐焰焰怯怯地進了花廳，丫鬟們早知趣地退了出去。楊浩面沉似水地道：「折姑娘迄今下落不明。」

唐焰焰囁嚅地道：「妾身……妾身已經知道了。」

楊浩道：「种放帶著最後一批訓練的新軍馬上就到夏州，八萬大軍，總不能在這兒空耗米糧，等他一到，我就要率軍西征了。尋找折姑娘的事情，我交給妳了。」

唐焰焰窺探臉色，曉得這番他是動了真怒，不敢再向他撒嬌，低低地應了聲是。

楊浩沉著臉，起身便往外走，唐焰焰一陣心慌，忙道：「官人。」

楊浩站住了腳，卻沒有回頭，唐焰焰拈著衣角，低低地道：「我……我原也沒想會鬧到這個分上，我只想小小出口惡氣罷了，官人，焰焰……知錯了……」

「哦？」楊浩緩緩轉過身來：「錯在哪兒？」

「我……」

楊浩嘆了口氣，疲倦地道：「焰焰，妳對我付出良多，我心中豈能不知？可是對子渝，我虧欠她的還少嗎？妳也知道她個性高傲，受不得羞辱，妳這麼做……唉，為夫整日忙於公事，已經很累了。回到家，只希望能輕鬆一些，妳們都是極聰明的女子，我實在不想說的太多……」

唐焰焰看著他的背影，想起他這幾天落寞的表情和剛才隱含警告的話，忍不住泫然淚下。

她越想越傷心，伏在案上正嚶嚶啼哭，肩頭忽然被人輕拍了兩下，連忙拭淚抬頭一瞧，竟是即將臨盆的冬兒。焰焰連忙起身扶她坐下，抽噎道：「姐姐怎麼來了？」

冬兒在她身邊坐下，柔聲笑道：「還不是因為妳這沒心沒肺的妹子，說起來，折姑娘與官人相識最早，兩人之間卻最是坎坷。這麼多年下來，折姑娘為官人付出許多，迄今始終不嫁，心中那分情意妳還不明瞭嗎？她早晚是一定要入咱楊家的門的，姐妹間和睦相處不好嗎？給她一個下馬威，出一口惡氣，就那麼重要？

「焰焰，盡力把她找回來吧，就算親口道個歉，也不是丟人的事，妳真想爭，就爭誰在官人心中的分量最重。如何讓官人看重妳，難道是憑姐妹之間明爭暗鬥嗎？官人是個精明人，只是把心思都用在了公事上罷了，家裡面只要無傷大雅，他都故作懵懂，可真要有什麼算計，是瞞不過他的。就說這一回，雖說折姑娘一身武藝，為人又機警，可這西北地方比不得中原，萬一她要是有個三長兩短……恐怕……就是官人心中一輩子的病了……」

唐焰焰懊悔不已，喃喃地道：「我……我知道了，我一定盡全力找她回來。姐姐，還是姐姐對我最好。」

冬兒道：「有妳們幾個幫著官人，我如今只在後宅安心養胎，哪曉得這些事情？這是娃兒去告訴我的，怕妳想不開，也怕官人真的惱了妳。焰焰，姐妹們在一起，偶爾爭風吃醋，討官人的歡心，那是一家人的情趣，無礙其他，可要是不知輕重，讓官人懶見勾心鬥角，厭了回家，那可就……妳明白嗎？」

唐焰焰怵然一驚，她當然明白，她生在富可敵國的唐家，家中叔伯、兄弟俱都妻妾成群，她對這種情形早已見怪不怪了。這樣的家庭，男人哪愁沒有嬌麗可人、知情識趣的女子為伴？所以越是恃寵而驕的女人，越是容易失寵。

一開始，折子渝只是一怒而走，官人是什麼態度。待始終尋她不見，官人又是什麼模樣。如果……她果真因為這次出走有個三長兩短……唐焰焰越想越是心寒……

冬兒柔聲道：「真為官人打算，真想討官人的喜歡，就要斂起妳驕傲的羽毛，折姑娘若是夠聰明，她早晚也會明白這一點，可她明白得晚一些沒有關係，但妳這毛躁的性子，若是不知收斂，那可要悔之莫及了。」

唐焰焰黯然道：「難怪官人對姐姐又敬又愛，焰焰實不如妳。我……我這就派人去找她！」

* * *

种放帶著在蘆嶺州訓練的最後一批新兵馬上就要趕到夏州，种放一到，就意味著西征的開始，楊浩勢必不能再為尋找子渝分神，這事又不能公開張揚，唯有交給「飛羽」。

事情已交代給了焰焰，楊浩卻不放心，恐她心中不忿，陽奉陰違，於是又命狗兒暗中督察。如果焰焰仍舊感情用事，不知輕重，他就撤消她的一切職務，讓她只安心做一個楊夫人。

楊浩也知道自己對這幾房妻妾是有些太過縱容了，可是夫妻之間，總不能像上下尊屬之間一般紀律森嚴，夫妻之間、妻妾之間，總會有些摩擦的，總不能一有事情就暴跳如雷，那樣的家庭只有怕，又哪有愛？所以只要不是太過分的事，他都會睜一眼閉一眼，懶得理會。幾房妻妾間感情一直不錯，再加上個個聰慧，知道進退，彼此間一直相安無事，而這一回，他是真的有點怒了。

狗兒與焰焰、竹韻，是「飛羽」組織核心中的核心，是這個情報組織的三大巨頭。楊浩在任何一個重要職司，不分親疏，一概設置兩到三個重要職務，保持其職司互相制衡、監督的制定，以防因人廢事，又或有人隻手遮天。

竹韻親手訓練密諜，這就是她的資本，在「飛羽」中獨立一幟，所以人事方面其實掌握在竹韻手中。以唐焰焰夫人的身分，也無法挾制她。唐焰焰掌管著「飛羽」資金、財物的調撥，以及情報的最終彙總、上報。而狗兒地位更加特殊，她只對楊浩一人負責，負責與楊浩相關的安全工作，以及在這個範圍之內的一切人事調動、財物調動，她的職司不受竹韻和焰焰職權的轄制。

至於下達命令，則是由一個類似於祕書處的組織負責，他們唯一的使命就是接受命令、傳達命令、報備候查。「飛羽」各級首領包括楊浩的命令，全部透過這個部門發出，某一首領下達的命令，上一級的官員均可調閱，一定程度上保證了內部透明度。

楊浩知道特務組織具有多麼大的重要作用，但也知道它一旦淪為某人一手把持的特權機關之後，可以翻雲覆雨，甚至把他頭上的最高統治者玩弄於股掌之上。所以既要發揮它的作用，又得盡量避免在發展過程中，漸漸淪為某個特務組織強人的私人工具。

他並不疑心唐焰焰會對自己心懷歹意，抑或有此野心或權力欲望，但是他對所有機構的設置，從一開始就立下了相應的制度，並在實際操作中不斷地進行修訂和補充，使它更加完美、更加嚴密。

依賴制度也許不是最完美的，但是人類哪怕是發展到了他那個時代的文明程度，依賴制度，仍舊是遠比依賴領導人的個人品德和智慧知識更加穩妥的方法。

當然，多少年後，他的某個繼任者完全可以一手推翻他這個始創者制訂的制度，而這，則已不在他的考慮之內了。因為他熟知未來，所以一直糾結於改變未來，但是現在他已漸漸明白，哪怕他有再大的力量，也只能好好地活在現在，創造現在。

未來掌握在未來人的手中，並不在他的掌控之內。一個人，常常連他兒子的命運都無法安排，怎麼可以為幾百年後、上千年後的人安排一條道路，讓他們一致地遵守、服從？這和那些想要修仙學道、長生不老的帝王一樣愚蠢，想通了這一點後，楊浩便變得豁達多了。

狗兒督察的結果送回來了，焰焰的確在不遺餘力地組織人手尋找折子渝的下落，並沒有陽奉陰違，對他的命令打折扣。楊浩這才放下心來，暫且拋下家事，開始專心策劃西進。

他調种放到夏州來，是想親征西域期間，由丁承宗和种放坐鎮夏州。這兩年來种放在文治、武功方面的表現，已經贏得了節度使府各級官吏的尊敬和信服，授予他如此重任，可謂實至名歸。而丁承宗是楊浩的大哥，對他的忠心沒有一個人會懷疑，所以丁承宗被任命為節度留後，代理節度使之職，种放任節度副使，主持日常事務。

古長城外，河西東線，以麟、府兩州背靠橫山，為第一防線，銀、蘆兩州依托橫山為第二防線，古長城關隘為第三防線，第一道防線由楊繼業和府州折御勳共同防禦。第二道防線由楊繼業和李一德把握。

南面，則暫緩對吐蕃人的蠶食，與秦州宋軍已由敵對轉為曖昧的吐蕃尚波千部、大石族、小石族、安家族、延家族諸部，交給他的四弟赤邦松和在他的扶持之下漸漸壯大起來的吐蕃六谷蕃部羅丹族長去對付。

赤邦松利用他的王子身分分化瓦解諸部，盡力爭取他們對楊浩投效支持，而羅丹則扮演那根大棒子，在武力上遏制他們的發展，這兩人一個唱紅臉一個唱黑臉，對那些大大小小組織鬆散的吐蕃部落極具殺傷力。尚波千、禿逋、王泥豬那幾個吐蕃首領雖然在宋國的扶持下勢力日益壯大，可是血統上卻不及赤邦松和羅丹尊貴。這在尚保持奴隸制的吐蕃部落中間，足以使赤邦松和羅丹抵消他們一部分的優勢。

完成了對夏州的安排和東線、南線的部署之後，楊浩就全力以赴地開始策劃西進了。兵員調集、糧草儲備、武器軍械、後勤運輸、情報刺探……又將費盡心機弄來的西進路線山河地理詳圖謄錄多份，分發各部將領。在休養生息兩年之後，楊浩首度開始了一場最大規模的戰役，兵戈直指西域古道。

*　　*　　*

白虎節度堂，遠征之前的最高級別軍事會議。

只有六個人：楊浩、种放、張浦、丁承宗、蕭儼、徐鉉，軍政兩界最高級別的官員。

一番計議之後，楊浩總結道：「此番遠征，對鞏固、壯大我之政權意義深遠，將領方面，本帥會以張浦為副帥，木恩、木魁、艾義海、李華庭、何必寧為將，拓跋昊風、李繼談、張崇巍隨种大人留守夏州。諸位還有什麼建議嗎？」

徐鉉拱手道：「太尉，我軍收復華夏故土，兵威直指玉門關外，這是堂堂正正之戰，彪炳千秋之舉，出兵之前，當有一篇檄文，公告於天下。」

此言一出，蕭儼、种放、丁承宗齊聲響應，楊浩若有所悟，頷首道：「有理，以各位大人的學問，要寫一篇鏗鏘有力、義正詞嚴的檄文出來，那是輕而易舉，只是這檄文基調，卻須先定下來，諸位大人怎麼看？」

蕭儼拱手道：「太尉，西域故土，有我漢人數百萬，太尉此番出征，要復我華夏故土，救我同祖同宗之漢家百姓於困厄之中，應著重申明這一點。西域雜胡，野蠻之人，不受教化，乘我中國無人，野狐升據，沐猴而冠，盜據漢土，霸壓漢民。

「今幸天道好還，太尉統御西北，百業復興，人心思治，故奉天威，廓清華夏，復我故土，救我漢民，此乃順天應命之舉，以我中國六合之大，九州之眾，兵鋒所指，勢如破竹，當能犁其庭而鋤其穴，胡虜宵小，應低首下心，甘為臣僕。若否，兵威所至，玉石俱焚！」

徐鉉精神一振，撫掌嘆道：「擲地有聲！蕭大人好氣魄，徐某還在咬文嚼字，大人已是出口成章了。如此氣吞天地之勢，實是好文，如此一來，西域數百萬漢人必然歸心，太尉以為如何？」

楊浩差一點便說出「扯淡」二字，只是徐鉉、蕭儼都是文人，比不得武將們，隨意開開玩笑也無所謂，遂搖頭道：「不妥，又是胡虜，又是宵小，那將置木恩、木魁，和我軍中許多契丹、吐谷渾、吐蕃、回紇乃至羌人將士於何地？」

楊浩微笑道：「契丹國有五十多個民族，為了尊重各族的習慣，籠絡上下歸心，以契丹族人之驕橫野蠻，尚知各依其族、各依其俗，又設南院、北院，妥善安置漢民，六十年下來，如今燕雲十六州的漢人，是親契丹多些，還是仍然嚮往中原，諸位應該知道吧？」

他換了個坐姿，又道：「再說宋國，那也是漢、苗、傜、仡佬、壯、黎、畲等民族繁多，禁軍中還有吐谷渾直、契丹直、日本直等各族的特別軍種，也是一視同仁，方使他們傾心歸化。天下之水莫大於海，緣何？蓋因萬川納之。西域不只有數百萬漢人，還有數百萬其他民族的人，這篇檄文一出，是把他們有心歸附於我們的，也都推到了敵人的陣地上，你們說是嗎？」

張浦頷首道：「大帥說的是，當年張義潮義旗一舉，氣吞萬里，頃刻間占據西域十一州，成為凌駕於吐蕃、回紇之上的西域第一霸主，可是其後卻是勢力漸漸萎縮，如今他的後人只剩下瓜、沙兩地，苦苦掙扎了。原因就是，他貶抑其他諸族，彼此間戰事綿綿不絕。西域漢人深受其苦，從擁戴而漸至拋棄。」

蕭儼和徐鉉本是身處中原腹心的唐國舊臣，這方面的感觸不深，方有此言，此刻聽了楊浩所言和張浦的印證，不禁自覺冒失，點頭稱是。

楊浩道：「這篇檄文，第一，文風上要少用瑰麗詞藻和偏僻的字句，否則，恐怕除了本就有心歸附本帥的一些博學鴻儒，看得懂的就沒幾個人了，也就失去了它的意義，務必要簡潔直白，讓大數人都聽得懂。第二，檄文立意上，要強調河西走廊西域古道的重要作用。要知道，當年以河西走廊為商道，交流東西，河西之富，富甲天下，誰不受其惠澤，如今呢？

「要讓所有人知道，如今各方勢力犬牙交錯，彼此征戰不休，以致百十年來西域戰禍連綿，各族百姓俱受其苦。人民無論貧富，盡遭戰亂，被人搶掠罄盡，寸草不留，西域商道斷絕，以致民無生計，西行諸城日漸蕭條。而本帥就是要打通西域商道，使其盡在我軍保護之下，重新振興河西，使我西域諸族、四方百姓俱受其惠。農牧工商，所求不過溫飽，這樣一說，其利自見。」

他頓了一頓，又道：「蕭大人所言的意思我明白，這件事，是要提上一提的，然而卻不可激化矛盾，中國數千年禮義人倫、詩書典章，不得其傳，行將湮滅，本帥出兵，這就是衛道保儒了。西域士林，也當擁護。還有，西域戰亂不休，不但百姓受苦，就是佛門寺院，也多有受霸道豪強劫掠而焚燬，使得僧侶流浪四方，不得禮佛打坐，本帥此去，自然也要保他們無憂。」

楊浩直起腰來，說道：「那些既不肯降，又不肯走的既得利益者，要打敗他們，用武力就行了。可是要站穩腳跟，就必須得到所轄領土上的百姓們之擁戴。所以，我們要堂堂正正地揮師西進，不使陰謀詭計，不可不宣而戰，要把我們作戰的意圖和決心，以及想要達到的目的，讓說著不同民族的語言、識著不同民族的文字的西域百姓，人人都明白，人人都知道，人人都願意，爭取一切可以爭取的力量！」

……古道如龍，慘遭寸折。大漠風蕭，敦煌離宗，玉門關外，車馬凋零……謹以至誠，宣告天下，河西隴右兵馬大元帥、定難節度使、橫山節度使、檢校太尉、開府儀同三司楊浩氣憤風雲，志安社稷。今見河西之凋蔽，感一身之責任，率堂堂之師，息賊安民，重闢古道，以事祥和，此大仁大義舉也。旌旗所至，順我者昌，逆我者亡……

鏗鏘有力的檄詞聲中，楊浩大旗漫捲，虎賁八萬，出夏州，過瀚海，渡黃河，越沙陀，沿長城古道，浩浩蕩蕩，直奔西征第一站：西涼府。

五百一章　兵不血刃

草城川，岢嵐防禦使駐地。

赤忠巡視軍營，剛剛回到府邸，迎在廊下的副將蕭晨便迎上前來，自他手中接過馬鞭，見禮道：「大人。」

赤忠唔了一聲，舉步往府門中走，蕭晨忙快步跟上，說道：「大人，府谷那邊已經拖了一個多月的餉，軍士們多有怨言吶，今年還未秋收，府谷那邊又要徵調一批糧草，咱們這邊的日子不好過啊。」

豔陽當空，府中綠樹成蔭，知了在樹上沒完沒了地鳴叫著，聽得赤忠一陣心煩，他扯了扯衣襟，露出胸口透著氣，不耐煩地道：「不過個把月而已，誰家裡揭不開鍋了？大帥那裡不會把你們的餉銀拖光了的。要說起來，大帥那邊日子也不好過嘛，咱們也得為大帥分憂不是，等熬過這一陣就好了。說到糧草，咱們這邊的屯糧該夠吃到明年冬天了，府谷那邊有些困難，咱們就如數調撥一批糧草過去嘛。」

「是是是。」蕭晨一迭聲地應是，隨著赤忠進了花廳，等侍衛隨從們都退下了，這才壓低嗓音道：「大帥，代州那邊去年缺糧，大帥把咱們的積糧運去，大賺了一筆，今年還未秋收，這虧空還沒補上吶。」

赤忠瞪他一眼道：「廢話，老子難道不知道？外面人多眼雜，有些緊要的事情不要在路上說。」

他一邊解著盔甲，一邊在廳中轉悠著，沉吟半晌，將沉重的鎖子甲鏗的一聲扔在椅上，向蕭晨一招手，蕭晨連忙趨身近前，赤忠小聲道：「如今商旅多不從我府州境內通過，牽累得百業蕭條，府谷那邊實有些困難，咱們要是明著推諉勢必不成。這樣吧，糧餉不是已經拖了一個多月了嗎？你利用此事，鼓噪士卒鬧出些事端來，我再出面壓制，回頭就對大帥說，為安撫軍心，將部分存糧充餉下發了，所以存糧不足調撥府谷，這樣大帥那邊也就能交代過去了。」

「大人英明，好計謀。」蕭晨不失時機地拍了個馬屁，見赤忠轉身拿起涼茶猛灌，忙又湊到跟前，低聲道：「大人，汴梁那邊又來人了。」

赤忠聽了頓時一怔，緩緩在椅上坐下，蕭晨忙趨身道：「大人，府州這邊，經過調整之後，就算能應付眼下吃緊的局面，怕也不如往昔一般繁榮了，如今誰還不曉得楊浩的地盤上才處處財路？就連李玉昌，那可是大帥家的親戚，現在都跑到楊浩的地盤上去，一口氣連開了三個商號，依卑職之見，府州……前途無亮啊。」

赤忠眉頭緊蹙，默然不語。蕭晨忙又轉到他另一邊，接著說道：「大人，那邊的使者說了，官家對大人你一向甚是器重，如果大人能下定決心，為朝廷效力，事成之後，這保德軍節度使就是您的。」

赤忠身子一震，驚道：「此言當真？」

蕭晨忙道：「自然當真，官家九五至尊，一朝天子，那是金口玉言，豈有出爾反爾的道理？大人勞苦功高，可是跟著折大帥，這一個防禦使也就到頭了，還能有什麼前程？大人，咱們私下與朝廷交結，萬一被大帥知道，就算大人沒有二心，也必被大帥罷職。如今朝廷又許了大人偌大的好處，大人，應該早做決斷了。」

赤忠低頭沉吟不語。

「大人，前程富貴唾手可得，還要猶豫什麼？」

赤忠挺身而起，繞室疾走，臉上陰晴不定，始終猶豫難決。過了半晌，他腳步一頓，回首道：「朝廷使者現在何處？」

蕭晨忙道：「仍然扮作卑職的親戚，住在卑職府上。」

赤忠咬了咬牙，說道：「今晚，本官去你府上飲酒，嗯？」

蕭晨心領神會，連忙道：「卑職明白，卑職會妥善安排，今晚……靜候大人大駕光臨。」

蕭晨屈身而退，一俟出了花廳，眼中卻攸然閃過一抹詭譎。

廳中，赤忠仰首望著房頂承塵，久久，方沉沉說道：「折帥，人往高處走啊……」

* * *

府谷，百花塢。

折御勳怒容滿面：「胡鬧，真是胡鬧，九叔，子渝這丫頭到底去了哪兒？」

面容清臞的九將軍一臉苦笑：「御勳啊，子渝這丫頭整個就一人精，她不想讓人找到，誰又找得到她？喏，這是她傳回來的消息，消息最初是從綏州境內傳出來的。她在信上只講了幾樣改善我府州窘境的建議，向家裡報一聲平安，叫我們不必找她，她要一個人出去走走，散散心。消息雖是從綏州境內傳來的，可現在這麼會兒工夫，早不知她又去了哪裡，如何找他？」

折御勳一把抓過小妹傳回來的信柬，一邊看一邊咬牙切齒，看完了把信一團，狠狠丟在地上，問道：「她就沒再說什麼？咱們若有事，如何找她？」

九將軍道：「子渝倒是留下話來，對她的建議若還有不明之處，可以密信傳達『隨風』各處，本月十五，她會去取。」

折御勳皺眉道：「可否在各處安排人手，她一露面，就把她捉回來？」

九將軍苦笑道：「怎麼可能？咱們許多情報點都設在不屬於咱們轄地的大城大阜，或藥房、或青樓、或茶水鋪子……哪有可能安排人手把她大模大樣地擄走？」

折御勳愁眉不展，長嘆道：「她一個妙齡女兒家，生得又是一副花容月貌。一個侍從也不帶，獨自出門在外，萬一出點什麼事情，這……這……」

折御勳轉悠了半天，一俯身又抄起折子渝傳回的信柬，展開來仔細看了看，轉身便往書案後走去。

折御勳展開信紙，提起筆來，略一沉吟，便洋洋灑灑地寫下一封書信，內中詳細講述了她出走之後楊浩牽掛擔心的情形，又把一旦楊浩稱霸西域，折家獻城歸附後，可封世襲罔替折蘭王的祕盟誓約也一併告訴了子渝，曉之以情、動之以理地勸解一番，仔細看看並無大礙，這才起身交予九將軍，說道：「九叔，把此信編成密文，下發各處。」

* * *

涼州，地饒五穀，尤宜麥稻，歲無旱澇之虞，尤以畜牧甲天下。自漢在此設郡，涼州下轄七縣，經多年經營，人口繁眾，物產豐饒，素有涼州七城十萬戶之說。

除了涼州自身具備的優勢，這也是西進奪取河西走廊的第一鎮，軍事地位亦十分重要。此處七城，被三方勢力盤據。其中党項羌人本來是效忠於李光睿的，李光睿死後，該地羌人暫時自治，待楊浩的勢力逐步西進，逐一收服賀蘭山脈諸城，並屯兵於靈州之後，據守涼州嘉麟、昌松兩地的羌人便向楊浩乞降了，因此楊浩在此已有先頭部隊。

占據涼州的勢力除了党項羌人，還有吐蕃六谷藩部，六谷蕃部是羅丹的族人，羅丹族長接受楊浩的援助，實際上儼然已是他的馬前卒，現在正統兵與隴右尚波千等部族征戰，他們在此地的領地自然也向楊浩臣服，這樣一來，楊浩西進涼州的第一步，兵不血刃，就已占據了五城，只剩下姑臧、神烏兩縣之地，占據這兩城的也是吐蕃人，卻不受六谷藩部轄制。

中軍，張浦展開地圖，說道：「大帥請看，姑臧、神烏兩地，是西涼七城最重要的城池，兩城共有戶七千三百餘，人口三萬六千餘，其中漢人三百戶，羌人一千一百戶，其餘諸族百姓約兩百戶，此外俱是吐蕃人。占據此處的是吐蕃達昌部，首領叫絡絨登巴，現駐姑臧城。姑臧城，漢名臥龍城，南北七里，東西三里，是匈奴時候所築，當地人又稱之為蓋烏城。」

楊浩微微一笑，城中有戶多少，構成如何，都能了解得如此詳細準確，這功夫可沒少下，「飛羽」小試牛刀，戰果不凡。

楊浩問道：「城池可還堅固？城中有兵多少？這個絡絨登巴為人如何？」

張浦道：「兩城俱是小城，雖經多年維修加固，但並不算險峻。達昌部落常備兵不足兩千人，但全族男女俱擅騎射，人人可上陣廝殺，真要據城死守，至少拿得出兩萬人馬。這個絡絨登巴為人還不錯，因為旁邊就是強大的夏州李氏，六谷蕃部又兵強馬盛，所以他一向與人為善，盤剝百姓也不算十分苛薄，據兩城而自守，並沒什麼野心。」

楊浩蹙眉道：「是啊，西北地區，但逢戰事，男女老幼、農牧工商，皆可充作控弦之士，看似人少，若要集結兵力，實比中原容易百倍。父母妻兒盡皆上陣，那更是齊心協力，眾志成城，我雖打得下這兩座城，可是一番血戰下來，城中恐怕剩不下多少人了。

「我的目的是整振西域古道，可不是想一路殺個血流成河，做一個河西屠夫。這個絡絨登巴既無大志，為人又不算兇惡，或可軟硬兼施迫其投降？如果能控制他們，就盡量避免製造仇恨。咱們的布告已送進城去了嗎？這絡絨登巴可有降意？」

張浦道：「前天就已送進城去了，城裡邊但凡我們能夠影響的一切力量也都在向他施加壓力，如今他既未拒絕，也未答應，大帥你看，是不是再等他明確做出答覆？」

楊浩略一沉吟，說道：「令木恩、木魁、艾義海，再加上重甲騎兵陣、陌刀陣，輪番在姑臧城下演武布陣，他既然下不了這個決心，咱們再幫他一把。」

張浦會心地一笑，抱拳道：「末將遵命！」

＊　＊　＊

扎西多吉趴在草圍子上，緊張地看著遠處的動靜。

在他身後的姑臧城內，一派緊張氣氛，所有的商號店鋪全都歇業了，門扉緊閉，鴉雀無聲。街頭，只有一隊隊持刀荷箭的武士腳步匆匆地來去。

城中的緊張氛圍也影響到了扎西多吉的情緒，當他看到一隊隊人馬在草原上往來馳騁，笑傲叱吒的時候，臉色蒼白如紙。

他見過許多軍隊，吐蕃人的、党項人的，而且和他們交過手，不管是誰的軍隊都如虎狼般兇悍，然而眼前這支軍隊和他們顯然有著一個顯著的不同點。他們一樣兇猛，一樣剽悍，同時整齊畫一，進退如一，但是在如潑天巨浪般兇悍的氣勢中，又獨具了一種肅殺凌厲的氣勢，氣壯如山，一靜如岳之峙，一動如山之傾。

他知道楊浩取李光睿而代之，麾下許多軍隊本是來自於李光睿的夏州兵，卻未料到兩年光景，李光睿的兵在楊浩手中竟有脫胎換骨的效果。一群猛虎縱橫於草原之上，是令人望風而逃的。但如果是溫馴食草的野牛群，一旦受驚狂奔，其不可抵禦的威勢，絲毫不弱於一群猛虎，甚至猶有過之。

然而，如果千百頭猛虎，忽然間像野牛群一樣號令如一，那又該是怎樣的光景？

一隊馬軍，帶著如雷般的呼嘯聲退去了，片刻工夫，又是一隊騎兵，馬匹膘肥體壯，強健有力，神駿之極，隨著鼓聲，他們氣勢洶洶，疾而不亂，統一制式的服裝、統一制式的武器，三人一伍，頃刻間便匯聚成一股強勁的鐵流，齊刷刷地在姑臧城下從容馳過。

這樣威武嚴整的軍容，扎西多吉從來也沒有見過，雖然說這樣迅速的集結、這樣嚴整的軍容，在戰陣上毫無作用，頂多是用來檢閱儀仗，可是能有這樣的效率，證明這支虎狼之騎有著極嚴明的軍紀，他們不止單兵戰力強勁，而且訓練有素，那麼這支軍隊的可怕就可想而知了。

這支隊伍還沒從眼前消失，一支更可怕的隊伍又出現了。他們的馬比剛才的騎兵隊伍更加雄駿高大，那是罕見的大食寶馬，這樣的寶馬，一匹、兩匹他是見過的，可是數千匹大食寶馬集結成陣，他還是頭一回見到。黑馬、黑甲、黑色的披風，就像一股黑色的巨浪。

草原上有白災、黑災，這支騎兵滾滾而來，簡直就是人為的一場黑災，帶著踏平一切的龐大氣勢，當他們行至近處時，扎西多吉才發現他們不止人身上穿著制式古怪連頭面都遮掩於內的板式盔甲，就連馬身上都穿著鐵甲。然後，他才發現，在那騎兵方陣後面是如林的刀叢。

他從來沒見過這樣巨大的戰刀，握在一群鐵甲步卒手中，形成一座刀山的模樣。可是他幾乎是頃刻間就知道那是什麼了，陌刀陣！草原騎士集結衝鋒時最為畏懼的陌刀陣，曾經有多少草原勇士，就在這樣巨大的大刀陣中被連人帶馬絞殺得粉碎，空有一身武勇，根本不得施展。

扎西多吉激靈靈打個冷顫，連忙向後竄退了幾步，連滾帶爬地翻下土圍子，縱身躍上一匹快馬，一溜煙地向姑臧城奔去。

「大哥，大哥，夏州兵強馬壯，力不可敵啊！」

扎西多吉慌慌張張跑回他大哥的府邸清涼城去，他的嫂嫂正在東漢武威太守張奐修建的澄華井旁小廳中喝茶，一聽聲音忙迎上來道：「扎西多吉，你大哥去羅什寺求見活佛了，如今怎樣，羌兵難敵嗎？」

扎西多吉無暇多說，忙道：「我去找大哥。」說罷返身往外就跑，逃上戰馬，又直奔羅什寺。

姑臧城中寺廟眾多，其中有名的主要有晉朝時涼州牧張天錫修建的宏藏寺，武則天在位時改稱為大雲寺，主持其事的是中原禪宗弟子。還有一座海藏寺，乃四百多年前於涼州自立稱王的張茂所築。再有一座便是羅什寺，傳的卻是密宗教法，乃龜茲國聖僧鳩摩羅什傳教之地。

鳩摩羅什出身高貴，父親是天竺名門之後，母親是龜茲王的妹妹。鳩摩羅什幼時就極為聰敏，七歲隨母親一起出家，成年後更是通曉佛法，尤善經文。在涼州羈留講經的十六年裡，他佛法精進，並說得一口流利漢語，後來以西域高僧的身分被邀往中土，以其對佛法的深刻見解翻譯佛經三十五部、近三百卷經文，大唐高僧玄奘所讀的許多經書都是由鳩摩羅什翻譯的。

如今，這羅什寺寺主，是涼州最有名的活佛，絡絨登巴的父親就虔誠向佛，生下兩兒一女，俱都請羅什寺活佛為其賜名，如今的涼州城主絡絨登巴翻譯成漢語就是智慧佛陀的意思，扎西多吉就是吉祥金剛，而他們的妹妹澤仁拉姆就是長壽神女的意思。

絡絨登巴拜於羅什寺主座下，每逢大事，常問計於寺主活佛。扎西多吉也是活佛的弟子，到了寺前棄韁下馬，進了寺院，卻不敢再急如星火，只在喇嘛僧引領下循規蹈矩地直趨佛堂，到了大殿上，正見長兄絡絨登巴正虔誠地跪在蒲團上聽著活佛訓示，扎西多吉不敢怠慢，忙也畢恭畢敬地上前，向活佛行禮，跪坐一旁靜聽。

「楊浩，乃岡金貢保轉世靈身，我教護教法王。此番他興兵西進，重闢西涼古道，乃是以霹靂手段，布慈悲甘霖，這是一樁大功德，違之不祥。絡絨登巴，以你兵力，難敵楊浩西進鐵騎，為今之計，唯有獻城乞降，以保富貴。」

活佛說罷，瞟了扎西多吉一眼，緩緩問道：「扎西多吉，你有什麼話說？」

扎西多吉連忙伏地道：「活佛，扎西多吉出城瞭望，見夏州軍兵強馬壯，氣勢如虹，非我姑臧城所能敵。正要歸來，將我所見，告於兄長。」

活佛微微一笑，擺手道：「絡絨登巴，此乃佛門淨土，不聞刀兵之氣，你們兄弟出去談論吧。」

絡絨登巴伏地道：「是，不知活佛還有什麼訓示？」

活佛以掌摩其頂，悠然道：「你是姑臧城主，姑臧城是焚於兵災戰炎，還是得大吉祥，全在你一念之間。一念可以成佛，一念亦可成魔，為師言盡於此，何去何從，你自行決定吧。」

「是，謹遵活佛教誨。」

絡絨登巴與扎西多吉三叩首，屏息退下。

兩人一走，佛臺後面便轉出一個人，黑紗掀起，掛於笠頂，明眸皓齒，眉目如畫，正是馬燚。

馬燚嫣然道：「活佛慈悲心腸，姑臧城若因此免於兵災，實是活佛的無量功德。」

活佛微笑合掌道：「善哉。楊浩重關西域古道，盡納諸部於統一號令之下，這是消弭兵災、繁榮地方、惠及蒼生的一件大事，縱然沒有達措活佛的書信，嘎嚕也是願為涼州之和平盡一己之力的。絡絨登巴素無據地稱王之野心，還請馬燚姑娘回覆楊浩，請他切莫輕啟戰端，給絡絨登巴一點時間，他會做出明智抉擇的。」

馬燚笑靨如花，纖掌輕合如玉女禮佛：「活佛慈悲心腸，我大……我家大人也是這樣想的。只是十五萬大軍屯紮於此，每日空耗錢糧無數，所以我家大人西征之路，是不會在涼州久待的。這樣吧，就以三日為限，三日之內，絡絨登巴若獻城投降，我家大人自會保他一身富貴，節府中亦有他一席之地。三日一過，大軍攻城。」

「噹……」

鐘聲悠悠響起，嘎嚕活佛與馬燚相對一禮……

*　*　*

汾州古城，六月天，炎陽似火。

蟬兒沒完沒了的鳴叫聲中，曉樓藥鋪的西門掌櫃懶洋洋地伏在案上，手中的拂塵有一下沒一下地在案上輕揚著。

一個穿青色短襟褲褂、頭紮英雄巾、步履矯健的漢子，快步走進藥鋪，屈指在案上叩了叩。

西門曉樓沒精打采地抬起頭瞥了他一眼，見這漢子年紀甚輕，皮鮮肉嫩，五官卻也秀氣，只是雙眉過重，帶了幾許煞氣，脣上還有一點黑痣，瞧起來令人不大待見，便懶洋洋地打個呵欠道：「客官想買點什麼？」

那青衣漢子直截了當地道：「砒霜。」

西門掌櫃又打了個哈欠，伸手道：「買幾錢啊？地保的憑書拿來，這種藥，可不是隨便就能買的。」

青衣漢子回頭看了看，忽然探身對他低低地說了一句什麼，本來睡眼矇矓的西門掌櫃霍地張大了眼睛，那青衣漢子摸了摸下巴，手指在胸前又迅速做了幾個動作，西門掌櫃急忙站了起來，結結巴巴地道：「妳是……妳……」

青衣漢子伏在案上，隨意揀拾著幾樣藥材，低聲道：「少廢話，有沒有我的書信？」

西門掌櫃忙道：「有，有，請小……壯士到後房來。」

青衣漢子壓著嗓子道：「不必了，就在這兒成了，拿出來。」

西門掌櫃忙顫顫抖抖地從懷裡掏出一封搗熱了的書信來，青衣漢子一把搶過，匆匆將信瀏覽了一遍，冷笑一聲，咬牙道：「折蘭王？真是慷慨！大哥好沒出息，他楊浩若是個沒本事的，我可以為他受委屈，總不教他難堪了去。他既是個有本事的，我偏不低聲下氣地受他楊家人的窩囊氣。誰離了他便不成嗎？這一世的緣分，斷了！」

西門掌櫃只知她的身分，並不知發生在折楊兩家的事情，聽她自言自語，只聽得目瞪口呆，卻還是不明所以。折子渝忘形之下說出了心裡話，忽地驚覺櫃檯裡面還站著一位，不由嫩臉一熱，羞窘之下把眼一瞪，嬌嗔道：「看什麼看？再看，挖了你的眼珠子。」

西門掌櫃嚇了一跳，趕緊擺手道：「老漢沒看，什麼也沒看。」

折子渝冷哼一聲道：「既然他折大將軍連後路都安排好了，看來是不用我操心了。你捎個話回去，就說，我如今逍遙自在得很，叫他不必以我為念。」

折子渝說罷轉身就走，西門掌櫃情急之下忍不住叫道：「五公子，要往哪裡去？」

折子渝不答，西門掌櫃連忙自櫃檯後閃出來，等他追到門口抬頭望去，只見街上熙熙攘攘，人來人去，早已不見了折子渝的身影。

折家收到折子渝在汾州出現的消息，發現她自夏州而綏州，自綏州而汾州，先南後東，整個行進路線是向中原而去的，立即傳出消息，令密諜沿途打探她的消息，可是折子渝自汾州乍一露面，便再也難覓她的蹤影，集「飛羽」和「隨風」西北兩大密諜組織，在一切關隘、渡口、車行及主要道路安插眼線，都無法找到她的下落。折子渝似已就此石沉大海了。

此時，折子渝已離開汾州，轉而向西，到了隴西的六盤山下。

六盤山山勢雄偉，巍峨挺拔，素有「山高太華三千丈，險居秦關二百重」之美譽，此地氣候涼爽，春去秋來無盛夏，盛夏時節到了此處，真是神情氣爽，心曠神怡。

折子渝走南闖北，去過許多地方，但是每一次都負有使命，行色匆匆，唯有這一次為情所傷，獨自遨遊天下，反而能靜下心來欣賞山川大澤之壯麗，心胸亦為之一暢。

旭日東升，朝霧瀰漫，重巒疊嶂，翠橡青杉，一道山泉，咆哮澗間，彷彿人間仙境。

折子渝從搭在石下的窩棚中起來，於山間清泉濯洗嬌顏，漱口刷牙，收拾停當，以一枝木釵綰了秀髮，去林中轉了一圈，便提著一隻紅腹錦雞回來，在泉邊收拾停當，回到大石下窩棚邊生起火來，然後將錦雞架起烘烤，當錦雞發出濃郁的肉香，她又起身趕到一旁拴在大樹下的馬兒旁邊，自馬背包裹中取出一個包囊，裡邊盛著鹽和各種調味品，她回到火旁，一邊轉動著烤得黃澄澄的錦雞，一邊細心地撒著佐料。

雞肉的香味更加可口了，折子渝嗅了嗅，臉上露出一絲滿意的笑容，又自腰間取出一只扁口酒壺，盤膝坐定，準備大快朵頤。她撕下一條雞腿，剛剛咬了一口，又擰開酒壺，才湊到脣邊，就聽一陣叱喝打鬥聲傳來，折子渝黛眉一皺，便起身伏在石上，向刀劍聲鏗鏘處望去……

五百二章　一葉隨風

折子渝閃目望去，就見一個青衫武士手持一柄竹杖劍，與五、六個吐蕃服飾的大漢正在搏鬥，邊打邊退，正往山上退來，那些吐蕃大漢將他團團圍住，七、八柄大刀如疋練漫捲、長虹穿空，始終堵住他四面八方的出路。

折子渝的馬匹、帳篷、女兒家的一些應用之物都在這裡，還未來得及收拾，自也不會倉皇逃去，一見事不關己，便爽快地自石後站了出來。這也是她行走江湖得到的一些經驗，公開行藏，亮明旁觀身分，事不關己，尋仇的雙方便也不會把她牽扯進去。

要不然，在這荒山野嶺之中，她鬼鬼祟祟地躲在一旁，一俟被人發現，便很難表示清白。折子渝倒也是藝高人膽大，眼見雙方鬥得慘烈，還好整以暇地站在大石前，一口肉、一口酒，一邊慢條斯理地吃著東西，一邊瞧著雙方廝殺。

那些大漢個個身材魁梧，動作卻極敏捷，手中一口碩大的彎刀，刀風霍霍，凌厲無匹，而那青衫秀士就像一條靈活的游魚，兔起鶻落、閃躲騰挪，在一道道閃電般的刀光中，總是險之又險地避過那足以一刀斷其肢體的狠招，手中的竹杖劍彷彿一條吐芯的靈蛇般吞吐閃刺，不時還給對手掛上幾道傷痕。

那青衫秀士攸然刺出一劍，劍光飄忽，浮光掠影，一下子逼退了面前的幾個對手，然後一個斜插柳、大彎腰，又憑著機敏的身法閃過四柄交叉下擊的彎刀，居然還忙裡偷閒往折子渝這邊看了一眼，見是一個一身玄衫、膚白如雪的美貌少女站在那兒，見了他們如此稍一不慎就要血濺當場的搏鬥，居然不慌不忙，還在那兒從容地吃著東西，不由為之一詫。

他這一扭頭，折子渝也看清了他的模樣，只見此人眉清目秀，脣紅齒白，竟是一個難得一見的俊俏公子。他穿著一襲青衫，肩上還斜著繫了一個包裹，緊緊貼在身上，然而他攸進攸退，動作仍是如同鬼魅一般，絲毫不受影響。

那青衫公子只匆匆一瞥，分神不過剎那，兩柄彎刀便在如雷的叱喝聲中交剪而至，青衫秀士急退，手中長劍劍尖飄忽，發出「嗤嗤」的破空之聲，颯然點在一柄疋練般掠過的彎刀上，劍刃一彎，他已趁勢躍起，又避過了險之又險的一擊，當下不敢再分神旁顧，只是專心應敵。

折子渝在一旁看著，只覺這青衫秀士不但身法怪異靈活，一手劍術也是出神入化，時不時地還要夾雜著幾招拳法、掌法，每每能出奇制勝。看起來，若論武功，這青衫秀士不但比自己高明，比那幾名吐蕃武士更是高明得多。

那些吐蕃武士論武功遠不及這青衫秀士，若是單打獨鬥，恐怕無一人是他五合之敵，然而他們的刀又快又狠，超卓的速度和力量，有我無敵的一味進攻，已經足以抵消招術技巧的殺傷力，況且他們人多勢眾，互相之間配合默契，這又抵消了那青衫秀士身法上的優勢，一時之間，雙方竟打了個平分秋色。

這時，那青衫秀士一邊還擊閃躲，一邊向折子渝所立的方向漸漸移動過來，折子渝也不知道他是為敵所迫，還是有意為之，只不過她的背囊窩棚全都在這兒，要她就這麼赤手空拳地逃開她是不肯的。折子渝只蹙了蹙眉，仍然一手拿著雞腿，一手拿著酒壺，慢條斯理地吃著東西，卻已暗暗提起了小心，免受池魚之災。

那青衫公子的武學實在繁雜，劍招刁鑽，而且不時夾雜著拳掌腿法，有時又以竹杖劍使出幾招刀法來，刀勢凌厲，大有西域刀法的風格。不過他的武功雖然繁雜，卻是應用熟練，頗有詭奇莫測的威力，若不是這些吐蕃武士配合默契，又刀刀連環，不容他有半刻喘息，縱然人多勢眾，也休想困得住他。

那青衫公子越退越近，忽然，他大喝一聲，一揚袖子，只聽「嗤嗤」兩聲，竟自袖中射出兩枝袖弩，迎面迫來的兩個吐蕃武士措手不及，一人迎面中了一箭，大叫一聲，仰面便倒，另一個只來得及微微一側，弩箭正中肩頭。

青衫公子詭笑一聲，貍貓般一轉，一劍挑開雙刀，左腿飛旋而出，自一名吐蕃武士胸口一掠而過，那武士大叫一聲，衣衫裂開，鮮血四濺，原來這青衫公子靴底居然還藏了尖刃，真不知他渾身上下裝了多少武器，竟像刺蝟一般，渾身是刺。

青衫公子這一出手傷敵，自己靈活機靈的身法便為之一滯，另外四個吐蕃武士齊齊大喝，四柄彎刀齊齊劈下，如同力劈華山，已然封鎖了他前左右三方所有的去路。刀光如電，勢若雷霆，而他後面，就是站在石下的折子渝。

眼看這青衫秀士就要被三把刀分成六片，他的身子突然整個萎縮下去，整個人萎縮於地，如同小兒叩拜，他這一叩頭，背上「嗤」的一聲響，又是一枝背弩破衣而出，陡然射向當面之敵，逼得那人向後一退，與此同時，他的身子也像皮球般彈退過來，兩柄彎刀險之又險地貼著他的面門劈下。

這幾手動作說來漫長，實則只在電光火石之間，青衫秀士迅之又迅地退到折子渝身畔，忽然反掌一推，在折子渝腰間推了一把，將她整個人都推了出去，然後藉此機會長身而起，挺劍撲向右翼一人。

折子渝萬沒料到此人竟然如此歹毒，竟然用自己這無辜之人來替他擋刀，這一前撲，堪堪迎向左側兩人，有她擋住了吐蕃武士，那青衫秀士再無顧忌，猱身而進，手中劍如毒龍一般直取那右側吐蕃武士的咽喉。

折子渝又驚又怒，只來得及大叫一聲：「卑鄙！」

可是當面兩個吐蕃武士手中的刀一刻不停，已然捲了過來，而且他們明知這女子與那青衫秀士不是一夥，卻也絲毫根本沒有繞過她的意思。折子渝嬌叱一聲，左手雞腿飛向一人面門，右手酒壺砸向另一人臉面，伸手一拔，腰間短劍便出了鞘，想也不想，便朝那酒液濺了滿臉，正掩面急退的吐蕃武士小腹刺去。

藉折子渝一擋之機，那青衫秀士又結果了一個吐蕃武士，轉回身來，便與折子渝夾擊那幾個人。

「錚錚錚！」折子渝連刺幾劍，逼退當面一個吐蕃武士，反手一劍，便刺向那青衫秀士的左肋，那青衫秀士似乎早知她會挾恨報復，哈哈一笑，回劍一擋，「叮」的一聲，如畫圓圈，擋開了這一劍，又挑開了吐蕃人的一刀，暢然笑道：「美人若要報仇，也得先解決了這些胡人再說，妳這樣的俊俏姑娘，恐怕他們未必放得過妳。」

折子渝反手一刺的功夫，當面的彎刀又陰魂不散地劈了過來，本來可以再給那無恥的青衫人一劍，這時無奈只得回劍去擋。一劍刺出，瞧見那吐蕃武士看清自己容顏時貪婪驚豔的眼神，情知這幾個吐蕃武士也不是什麼善類，只得銀牙一咬，加入戰團。

一時間，三夥人殺在一起，折子渝和那青衫秀士一面與吐蕃武士交手，趁隙還要劍來劍往，彼此廝殺一番。那些吐蕃武士本來就被青衫秀士殺了個七七八八，再加上折子渝的一口短劍，在兩人聯手之下，不時有人中劍倒地。

這青衫人劍法毒辣，一劍刺出，不是咽喉就是心口、肋下，但凡中了他劍，就難再有倖理。折子渝卻只是抵擋，暗暗蓄力等待機會。那青衫人一劍刺向最後一名吐蕃武士時，折子渝手腕一翻，突然削向他的竹仗劍。那青衫人一劍剛剛刺中吐蕃武士，舊力已盡，新力未生，折子渝當初一劍刺向呂洞賓時，都被他誇讚了一句劍如閃電，這時蓄勢已久，何等迅疾？那青衫人收劍不及，眼見折子渝劍鋒貼著自己的竹杖劍刃向手指削來，只得棄劍後退。這時那吐蕃武士才摀著咽喉仰面倒下，竹杖劍仍顫巍巍地插在他的心口上。

折子渝心中恨極，一劍得手，再不罷休，唰唰唰一連幾劍，逼得那青衫人連連後退。那青衫人一連退了七步之後，便已穩住了身形，雙手突然如抱圓球，左繞右繞，變化莫測，竟以一雙肉掌探入白刃，也不知使了什麼巧妙的身法，居然欺身近前，貼近了折子渝。

折子渝若非手中拿的是短劍，被他這麼一欺近身來，手中劍簡直就成了一件廢物，可饒是如此，她劍上威力也是大減，交手幾合，那青衫人纏腕一帶，緊接著一壓一扼，自己的臂骨以幾乎不可能的角度一彎，身形與她交叉而過時，竟然扼住了她的手腕，將她的手臂折向了背後。

「天、山、折、梅、手？」

折子渝咬牙切齒，只氣得一佛出世，二佛生天。

她堂堂折家二小姐，身分尊崇，如今浪跡天涯，看似瀟灑，究其緣故，卻全是因為在楊浩受了昔日手下敗將唐焰焰的折辱，那一幕她迄今還記憶猶新，唐焰焰所用的擒拿手法她也常常暗自揣摩，尋思破解之法。誰想到今日在六盤山上居然又碰上一個會這門武功的人，手法與唐焰焰如出一轍，折二姑娘可真是要氣瘋了。

那青衫人扼住她的手後，豎掌為刀，一掌便斬向她的後頸，毫無憐香惜玉之意，可是陸聽折子渝喚出自己所使這門武功的名字，他的掌緣本已斬到折子渝的後頸肌膚，卻一下子硬生生停住，驚詫地道：「妳是誰？怎認得這門功夫？」

這扮成青衫秀士的男子，正是古竹韻。她所使的這門擒拿手法是集呂洞賓的天遁劍法、白牡丹的狐尾鞭法、陳摶的太極拳劍，再加上她所熟知的門派繁雜的武功，由馬燚煞費苦心地揉和在一起所創出來的，其中還有冬兒學自契丹蕭后的瑜伽術，可說是集各家絕學之大成。

這門擒拿手法練成之後，因為冬兒分娩在即，所以只有她和馬燚、妙妙、娃娃、焰焰還有當時尚未「閉關」的周女英學過。說起對這門功夫的掌握，馬燚第一，她排第二，唐焰焰是個身嬌肉貴的大小姐，年幼時在武學根基上所下的苦功遠不及她們倆，那就弱了一些了。

這門擒拿功夫創出來以後，唐焰焰興致勃勃，還給它起了個名字。三人並未想要開宗立派，收徒授藝，所以這個名字從未外傳，教給「飛羽」密諜的只是依據各人身體條件傳授的一些散手功夫，也從未告訴他們這門擒拿術的名字。這時陡然聽到有人一口叫出這門擒拿術的名字來，她自然不能再下手傷人。

折子渝被她扼著手腕，身子只能向前彎著，狼狽得很。若換一個人，受制於人只是技不如人，敗就敗了，也沒什麼了不起，可她折二小姐什麼時候吃過這樣的虧、丟過這樣的人？這樣翹著屁股彎腰受制於人，簡直是丟盡了臉面。雖說此處除了這個青衫人外，再無旁人看見，那也是羞憤難抑。

兩次！一連兩次！這一輩子就只這麼兩次！

唐焰焰說過，她這門武功傳自楊浩，自己兩次出乖露醜，居然都是楊浩教了別人功夫來欺侮自己，這個王八蛋！

折子渝彎腰翹臀，真是欲哭無淚，她真恨不得那個殺千刀的楊浩現在馬上就出現在她面前，讓她一口一口、連皮帶骨地吞下肚去，這才解恨。

竹韻見她不答，眉頭一挑，手上就欲加力，但她目光一凝，忽地瞧見折子渝頸間衣領上繡的花紋，不由驚咦一聲，登時放手，失聲道：「妳是『隨風』的人？」

原來，折子渝衣領上繡著一片花紋，花紋是一片落葉狀，瞧來只是普通的衣飾繡紋，並沒什麼特別的意義，但是知其底細的人卻知道，這是「隨風」密諜的標誌。

一葉隨風，知天下秋。

旁人不知這個祕密，可她身為「飛羽」密諜的三大巨頭之一，與府州的「隨風」密諜合作十分默契，豈有不知之理？

折子渝原先掌管「隨風」密諜時，做了幾套在外行走的男女衣衫，上面都有「隨風」的標誌，如今雖交卸了差使，可她的貼身衣物總沒有隨便銷毀的道理。這一次因受了唐焰焰的氣，憤憤然趕回自己住處後，匆匆收拾了幾件衣物和金銀細軟便飛馬出走，這衣服便也帶了出來。

折子渝聽他叫破自己身分，不由也是一怔，得釋自由後正要再刺出去的一劍也硬生生停住了，怒視著他道：「你是何人？」

竹韻嘴角一抿，翻開自己衣領，呵呵笑道：「這真是大水沖了龍王廟，一家人不識一家人，如果早知姑娘是『隨風』的人，再如何凶險的狀況，在下也不會用姑娘妳充作肉盾的，實在抱歉得很。」

竹韻一翻衣領，便見她衣領上也繡著一片花紋，花紋與折子渝衣領上的花紋極為相似，不過折子渝領間的花紋只有一片，而她是相連的兩片，看起來就像一對翅膀。這是「飛羽」仿效「隨風」設置的一種辨認標識，當然，要想確認一個人的身分，還有其他的暗語、手勢相互印證，並不只靠這一樣東西。

分。

「你是『飛羽』的人？」折子渝這才恍然，隨手打了幾個手勢，再度確認他的身

竹韻熟稔無比地回了幾個手勢，這時才看清折子渝的模樣，不由得頓時一呆。她的化妝術十分精妙，折子渝看不破她的身分，而且折子渝從未注意過她，就算看到了她的真面目，恐怕還是記不起來，但她卻記得折子渝的模樣。

此前，唐焰焰命令「飛羽」旗下所有密諜打探折子渝的消息，她也是知道消息的，而且做為「飛羽」的核心首領，她也有自己的消息管道，知道的內幕比普通的密諜要多得多，整件事的前因後果她全都知道。

此時見了折子渝，一下子認出她的身分，竹韻心中電閃，對她離奇出現於此的原因已經瞭然。見她沒有認出自己的身分，竹韻一邊打著如何把她誘拐回夏州的主意，一邊抱拳笑道：「是啊，我是『飛羽』的人，在下姓賈，賈大庸。」

折子渝上上下下打量她一番，聽這青衫人的名字，實在平庸之極，與他唇紅齒白、一表人才的模樣大不相配，不過這人看著雖然俊俏，折子渝對他卻沒有半點好臉色，她冷著臉道：「方才，你是不是真要拿我替你擋刀？」

竹韻乾笑道：「不錯，為了保住我自己的性命，完成我的使命，一個素不相識者，我又何必在意？不過，如果方才知道妳是『隨風』的人，我就不會那樣做了。」

折子渝沒好氣地道：「你當然不必那樣做，如果你知道我的身分，大可叫我出手幫忙了。」

竹韻嘿嘿一笑，道：「那時不是不知姑娘是什麼人嗎？幸好姑娘無恙，就不要耿耿於懷了，不知姑娘叫什麼名字？此番來此也是為了打探吐蕃人的動向嗎？」

折子渝目光一閃，隨口說道：「我……姓折，折唐。」

「折唐？好名字。」

竹韻眼中一抹玩味的笑意一閃即逝：「看來焰夫人真是把她得罪大了，折唐？嘿嘿……」

折子渝沒有發覺這個十二歲就開始殺人的超級刺客眼中一閃即逝的詭異，繼續說道：「近來隴西的吐蕃各部，一邊與我結盟，一邊卻與宋人來往密切，我們『隨風』也注意到了他們的異動，所以奉折惟正公子之命，在下來此打探消息。」

竹韻故意驚訝道：「折惟正？負責『飛羽』的不是折子渝姑娘嗎？」

折子渝不動聲色地道：「你們的消息太閉塞了吧？如今執掌『飛羽』的是折惟正折大公子，折姑娘已交卸了所有事務。」

竹韻故作恍然道：「原來如此，那妳不必再去打探什麼消息了，我已經探聽到了他們的機密，待我回到夏州，會與你們『隨風』分享這些消息。而且……實不相瞞，這一次我還從吐蕃人手中弄到一件十分重要的東西，如此一來，已經打草驚蛇，他們偵騎四出，正在搜尋我的下落，姑娘這時前往刺探，恐怕正入虎口。而我欲沿六盤山北上，翻越兜嶺返回夏州，一路上恐怕也少不了遇到攔截的吐蕃武士。」

她看看滿地伏屍，說道：「妳也看到了，這些吐蕃武士十分難纏，我單身一人，不管怎樣喬裝打扮，總難避過他們的耳目，而且敵方人多勢眾……不如姑娘妳助我一臂之力，那我成功回返夏州的希望就要大得多了。」

折子渝看了眼竹韻一直背在肩上的包裹，那包裹不大，卻沉甸甸的，也不知是什麼東西，不過看他方才混戰之中，不管如何凶險，始終將這包裹護得緊實，料來他所說的那十分緊要的東西就在這裡面了。

折子渝忍不住問道：「是什麼東西，這般緊要？」

竹韻嘿嘿一笑，說道：「姑娘應該知道咱們這一行的規矩，有些機密，恕我不便透露。」

折子渝哼了一聲，忽又問道：「你在楊……太尉麾下，應該是個很重要的人物吧？」

竹韻眨眨眼道：「此話怎講？」

折子渝道：「據我所知，這『天山折梅手』是楊浩的功夫，你若不是他麾下極重要的人物，他豈會將這功夫傳授於你？」

竹韻笑道：「姑娘，我看你們『隨風』的消息似乎也不太靈通呢。我這折梅手的功夫，可不是楊太尉所傳。事實上，楊太尉也不會這門武功，這門武功，是我『飛羽』密諜統領馬燚大人所授，『飛羽』的每一個祕諜都習有此技。」

折子渝為之愕然：「不是楊浩？楊浩也不會這門武功？」

竹韻道：「是啊，我家大人公務太過繁忙，哪有功夫習這近身擒拿功夫？」

折子渝怔怔半晌，喃喃自語道：「原來如此，原來如此……」

竹韻又道：「小唐姑娘，我所得的這件東西十分緊要，不止對我家楊太尉有極大用處，府州折帥那邊也會得益，妳我兩家本就是共損共榮的嘛。姑娘可願陪我護送這件東西返回夏州？」

折子渝沉吟片刻，猶豫道：「這東西，真的十分緊要？」

竹韻攤開雙手道：「妳瞧，他們派出這些武藝高明的武士追殺，也該知道這東西如何重要了。」

眼見折子渝還有些猶豫，竹韻心中暗忖：「這位大姑娘負氣出走的事，攪得府州和夏州雞飛狗跳，再無太平。看起來太尉大人對她在意得很呢，這番誆她回去，她大哥十之八九要把她綁上花轎嫁給我家太尉做娘子的，若不使個甜頭誘著，她怎肯跟我回去？

反正是肥水不落外人田，不如用這擒拿術來引誘她，她對敗於焰夫人之手一直耿耿於懷，想必使此一計，這小魚兒便會乖乖上鉤了。」

想到這裡，竹韻又笑：「身為密諜斥候，多一門技藝傍身，便多一分安全。姑娘若護送我返回夏州，我便把這門擒拿術傳授予妳做為報答，妳看如何？」

折子渝剛剛離開夏州，再自己這麼走回去，那也太丟臉了，可是聽說這人身上的東西十分緊要，又怕他真的不能送到，耽擱了大事，所以心中委決不下，這時聽竹韻一說，那心中天平便又向護送她返回夏州方面傾斜了幾分。

折子渝暗想：「不如就策應他返回夏州，若能從他手中學得這『天山折梅手』，有機會的話我還能找那唐焰焰一雪前恥，待進了夏州範圍，我再悄然離開便是。」於是痛快地答道：「好，那麼……我就陪賈公子走一遭！」

竹韻大喜，伸手便來攬她，笑不攏嘴地道：「如此甚好，咱們一同返回夏州。」

折子渝彈身而退，杏眼圓睜，按劍怒道：「賈公子！」

竹韻手張在空中，愕然瞧了瞧折子渝羞怒的模樣，這才反應過來，忍不住「噗哧」一笑：「大家都是江湖兒女，我當妳是好兄弟而已，何必拘泥於那些俗禮？」

折子渝嗔道：「胡說八道！」

竹韻無所謂地撇撇嘴，說道：「來，咱們看看這幾個吐蕃武士身上都有些什麼玩意兒。」

折子渝轉身便走：「我去收拾自己的東西。」

竹韻嘿嘿一笑，一邊翻檢著那些死屍，一邊揚聲問道：「折姑娘，許配了人家沒有啊？」

折子渝蹲在石後，拆卸著帳篷，沒好氣地道：「關你什麼事？」

竹韻嘎嘎怪笑兩聲，促狹地又道：「正好，小生也未婚配。折姑娘芳齡幾何呀？」

折子渝把拆開的帳篷往地上重重一頓：「這個賊眉鼠眼的楊家密諜看起來不太靠譜，我一個女孩子家，武藝又不及他，萬一……」

她蹙眉思忖片刻，便起身走到馬包旁，回首看看那賈大庸正俯身翻檢東西，對她的舉動並未注意，便迅速抽出一柄匕首，悄悄藏到了靴筒裡……

* * *

涼州城東十里，白塔寺。

這是一座不大的寺院，黃土夯成的寺牆、房舍，後院中有一座塗了白粉的泥塔，塔前一座長寬各三丈高一尺的黃土臺，是寺僧們修習打坐的地方。

院舍四處都是松林，合抱的古松高可參天，寺後又有一條蜿蜒的小河，雖然這寺院遠不及中原佛寺的金碧輝煌，卻自有一種異域風味。

這裡是楊浩西進，兵圍涼州後的中軍駐地，經過十多天的討價還價、磋商和談，絡絨登巴方才就是來到這裡，正式拜見楊浩，向他輸誠投降的。

楊浩的條件是：交出兵權，歸順夏州，絡絨登巴由自封的涼州刺史改任涼州知府，由楊浩派兵駐守。絡絨登巴自封的刺史，是占據一地後的軍閥慣用的官職，當初火山王楊袞占據麟州，也是自封刺史。他們這刺史，是依照唐時制定的，唐憲宗以後，支郡刺史上馬管軍、下馬管民，擁有極大的權限，與節度使的區別主要是管轄區域和實力的大小不同。

如今楊浩讓他按照宋制改任知州，那就是徹頭徹尾的文官了，從此以後他只可以在楊浩的節府治下管理涼州民政，而軍事則完全由楊浩接手，派兵駐紮。

絡絨登巴占據涼州，本來就是在諸強豪的夾縫中求生存，如今交出兵權，反少了一分負擔，再加上眼見楊浩兵強馬壯，實不可敵，又得座師指點，所以對楊浩的要求一概應允，雙方會見，敲定一切後，約定明日巳時一刻交接城防，絡絨登巴便回城去了。

絡絨登巴走後，楊浩和幾員大將仍未離開，他們坐在土臺涼席上，喝著熱茶，談笑風生。

何必寧神采飛揚地道：「大帥了得，兵不血刃便取了涼州，若是此番西去，各州都這般望風景從，一一俯首，我們這些人可就沒有用武之地啦。」

張浦微笑道：「艾將軍，這涼州離夏州最近，涼州七縣，有三縣之地本就在夏州掌握之中，另外兩縣在吐蕃六谷蕃部掌握之中。六谷蕃的羅丹族長實際上已然投效大帥，絡絨登巴實際上只據有兩縣之地，本來就沒有與大帥一拚的實力，獻城投降以全宗祠，是他最明智的選擇，可是甘州……就不會這麼容易得手了。」

楊浩笑容一斂，正色道：「張浦所言不假，接下來，甘、肅、瓜、沙各州都不會像涼州這般和平到手。如今涼州已然到手，以此為據地，對我們繼續西征大有裨益。對涼州，要隨著我們西進的步伐同步加強治理。此處本來崇信佛教，我們可以投其所好，大興佛教，亦可藉此推行中原文化。

「呵呵，你們不要對文教之事不以為然，要想長治久安，可不是單憑武力就辦得到的事。北方草原也好，西域草原也罷，都出現過強大無比的部落聯盟，他們的可汗縱橫大漠，倚仗的只是強大的武力，沒有共同的文化、經濟基礎，當他們的武力衰弱以後，便迅速四分五裂，一旦分裂，也就泯然無跡，消失在茫茫人海間了。

「昔日強橫一時的匈奴、突厥，如今在哪裡？可我中原就不同，皇帝可以輪流做，然而這天下，卻始終還是那個天下。沒有文教，便沒有凝聚，沒有凝聚，又何談繼承？這件事，我已令种放、徐鉉等人著手去做，你們不必頭痛，如今雖是軍務第一，平時與文教之事有什麼衝突時，你們盡量予以方便就是。」

楊浩端起茶水抿了一口，又道：「另外，我已命後方的糧草軍需盡快起運至涼州，由此進行供應，可以大大減輕消耗，也能供給及時。諜報中心、後勤中心全部前移，就設在涼州。下一步，我們就該考慮攻打甘州的事了，正所謂，知己知彼，百戰百勝，張大人，你把甘州的情形向大家說一下。」

正敞著懷、搖著蒲扇的張浦也嚴肅起來，他撂下蒲扇，扶膝說道：「自回紇帝國崩潰以來，其族人散落於草原各處，其中最強大的三支力量，一支遷到了高昌，一支遷到了蔥嶺以西，一支駐牧於甘州。回紇有九個最強大的部落，回紇的可汗一向世襲產生於這九姓之中，因此這九姓又稱可汗姓。在甘州設立牙帳的可汗叫龐特勤，就是可汗九姓之一的後人。如今他已傳五代，這一代的甘州可汗叫夜落紇。夜落紇可汗治下的人口……有二十多萬人。」

艾義海和木恩、木魁聽了，不禁為之凜然，張浦又道：「甘州城是仿照回紇汗國時期的都城建造的，城牆高三丈三，碉樓高四丈，望樓五丈，城廓範圍之廣，步行一天方可穿城而過。不過，因為他們仍然保持游牧習慣而少農耕，所以城中建築並不密集，甘州回紇的族人常常整個部落遷徙出城，逐水放牧，食物以肉食為主，存糧極少，不能供應那麼多人口的需要，所以甘州城中的常住人口只有八萬餘。」

木恩迫不及待地道：「其城中兵力如何？」

張浦道：「城中可徵兵力在兩萬到三萬人左右，而且城牆不高，城廊又太大，實際上不利於防守，麻煩的是，他們在城外的族人更多，一旦得悉甘州被圍，而我們又不能迅速攻克該城的話，就會迎來源源不斷的援軍，他們的援軍是來自各個部落的騎士，來去迅捷，可以襲擾戰術對付我們，而且四面八方都是草原和沙漠，不存在什麼必經之路，這種地理上的特殊性，使我們無法圍城打援，拖住他們死戰，甚至……還有可能被他們拖垮。」

艾義海道：「我聽說張義潮後人張承奉所建的金山國，和甘州為了爭奪西域古道的控制權，曾連年征戰不休，彼此是世仇。甘州回紇後來得大梁之助，兵困沙州城，迫使沙州定了城下之盟，結下父子之國，降皇帝號而稱王，金山國也改稱敦煌國，歸義軍對此一直心有不甘，可否挑唆金山國在它背後狠狠捅它一刀？」

楊浩搖頭道：「現如今，金山國已復稱歸義軍，由曹氏把持大權，與甘州和親結好，沒有十分把握，他們是不會與甘州撕破臉面的，而且，我們此番西征，是要一統諸州，他們同仇敵愾還來不及呢，怎麼會在這時自相殘殺？」

艾義海撓了撓腦袋，不作聲了。

楊浩微微一笑，說道：「你們現在知道，甘州如何難打了？」

木恩振聲道：「難打也要打！甘州城總比不過銀州城的險峻，西行路上，最強的一方勢力就是甘州，只要拿下甘州，肅州龍家、沙州曹家，還有膽量與我一戰嗎？」

楊浩笑道：「打自然是要打的，可是如何打法，卻須好好計量一番。如果因為打甘州，耗盡我軍實力，就算繼續西進，又如何能把這些占領的地方切切實實地掌握在手中呢？」

他揚起頭，喃喃自語道：「但是……必須得打下河西走廊，否則，財源受阻，兵力無著，我這條大龍就做不活，須得好好思量一番！」

這時，穆羽快步走上頌經臺，湊到楊浩耳邊低語幾句，楊浩目光微微一閃，點了點頭，對諸將道：「不要一根筋地只想著用武力強行攻城，殺人一千，自損八百啊，你們可要知道，自損的那八百固然是咱們的兵，殺別人的那一千，一俟征服該城，那也本該是咱們的兵。好了，大家回去都好好想想，集思廣益，咱們總能想出一個最妥當的方法來的。」

眾將一一起身，拱禮退下，楊浩卻端起茶來，輕輕抿了一口，抬眼向前門望去。

娉娉婷婷，翠羽黃衫，衣帶飄飄，宛若飛天，一個俏生生的美人，正自前門款款走來……

＊　　＊　　＊

九羊寨，百餘名騎士蜂擁而來，殺向前方的兩名敵人。

竹韻一馬當先，大喝道：「緊跟著我！」說著一挺手中長槍，向前疾衝，折子渝眼前幾柄長槍攢刺而來，她輕叱一聲，雙腿一夾馬腹，策馬往後疾退兩步，又一勒馬韁，側身避過險之又險的兩槍，揮槍一擋，迅速追上竹韻。

也不知竹韻到底拿了吐蕃人的什麼寶物，這一路上，不管山川河流、城鎮鄉寨，追兵總是陰魂不散，兩人縱然換了吐蕃人的衣裳，也擺脫不了那些追兵，今日又逢一夥敵騎，折子渝已殺得香汗淋漓。

「殺！」竹韻一聲厲叱，手中槍猛地挑開當面之敵，一蓬血雨飛濺中，大槍一轉，又復刺向一人面門，這時兩柄長槍自側翼刺來，折子渝拍馬趕到，一槍替她解了側翼之險。這一路行來，一路廝殺，兩個人已配合十分默契，折子渝不但隨她學了那手精妙至極的擒拿手法，而且還學了許多竹韻去蕪存精，融各家之所長的獨門殺人技巧。

「衝過去，快馬上山！」

竹韻「鏗鏗鏗」一連三槍，挑開當面之敵的兵刃，折子渝趁隙跟進，兩人藉著撕開的一道口子，迅速地衝向山坡密林。

「放箭！放箭！」

追兵鐵羽疾射，二人鐙裡藏身，衝到林中立即下馬，牽著馬兒急急向山上逃，那些追兵遠遠地還可隱約見其行跡，一俟追到林中，草深林密，卻再難找到她們的蹤跡了。

也不知翻過了幾道山嶺，折子渝雙膝一軟，幾乎跌倒在地，她忙喚道：「不成了，我得歇一歇。」

竹韻倒是氣息悠長，神態從容，她聞聲回頭，看看折子渝臉色，微微蹙眉道：「妳練的是外家功夫，只靠體魄強健，終難持久。」

她雙手插腰，四下看看，說道：「行，停下歇歇吧，再吃點東西。回頭我再傳妳一門上乘內家吐納氣功『坤道築……基功』，妳必受益匪淺。」說著，她的臉上已露出一絲古怪的笑容。

當初狗兒受楊浩所命，竊聽女英傳授予焰焰、娃娃等人的功法，狗兒本是道家弟子，其中許多術語她一聽就懂，但她畢竟年少，對男女之事一片懵懂，所以旁人不懂的術語她一聽就懂，旁人一聽即明的事情，她反而一竅不通。到後來楊浩知道了原委，便也不再令她去偷聽，可她本好武成癖，這門功法她覺得並不在師門內功心法之下，偏又覺得太過怪異，令人參詳不透，於是和竹韻主持「飛羽」密諜，並研創擒拿術的時候，也曾把這門心法說出來向見識博聞的竹韻求解。

那時本沒有後來那麼強的門戶之見，狗兒又是年少無知，而刺客出身的竹韻早不知偷學過多少門派的功法，對這些忌諱更不當一回事，狗兒只說幾句，她便曉得是一門上乘內功，便施展技巧，從狗兒口中套得了全套心法。

她習的本就是道家旁門功夫，本就算不得外行，自然全都明白，只是這種功夫確也難以啟齒，對荳蔻年華的狗兒，她不能詳說這門功夫，自己卻是完全記在了心裡。她知道，從「幻影劍法」開始，就進入了陰陽雙修的境界，一個黃花閨女，萬萬練不得這種功夫，不過「坤道鑄鼎功」本身就是一門高深的吐納功夫，是修習內家上乘武功的築基武功，習之卻無大礙，所以早已偷偷習練，自己的武功也就更上層樓了。

她這時想傳子渝的，就是這門氣功心法，倒不想把「幻影劍法」之後的男女同修功夫拿來害她，不過想起這門武功的特別，神情難免有些怪異。

折子渝卻未注意她的神情，一聽說可以歇息，折子渝貼著一棵大樹便坐了下去，連番逃命之下，也顧不得折家二小姐的溫雅風範了，她長長地出了口氣，抬頭看著頭頂如蓋的樹冠，喃喃地道：「賈公子，你說……如果咱們逃不出去，就這麼死在這兒，與草木同朽，誰會知道？誰會記得？」

竹韻也貼著一棵樹坐下，雙手抱膝，看了看天，又看了看折子渝，悠悠說道：「別人我不知道，不過……楊太尉一定會傷心欲絕。」

折子渝心中怦地一跳，警覺地揚起目光，問道：「你說什麼？」

五百三章　推心置腹

竹韻笑道：「開個玩笑罷了，若要讓楊太尉傷心欲絕，除了他的親眷家人、手足兄弟，當今世上恐怕只有一人才有這樣的本事。」

說著她已站起身來，開始在周圍忙碌起來，一棵小樹、一個土坑、一塊尖石，利用周圍地形和隨手可得的材料，一個個足以使人或傷或死的小陷阱便在她手中成形。

折子渝不懂這些東西，想幫忙也是有心無力，而且身子一動，雙腿肌肉就是一陣痠痛，只得看著她擺弄，折子渝想起楊浩所傳的跑長途打綁腿的法子，便從衣襟上撕下幾條布條，一邊打著綁腿，一邊問道：「你說的是什麼人？」

竹韻道：「自然就是那位一怒而去，結果惹得我家太尉牽腸掛肚，明明他西征在即，需要大量的耳目人手，還得調撥了大批密探去搜其下落的那位折子渝折姑娘。」

折子渝神色微動，遲疑道：「他……很在意我家小姐下落嗎？」

竹韻道：「自『飛羽』成立以來，調集所有人手全力以赴去查一個人的下落，這還是破天荒頭一回，妳說他在不在意？」

折子渝冷哼道：「那也未必就是他在意我家小姐。不管怎麼說，折帥和我家小姐登門是客，唐焰焰言詞挑釁在先，出手辱人於後，他楊浩脫不了一個御妻不嚴之過，他這麼做，或許只是覺得對折家不好交代。」

竹韻笑道：「也許。不過話又說回來，我常聽人說你們折二小姐冰雪聰明，依我看來，她這人卻笨得很呢。」

折子渝叫道：「我……我家小姐很笨？何以見得？」

竹韻又揮劍斬下一段樹幹，一邊削著枝葉，一邊說道：「難道不是嗎？焰夫人是大戶人家出身，待人接物，自知規矩，若非知道楊太尉對折姑娘舊情難忘，而且十分在意她，又怎會醋意大發，失了分寸，故意去激怒折姑娘呢？

「如果我是折姑娘，才不會笨到一走了之，我要嫁的是楊太尉，又不是焰夫人，為什麼要中她的計？我偏不稱她心意，對她的言語挑釁我只作未聞，那才是保持了風度，回過頭來，嫁了自己喜歡的男人，既稱了自家心意，又教她所謀落空，這才是占了上風。嘿嘿，事不關己，關心則亂吶，再聰明的女人，身陷情場時，腦筋也不大靈活。她一走了之，只苦了我家太尉，輾轉反側，寢食難安……」

折子渝哂然道：「輾轉反側，寢食難安？別把他說的跟情種一樣成不成？我……我家二小姐年近雙十仍待字閨中，難道是她嫁不出去嗎？她的心意，誰還不知？你家楊太尉會不知道？若他真是這般在意我……家小姐，怎麼不見他向折家提親？」

竹韻反問道：「提親？你讓他怎麼提？我家太尉直接去府谷，見了折帥就說：小弟對令妹心儀得很，想要娶她為妻。不過我已有了兩妻兩妾，雖說節帥與我地位相當，又曾提攜過小弟，不過我如今的勢力可比你大多了，令妹若是嫁過來嘛，讓她做個三夫人，也算是門當戶對。妳覺得這樣說怎麼樣？」

折子渝一窒，惱道：「哪有這麼說話的，這不是成心生事嗎？難道不能說得委婉一些？」

竹韻道：「話說得再怎麼委婉，難道能改變他已有妻有妾的事實嗎？折二小姐是什麼身分？一嫁過門去就屈居人下，折家顏面何在？更何況，楊太尉當初遷至蘆嶺州時，折家對他曾予以相當大的助力，不管折家出於何種目的，但幫過太尉是事實。如果折家當時稍懷歹意，對朝廷諭令陽奉陰違，想要使些手段葬送了楊太尉和蘆嶺州的五萬百姓，實是易如反掌。

「及至後來，兩家結盟締交，歃血為盟，折帥也是被認作大哥的。如今楊太尉若尚未娶妻，他去折家求親，自無什麼妨礙，可是他已有兩妻兩妾，地位也隱然已在折家之上，這時登門求親，如何安置折姑娘是不能不提的，折姑娘一向心高氣傲，若是以此為辱，妳讓楊太尉如何自處？」

竹韻削淨了樹幹，試了試長短，又削去一截，說道：「折姑娘在焰夫人手中折了面子一怒而走，尚不至於影響折楊兩家的關係，可若是楊太尉冒冒失失地去折家提親，卻被折家當作他有看低折家之意，視之為奇恥大辱，以後兩家還能走動嗎？」

折子渝反駁道：「我折家幾時有過如你所說的這般想法了？折帥此番去夏州，豈非……豈非就有與楊浩聯姻的意思？」

竹韻道：「妳說的沒錯，所以……折帥可以先開口，楊太尉卻絕對不能貿然提親。折帥沒有表明心跡之前，楊太尉又如何能洞悉其心意？楊太尉對折姑娘一向敬若天人，人若喜歡了另一個人不打緊，但若既愛且敬，由敬生畏，又豈敢有絲毫褻瀆之意？妳莫看楊太尉如今權柄之重，他可從未以此自恃過，一見了折姑娘，他就心虛情怯，以他如今的處境，對提親的話自然難以啟齒。誰知他誠惶誠恐，本是出自對折姑娘的一番敬愛，卻反被人視作薄情寡義了，冤不冤枉？」

折子渝氣極而笑：「照你這麼說，倒是折家的不是了？」

竹韻笑道：「那也不然，這種事哪說得上誰對誰錯？只能說陰差陽錯，造化弄人罷了。」

說著，竹韻將削好的木杖遞到折子渝手中：「那些吐蕃人還會追上來的，咱們走快些，擺脫了他們之後再好好歇息一下。」說罷牽過兩匹馬，在頭前行去。

折子渝遲疑地跟在她後面，尾行片刻，終於忍不住問道：「你……你說的振振有詞，但你怎能確定，楊浩就是因為這個原因？」

竹韻漫步前行，一邊使竹杖劍撥開草叢，一邊說道：「因為我是一個殺手，從小就是一個殺手，你們看人看事，總是喜歡從自己的角度，而我則不同，我總是站在對方的位置，去揣摩他的心理，了解他的想法。」

折子渝道：「可是，你又怎麼能證明你的猜測是正確的呢？」

竹韻微微一頓，回首看了她一眼，目中閃爍著奇怪的光，有些惆悵地一笑，說道：「因為……我如今也喜歡了一個人，可是他的身分地位與我有天壤之別，所以我不敢在他面前有所表露，怕只怕一旦說破，卻不被他接受，那我連如今這樣的關係都不能維持了。所以……楊太尉那種患得患失、近之情怯的心情，我很明白……」

*　　*　　*

春水綠的羅裳，外罩杏黃色的縵衫，窄腿寬口的緊腰褲裙，纖腰一握，長腿錯落，櫻口瑤鼻，姿容婉約，雖已嫁作人婦兩三年了，可是唐焰焰神情氣質，乃至身材容顏，依舊妙麗如同少女。

然而楊浩看著她向自己款款走來時，不知怎地，卻忽然想起了第一次看到她時，那個坐在霧氣氤氳的浴桶中，露著性感圓潤的香肩，驚愕地張大櫻桃小口，一雙柳眉慢慢豎起，發出那一聲極具舞臺效果的嬌叱：「你好大的狗膽！」的唐焰焰。

楊浩眼中不禁露出了笑意，但唐焰焰卻沒有笑，她板著俏臉，很嚴肅地走到楊浩身邊，說道：「『飛羽』已奉命前移。」

楊浩微微頷首，說道：「坐。」

唐焰焰便一屁股坐在席上，雙手按膝，腰桿筆直，眼觀鼻，鼻觀心，有如入定老僧。

楊浩恍然未見，又道：「我讓葉家客棧在明，『飛羽』和『繼嗣堂』在暗，由沿途州府配合，修路建橋，鋪設郵驛的事已經開始了嗎？」

唐焰焰聲音呆板地道：「是，自府州、麟州、銀州、蘆嶺州縱向一線，已利用原來的消息點設置了郵驛，由以上四州至石州、夏州、鹽州、靈州橫向一線剛剛鋪設完畢，縱向沿黃河和賀蘭山，自水陸兩道，從兀剌海、順化渡、婁博貝、省嵬城、定州、靜州到靈州一線的郵驛正在鋪設，從靈州、沙陀、濟桑到涼州尚未開始鋪設，沿途，我們已察看了路況和各地地形，等涼州到手，馬上著手進行。」

楊浩讚許地道：「甚好，利用原有的水陸交通要道，盡快鋪設郵驛，暢通交通，不止有利於工商的興旺，也有利於我們真正對整個西北進行掌控。我和种放、張浦、蕭儼、徐鉉幾位大人商議過，自古以來，控制疆域的手段，不外乎是駐兵、屯墾、設官、納稅、編戶、兵役徭役、科舉教學、同文通兌這些事情。

「此番西征，我之所以必須親自前來，就是因為這些事全都需要我來決定，如果傳達請示，公文往覆，實在曠日持久，我不止要一路用兵打到玉門關去，還要一路把我們的觸角鋪到玉門關去，如此方能一勞永逸，真正統治這些地方。」

唐焰焰微微欠身道：「官人但有吩咐，妾身安敢不從？這些道理，倒不必說與妾身知道。」

黃土臺旁，高高的古松上面，狗兒彈了彈耳朵，微微側身，托著粉腮向臺上望去，看著楊浩大叔和焰夫人一副公事公辦的模樣，雙眼便彎成了月牙，她從懷裡摸出一顆沙州水晶梨子，一邊在衣襟上蹭著，一邊饒有興致地看著。

楊浩加重了語氣道：「我不是說給妳聽，是要妳記住了，把這些道理說給主持其事的人聽。治政之要，不管是駐軍屯墾、移民實邊、編戶齊民、納稅徭役，官府一向知其利害，執行起來也不遺餘力，唯有這郵遞傳驛，卻向來不被人重視，如果他們不曉其利害，又怎麼會認真去做呢？

「郵驛不通，則政令不達，軍令延滯，通商受阻，百姓之間不相往來。便是中原，如此這般，也將在不同地方的百姓心中豎起一堵堅牆，何況這西北地方，地廣人稀，交通本不便利呢？想要懷柔撫遠，你的恩威便得時時能展現在他們面前，他們才會時時警醒，在他們頭上，還有一個隨時可以降臨的管理者。天高皇帝遠，這句古話，難道妳還不明白它的意思嗎？」

唐焰焰道：「是，妾身明白了，妾身一定將官人的意思傳達下去，叫他們認真做事，絕不敷衍。」

楊浩展顏道：「這就對了。」

唐焰焰起身道：「官人如果沒有別的吩咐，那……妾身就告辭了。」

楊浩眼中的笑意更加明顯：「公事談罷，兩夫妻見面，難道就沒有私房話說了嗎？」

唐焰焰硬著嗓音道：「折姑娘……一直下落不明，官人和焰焰還有話說嗎？」

「她的錯，她負責。妳的錯，妳負責。妳現在是我的娘子，我不責備妳，難道反去責備外人？我管得了人家嗎？妳給我坐下說話。」

楊浩拍了拍身邊的席子，唐焰焰回頭看了看，楊浩又往旁邊挪了挪，唐焰焰咬了咬嘴脣，離著楊浩兩尺多遠，重又坐回席上。

古松上，狗兒笑咪咪地看著，將梨子湊到嘴邊，張開小嘴，「嚓」地咬了一口，汁水四溢，甜到了心裡。

好甜，好有趣啊……

「知不知道妳錯在哪兒？」

唐焰焰抿著嘴脣不說話。

楊浩吁了口氣，說道：「子渝是客人，是我的盟友府州折家很有影響力的一個人。從前我能在蘆嶺州立足、如今能在銀州一戰中全殲李光睿大軍，府州折家出力甚巨，如此慢待客人，尤其是對我楊家十分重要的客人，這是不是輕重不分、公私不……」

唐焰焰搶白道：「我沒有，我好心請她喝茶，熱情款待，就算比武較技，也是她提出來的，我自始至終……」

楊浩雙眼微微一瞇，截斷了她的話道：「妳自始至終沒有慢待客人、沒有說過一句重話。就算小源和杏兒沒有偏袒主母，也拿不出一點妳慢待客人的理由來，是嗎？」

楊浩頷首道：「我相信妳沒有，妳雖然性情衝動，但是十分聰明，怎麼會遺下那麼明顯的把柄給人家抓？不過……我從房無三間、田無一壟的一介布衣熬到今日，擁地萬里，揮兵十萬，難道還不明白，一個輕蔑的眼神、一個倨傲的動作、一個不屑的語氣、一句明知對方不喜歡聽的話題，偏要不斷說個沒完，足以耗盡別人的耐性，激得他怒氣勃然嗎？尤其是……在明知對方秉性脾氣的情況下！」

唐焰焰又抿住嘴脣不說話了。

楊浩道：「再往私裡說，我和子渝的情怨糾葛，妳比任何人都清楚。如果……她真肯下嫁與我的話，以後和妳就做了姐妹。妳以為這是為自己昔日的委屈出一口怨氣，給她一個下馬威？如果折子渝能被人這樣一嚇便畏人如虎，那她也不是折子渝了。妳給咱楊家開了一個不好的頭！」

楊浩加重語氣道：「漫說妳和娃兒、妙妙她們如今俱都擔著十分重要的差使，就算妳們在節府裡沒有任何差使，試想妳們整天裡勾心鬥角、明爭暗鬥，搞得家宅不寧，咱們楊家還有一天好日子過嗎？哼！我只婉言責備了妳幾句，妳倒好，還跟我拗起氣來了。將心比心，若是妳我調換個位置，妳是唐太尉，我是妳的浩夫人，對我這般作為，無論於公於私，妳見了都是置若罔聞？」

唐焰焰忍不住「噗哧」一聲笑了。

楊浩佯嗔道：「笑，妳還笑得出來？子渝負氣而走，若真出了什麼事，把我拋開不談，光是對折家，妳讓妳的官人如何對人家交代？我以後還有臉去見折帥嗎？就妳們之間那點恩怨，妳希望有這樣的結果嗎？到那時，難道妳不後悔、不自責？」

唐焰焰低下了頭，幽幽地道：「從我們掌握的情況來看，她……她應該是去了中原，那裡治安還算綏靖，她有一身武功，為人也很機警，應該……應該不會出什麼事。」

「這是在安慰我，還是在安慰妳自己？」

唐焰焰又抿起了嘴，眼中淚光頻閃。

楊浩嘆了口氣道：「妳呀，刀子嘴，豆腐心，圖了一時快意，事後還不是自己後悔？做事不知輕重，難道不該教訓妳嗎？」

楊浩說著，從案上果盤中拿了一顆水晶梨子，遞向焰焰。

焰焰偷眼瞟了一眼，吸了吸鼻子，硬邦邦地道：「我不吃。」

楊浩瞪了她一眼道：「我吃！」

焰焰嘟著嘴脣生了半晌悶氣，一把搶過梨子，從腰間拔出小刀，一下一下削得果皮紛飛，然後恨恨地遞向楊浩。

楊浩卻不伸手，反而悠然張開了嘴巴，焰焰瞪著他，然後收回梨子，就著果盤，「嗖」地一刀削下一片晶瑩的果肉，用刀尖用力一插，攸然刺向楊浩的嘴巴，果肉遞到楊浩嘴邊時，迅速地一頓，動作明顯地輕柔起來。因為自己向他服了軟，有些羞澀，她的粉腮像塗了層胭脂似的，一下子紅了起來。

楊浩咬掉果肉，咀嚼幾口嚥下，輕輕乜了她一眼，懶洋洋地哼道：「害什麼羞？跟自己的男人認個錯，很丟人嗎？」

焰焰氣鼓鼓地扭過頭去，負氣嗔道：「人家不想理你。」

「是嗎？」

楊浩拈起一粒葡萄扔進嘴裡，悠悠然道：「不想理我？那就奇怪了，剛剛有位唐大人面見本官，談的明明是公事，卻一口一個官人，要是不想理我，那就叫我大人嘛，叫官人做什麼？」

「哎呀，你……」

焰焰一下子被他說破了心事，俏臉頓時像著了火，羞得她無地自容，她一下子撲進楊浩懷裡，將手中的梨子狠狠地往他嘴裡一塞，嚷道：「不許說，不許說！」

楊浩得意洋洋，含含糊糊地笑道：「妳就那麼點小心眼，還想瞞我……唔……唔……輕一點，再塞……就變成謀殺親夫了……」

狗兒趴在樹上，托著下巴看著樹下鬧作一團的兩夫妻，心中油然生起一種空落落的感覺……

「大叔有多久沒有抱過我啦？子午谷前，大叔抱過我，那時，所有的人都逃光了，左右是頃刻間就能把人踏成爛泥的軍隊，頭頂是無孔不入的陽光，上天無路、入地無門的時候，大叔騎著一匹馬飛奔而來，用一件袈裟裹住我，把我抱在了懷裡……大叔就是我心中的佛，我的菩薩，我的倚仗。

「還有一次，是在一個星光燦爛的夜晚，漫步在茫茫草原上。大叔抱著我，站在一堆堆篝火中間，告訴我說，在東方，有一座不夜之城。那一晚，我還有了屬於自己的名字……娘給了我身子，大叔給了我身分，他和我娘，是這世上我最親最親的人，和大叔在一起，最快樂、最幸福……

「還有沒有？」

狗兒仔細地想，想了半天，忽然發現，楊浩的每一次擁抱，都讓她刻骨銘心，可是楊浩給予她的擁抱，竟是少得可憐。

她羨慕地看著樹下的一對，輕輕地咬了口梨子，忽然覺得那梨子一點也不甜了。

＊　＊　＊

凝暉殿。

自凝暉殿出來，自會通門可直入大內禁中，因此凝暉殿只設了御書房，平素不充作朝廷典禮、接見內外大臣的所在。然而此刻，趙光義端坐凝暉殿內御書房的寶座上，手中握著一卷書，雙眼卻看著前方，似有所待。

王繼恩自左掖門進入皇宮，在兩個早已在宮門前迎候的御書房小黃門引領下，沿著琉璃瓦的黃色宮牆，快步走向凝暉殿。

凝暉殿前，綠柳成煙，兩重禁衛，戒備森嚴。

王繼恩快步入殿，到了御書房前止步叉手，恭聲道：「河北道刺史兼河北西路採訪使王繼恩，請見官家。」

趙光義把書卷一放，雙眉一軒道：「繼恩，進來。」

王繼恩閃步入殿，兩個小黃門立即往左右一站，門外侍候。

王繼恩進入御書房，躬身長揖道：「臣得官家密旨後，立即日夜兼程趕往汴梁，路上適逢胡蘆河洪水氾濫，耽擱了幾日行程……」

王繼恩還沒有說完，趙光義便打斷他道：「無妨，你到了就好。一路進京，不曾洩露行藏吧？」

王繼恩忙道：「臣得官家密旨，豈敢胡亂洩露於人？這一路進京，直到皇宮，始終遮掩行藏，絕不會有人知道。」

趙光義甚喜，笑道：「甚好，朕有一樁大事，唯有交辦予你才放心。」

王繼恩聽了驚疑不定，他是趙光義心腹不假，可是無論文武，他都算不上十分的人才，所以在趙光義登基後，始終不能繼續陞遷，進入朝廷的核心權力圈。朝中文臣武將如雲，官家卻說此樁大事唯有交給他去辦，誠惶誠恐之餘，王繼恩心中難免忐忑。

趙光義見他神色，不禁笑道：「唯卿與朕，曾共謀大事，卿乃朕最為心腹之臣。這樁大事，換了旁人雖未必不能做得，只是……此事雖利於社稷，卻談不上正大光明，朕實不便明諭文武。要把這樁名不正言不順的事情，辦得上合天意，下順民心，唯有交託予卿了，來來來，近前說話。」

五百四章　棋子

十萬大軍陳兵於甘州城下，一個個威武的軍陣肅立如山，各種攻城器械密集如林，森嚴凝重的殺氣，籠罩著整個甘州古城。

城牆上密布著一排排箭手，矢弩遙指城下，嚴陣以待著，一片靜寂中，在他們的身後，卻有隱隱的塵土飛揚，從城外的望樓上看進去，可以看見一隊隊駱駝正在牧人的驅趕下快速移動著。這座城出奇地大，城中也出奇地空曠，與中原的城池風格截然不同。如果只看靠近城牆的部分，你幾乎可以把它理解成為一堵高牆圍著的草原，建築群還在距城牆兩里多遠的地方呢。

這些駱駝有的身上架著旋風炮，有的載著巨大的籐筐，筐中裝著一塊塊碗口大的卵石，很顯然，這是甘州一方守城和遠程攻擊的重要武器。

身材高大瘦削，穿著一襲白袍，凹目高鼻的甘州可汗夜落紇親自登上城頭，指揮作戰，眼見城外一個個軍容嚴整的戰陣，夜落紇不禁暗暗心驚。可是，他只能戰，不能降，他沒有別的選擇，他是甘州可汗，是皇帝，占據河西走廊各處州府的地方豪強都可以降，但是身為一個皇帝，如果降了，他該如何自處？

幾個王子都分別趕到各處城頭去督戰堅守了，包括他的幾個王妃，這些女人也都騎得快馬、射得利箭，戰場上並不比男人遜色，為了守住他們的疆土，皇室中能戰的人全都登上城頭了。

夜落紇驚憂的目光注視良久，才從城下煞氣沖霄的隊伍中慢慢移開，望向他們的身後，遙遠的沙漠和綠洲處，他的長子已在楊浩的大軍趕到甘州前，便已離開甘州飛赴游牧於外的各個部落去示警求援了，可是援軍什麼時候才會到呢？

城中竭盡全力，已召集了六萬控弦之士。夜落紇從不懷疑自己的士兵作戰的勇氣和殺敵的能力，但是，他與夏州李光睿的軍隊並非沒有打過仗，李光睿想把勢力繼續向西滲透，他則想把勢力不斷向東延伸，甘州回紇和夏州党項，百餘年來一直征戰不斷。

在以往的戰績中，雙方各有勝負，但是李光睿在歷次作戰中，多是進攻的一方，且是在他甘州地境作戰，他占著地利，而李光睿還受到麟州、府州的牽制，以及党項羌人內部不斷造反的壓力，在這樣的情況下打個半斤八兩，就意味著李光睿的實力實際上遠勝於他。

直到近幾年，整個西北局勢才發生了逆轉，狂妄自大的李光睿同時向吐蕃和回紇開戰了，而且是南北兩線作戰，甘州回紇聯合涼州吐蕃六谷蕃部和隴西吐蕃尚波千部，頭一次占了上風，直至李光睿讓出沙陀以西所有領土，並且保證十年之內不向甘州、隴西用兵之後，雙方才休兵罷戰。

連續兩年不曾停歇的戰爭，儘管打擊了李光睿，也耗盡了夜落紇的家底，他本想利用一兩年時間積蓄實力，然後西進肅州、沙州，把龍家和歸義軍都解決掉，回過頭來再對付夏州，沒想到，一口氣還沒緩過來，夏州便換了主人，而且實力更勝於李光睿時期。

吐蕃的老朋友尚波千是指望不上了，楊浩西進的宣示還未公布，涼州吐蕃部落的大頭人羅丹就傾族南下，與隴西吐蕃這對昨日的戰友大打出手，緊接著吐蕃亞隴覺阿王後裔赤邦松赤王子也跑到隴西去，煽風點火，左挑右撥，也不知在打什麼主意。總之，隴西吐蕃頃刻間分裂成了三塊，一部分部落與尚波千結盟，對付涼州吐蕃羅丹；另一部分投靠羅丹，對付隴西勢力最大的部落頭人尚波千；還有一部分則保持中立，態度曖昧。如今他們正打得如火如荼，是絕不可能息兵罷戰，替他甘州回紇出頭的。

眼前這一劫，他能不能熬過去呢？

夜落紇握緊了肋下的彎刀，眼中一片殺意……

* * *

城下，楊浩勒馬而立，腰板挺得筆直，傲然地看著城廓寬廣、但城牆和護城壕並不算十分險峻的甘州城，越接近大漠草原深處，城池建築的越簡單，大漠草原上的漢子，更習慣策駿馬，挎良弓，沙場馳騁，揮刀殺敵，而不慣城池攻防戰，然而眼下，他在攻打甘州之前，已經做足了功夫，內政、外交、戰略儲備、戰術演練，不管是野戰還是城戰，他都有把握立於不敗之地。

對甘州可汗夜落紇來說，現在要考慮的是如何撐下去，苦苦堅守城池，耗光楊浩軍的銳氣和輜重，讓他無功而返。而對楊浩來說，所要考慮的不是能不能打敗夜落紇，而是如何完勝，如何以最小的代價，打敗西至玉門關的道路上最強大的這個敵人。

楊浩古井無波的面孔上微微露出一絲笑意，舉起馬鞭，向前方的甘州城遙遙一指，峙如山岳的大軍頃刻間開始行動了。一個個龐大的軍隊整齊地向前湧動，就像一波波潮水，士兵們喊著齊整的口號，推動各種攻城器械向甘州城挺進，隆隆車輪聲中，一輛輛巨大的新型拋石車、攻城戰車、攻城雲梯、撞城車，就像一個個張牙舞爪的巨人。

最先發動的，是弩戰。

一品弓將無數的利箭，在甘州回紇人的射程之外，就將烏雲般的利矢射上城頭，床弩發出令耳膜破裂般的疾勁呼嘯，把一枝枝小兒手臂般粗細的踏弩箭深深射入甘州城牆，然後投石機便開始發動，沒有看見傳統的拋石機拋一塊石頭就要幾百號人拖著繩索來回奔跑的場面，只看見一塊塊沉重龐大的石塊被高高地拋出，在恐怖的呼嘯聲中，遠遠飛過長空，重重地砸落到城頭上，砸起一蓬塵土，砸下一地血肉。

首戰的遠程攻擊，楊浩的軍隊就利用比對方先進得多的兵器，對甘州城頭進行了壓制性的打擊。回紇士兵猝不及防，腦漿迸裂、骨斷筋折者比比皆是，士兵們匆忙避入藏兵洞，有些來不及逃離的，就蹲在箭垛堞牆下，心驚膽顫地看著漫天石雨，無可抵擋地在城頭傾瀉。

「通通通……」

戰鼓聲響起，城中的回紇士兵知道夏州軍隊已結束了遠攻，開始攻城了，他們匆忙自掩蔽處鑽出來，只見整個城頭已面目全非，許多地方被砸得已沒了城頭的模樣，但是他們來不及細看，便抽出一枝枝羽箭，迅速向城下還擊起來。

「吼！吼！吼！」

夏州士兵以刀擊盾，邁著整齊的步伐向前挺進，一俟進入箭程之內，徐動如林的隊伍便立刻成了奔湧的潮水，他們舉著大木盾，一面抵擋著如雨的箭矢，一面飛快地向前挺進，不斷有人倒下，鮮血浸潤了沙海綠洲，但是沒有人去多看一眼。

比這更慘烈的城池攻防戰，楊浩也早已看過了，第一次見到這樣的場面時，他感到震撼；第二次看到這樣的場面時，他熱血沸騰；如今，他已經麻木了……

要想長治久安，要想達成他的夢想，這犧牲，是必須的。他也想不戰而屈人之兵，可是要想不戰而屈人之兵，首先要擁有令敵人只會感到絕望，連一戰的勇氣都沒有的強

大武力，而現在，就是他展示武力的時候，

在展示了讓夜落紇可汗感覺到對手無可戰勝的強大實力之後，他準備讓夜落紇可汗自己打敗自己。

這就是他所想出的以最小傷亡換取最大勝利的辦法，第一步棋至此才剛剛布下……

*　　*　　*

東函谷，南峭武，西散關，北蕭關，關中四大險隘。

蕭關地勢險要，是東北一帶花馬池、定邊出入之要津。自靈州而南至郡城，由固原以東至延綏，相距各四百餘里，其中唯此一縣襟帶四方，實為銀夏之門戶、彬寧之鎖鑰，依托周圍地勢和秦長城，這裡有大量的堡寨完美地聯繫在一起，彼此既可遙相呼應，又能將方圓千餘丈內的一切山川、河流、村舍、道路盡收眼底。

這個緊要的關隘，如今就掌握在吐蕃尚波千部的手中。

出蕭關，翻越兜嶺，就能進入夏州地境了，然而折子渝和竹韻在這最後一關，卻再也難以前進一步了。尚波千部吐蕃人也知道，如果讓那飛賊過了蕭關，就再也不可能阻止他的去路，於是，在一次次追殺、攔截、埋伏失敗以後，他們一面繼續派人追殺驅趕，一面令人趕到前面來，把蕭關布置得水洩不通。

當折子渝和竹韻趕到蕭關的時候，面對的就是針插不進的局面。竹韻的五行遁術可以在人眼皮底下消蹤匿跡，但是她也無法在層層警戒的險隘之地如入無人之境。而且，要施展五行遁術，也需要一些小道具的輔助，而一路廝殺過來，兩人不但遍體鱗傷，許多應用之物也都丟失了。這且不說，她還帶著一個折子渝，她的本事再大，也無法帶著一個大活人施展遁術。

伏在一蓬草叢中，細細觀察半晌，滿面風塵的竹韻搖頭道：「不成，這樣子，咱們過不去的。如要繞路，又得幾百里路，咱們兩個的體力，已至油盡燈枯之境，如果路上再碰到追殺的人馬，勢難支撐得住。」

蓬頭垢面的折子渝沉默片刻，說道：「賈公子，你的身手比我高明，不如你一個人衝過去吧，我沿原路退回去。」

竹韻搖頭苦笑道：「是我帶妳來的，豈能棄妳而去？如今不管是向前還是向後，危機四伏，什麼地方談得上安全？」

折子渝蹙眉道：「那該怎麼辦才好？」

竹韻把牙一咬，斷然道：「這個地方防守相對薄弱，我出面去引開守敵，妳則趁機衝過去返回夏州。」

折子渝道：「不成，你做不出棄友而去的事，我折唐同樣幹不出這樣的勾當。」

竹韻睨她一眼，邪邪笑道：「那怎麼辦？妳我在此做一對同命鴛鴦？」

折子渝氣道：「什麼時候了，你還說笑話？」

竹韻嘿嘿一笑，說道：「本公子才貌雙全，姑娘妳就真的沒有考慮過下嫁於我的可能？」

折子渝瞪著她道：「我只是很佩服你，都到了山窮水盡的地步了，你還有心與我取笑。」

竹韻聳聳肩道：「從十二歲第一次殺人，我就做好了被人殺的準備，有什麼好緊張的？」

她伸手取下一路行來須臾不離其身的包裹，遞到折子渝手上，隨手撕下一塊袍襟，包了一塊石頭，重又繫到自己肩上，然後對折子渝正容道：「折姑娘，這件烏裹，麻煩妳轉交我家太尉大人，我此番入吐蕃，探聽來的情報，以及竊得的一件重要物事，都在裡面，對我家大人十分重要。」

折子渝剛要拒絕，竹韻已截住她道：「如果妳我一定要留下一個人來做誘餌，我比妳合適。妳留下來，必死無疑，而我，憑我的身手和手段，引開敵人之後，一個人想要逃命，未必就辦不到，妳不要再和我爭了。」

折子渝微微動容，略一遲疑道：「你說……吐蕃人窮追不捨，全是為了這包裹中的一件物事，到底是什麼東西？能不能……讓它故意落入吐蕃人手中？那樣，前方的防守必然鬆懈，一件死物，再如何珍貴，難道重得過一條性命？」

竹韻搖頭道：「不成，妳可知道……這裡邊到底是什麼東西？」

折子渝凝視著她道：「你肯告訴我了？」

竹韻咧嘴一笑，悠悠說道：「受命於天，既壽永昌。現在，妳知道裡邊是什麼東西了？」

折子渝嬌軀猛地一震，失聲道：「傳國玉璽！」

竹韻眸中滿是得意的神色：「不錯，我偷來的，正是得之則受命於天，失之則氣數盡失，皇權神授、正統合法之始皇帝璽。」

傳國璽，自中原出現第一個皇帝秦始皇開始，就成為中國皇帝的信物。歷代帝王皆以得此璽為符應，視為國之重器。凡登大位而無此璽者，總覺得有些底氣不足，朱元璋稱帝時自稱平生三大憾事，首要一件就是「少傳國之璽」。這樣的寶物，自然不是等閒金珠玉寶可以比擬的，它的價值，已經遠遠超出了這塊寶玉本身億萬倍。

折子渝駭然道：「唐國李從珂死後，傳國璽就此下落不明，怎麼……怎麼竟會落到你的手中？」

竹韻道：「我也是從尚波千那裡偷聽來的，石敬塘引契丹兵攻洛陽時，唐帝李從珂縱火自焚，世人都說這傳國璽也隨之一起葬身火海，實則不然，當時城池陷落，宮中太監宮女隨手抄了些財物便四處逃命，那掌印太監老邁，沒搶到什麼財寶，只帶了這傳國玉璽逃出了皇宮。

「他換了平民衣服出宮，一個年邁老人，誰會打他主意？竟被他平平安安逃出了洛陽。這老太監也知道傳國玉璽雖然貴重無比，卻絕對不能拿出來發賣，否則不但得不到一文銀錢，恐怕還有殺身之禍，可是這麼貴重的東西，要他隨手扔掉，他又捨不得。

「當時中原諸雄林立，各自稱霸，戰亂連綿不休，許多百姓都往邊荒地區逃，有的逃到河西，有的逃到隴右，這老太監一路逃入關中，被一戶吐蕃牧人收留。老太監臨死，才說明自己身分，並交代了這傳國玉璽的來歷，把它送給了那戶牧民。如今隴右吐蕃人先被宋人驅出渭南，又與夏州李光睿苦戰兩年，許多部落一貧如洗，眼下又和涼州六谷蕃部大戰不休，那戶牧人的後人實在捱不下去了，便違背了祖父的囑咐，將這玉璽拿出來叫賣，他倒存了個機靈的心思，並不言明這是傳國玉璽，只希望換幾文錢就好。」

說到這兒，竹韻笑了笑，道：「可惜，『受命於天，既壽永昌』這字號實在是太響亮了，普天之下只此一家，別無分號，他一個不識字的牧民不曉得這些道理，可是但凡有些見識的，誰沒聽說過傳國玉璽的事情。玉璽就此落入尚波千手中，他殺了所有知道這件事的人，把傳國玉璽供若至寶，私自收藏。

「他會盟諸吐蕃部落，被奉為大頭領之後，志得意滿，大醉而歸，酒醉之後得意洋洋地取出此寶向自己兒子炫耀，被我聽個真切，這才下手偷了出來。尚波千派出這麼多人馬窮追不捨，妳現在知道原因了？」

竹韻說著，緊了緊腰帶，將劍挪到最易拔出的位置，對折子渝柔聲道：「請妳幫我，把妳和這玉璽，安然帶回夏州，好不好？」

折子渝心中警鈴大作，疑聲道：「什麼意思？」

竹韻嫣然一笑：「因為，這玉璽，對楊太尉很重要。而折姑娘妳，對楊浩，很重要！」

她雙手輕輕一按地面，輕盈得像一隻狸貓，攸然竄了出去，快得讓折子渝根本來不及阻止……

五百五章　大叔好壞

攻城戰到了第三天，甘州各處城牆已破敗得就像一座被遺棄了千年的廢城。

甘州城的防禦和夏州、銀州是根本不能相比的。越是接近中原文明核心的地方，其城市建築風格就越具備中原特點，而草原上，在百十年前，就算大汗駐牧的地方，也不過是一片片帳篷，拔營起寨，說走便走，在整個草原上遷移，所以他們的戰鬥風格一向是進攻，用進攻取代防禦，勢弱的一方要嘛在草原上與對方展開決戰，要嘛利用廣袤無垠的大漠草原四處逃避，根本不存在據城而守的說法。

而今，契丹人已經從匈奴、突厥的部落聯盟政體發展成為帝國政體，開始建造堡壘。河西走廊上的這些城池，也早因為漢唐以來西域商道的興旺而開始建造，但是這些城池的防禦效果其實有限得很。

楊浩是有把握在第二天就突破甘州防禦，殺進甘州城去的，但是他沒有暴露自己強大的攻城能力，許多重型攻城器械和犀利的遠程武器，只是為了壓制城頭守軍，盡量減少己方傷亡，他並沒有強行破城的打算。

甘州回紇是一個獨立王國，其居民主體是回紇人，楊浩在這裡的影響有限，如果強行突破，攻進城去，守城軍隊就會從六萬變成全民皆兵，巷戰的耗損將更加嚴重，而且甘州回紇仍以游牧為主，機動力極強，一但甘州城破、可汗戰死，各個部落就會趁亂突圍，四下逃逸，那時，四處追緝降服的難度將更大，最快也需要兩三年時間，才能讓這些脫韁的野馬一一歸附。

於是，楊浩壓制著攻城火力，甘州城總是岌岌可危，卻總能危而不倒，如此一來，讓夜落紇可汗和回紇軍民心中始終保持著一絲幻想，堅守著他們的王城。

攻城在繼續著，楊浩盤膝坐在十八頭牛拉著的巨大白色氈帳牛車中，車前矗著犛牛九尾的狼頭大纛，悠然地品著西涼葡萄美酒，看著各部士兵有序地發起一次次進攻。

「嗚……嗚嗚……」

一陣蒼涼的號角聲突然響起，穆羽飛騎而至，大叫道：「大人，回紇援軍來了。西北方向，有七、八千人。」

楊浩脣邊綻起一絲笑意：「來的好，等了他們三天，終於來了。」

他立即振衣，大聲喝道：「傳令，木恩率軍阻截，艾義海、木魁迅速包抄援軍兩翼，準備壓制。張浦、何必寧、李華庭等各守本陣，暫緩攻城，變攻為守，阻止夜落紇出兵接應。馬上把重甲鐵騎、陌刀隊調過來，列陣甘州北城門下！」

隨著一道道將令，傳令兵打馬如飛，奔馳往復，每一支隊伍就像楊浩手中這臺龐大的戰爭機器中的一個齒輪，彼此之間咬噬得緊緊的，開始迅速轉動起來。

遠處塵土飛揚，一支騎兵鐵騎從西北方向出現，看他們的衝勢，是打算一鼓作氣突破正在攻城的楊浩軍隊，在製造大量殺傷和混亂的同時衝進城去，如果楊浩攻城時已經用了全力，那是絕對來不及馬上應變，一面約束軍隊，調整節奏，變攻為守，一面調集充足的兵力進行阻截的。

回紇人的這種戰術談不上如何高明，卻絕對有效，取的就是一個快字，這就是騎兵機動能力的展現。

回紇士兵們高鼻鬈髮，殺氣騰騰，揮舞著雪亮的戰刀，和木恩所部戰在了一起，馬蹄翻飛處，激起大片塵土，迅速將敵我雙方包裹在其中，塵煙滾滾，如同兩支天兵在雲中作戰。

「喔……喔喔……」

雖然援軍只有七、八千人，但是首支援軍的出現，使得死守城池的回紇軍士氣大振，城頭上的回紇人望著遠處來臨的援兵，發出興奮的歡呼，揮舞著手中的刀槍，興高采烈地大叫，整座甘州城都為勤王之師的出現而亢奮起來，夜落紇立即命令開城接應，裡應外合，對北城方向展開反撲。

吊橋的絞索在吱呀呀地放下，沉重的吊橋轟的一聲，落在護城河上，城門洞開……

何必寧正在攻北城，一俟接到楊浩將令，立即鳴金收兵，後備隊則將拒馬、荊棘飛快地鋪布到前方陣地上，攻城軍隊棄了沉重的攻城器械，剛剛回返本陣，擺出半月形的防禦陣勢，夜落紇的七王妃阿古麗便親自帶領五千精兵，高舉彎刀衝上了吊橋。

「噗噗噗……」一片血光迸現，回紇武士用他們的馬軀，強行撞上剛剛布好的拒馬，戰馬慘嘶倒地的同時，槍尾深深抵在沙地中的拒馬槍也被強勁的衝力給撞斷了。

隨即，一身白袍、面蒙白紗的阿古麗，騎著一匹雄駿的戰馬，揮舞著手中的彎刀，頂著夏州軍急驟的箭雨，風一般衝進了何必寧的軍陣之中。

「鏘！鏗！鏗！」交擊聲起，劍影刀光，阿古麗王妃的身子都裹在寬大的袍服裡，看不到她曼妙動人的嬌軀，但是揮著她踏鐙、俯身、仰面、側劈的一個個動作，那種魅惑妖異的美麗還是能在她的衣袂飄飄間若隱若現，剛勁兇悍與女性的嫵媚柔美，完美地揉合在一起，鮮血的飛濺，更讓她增添了幾分魅惑的魔力。

楊浩站在遠處，也注意到了這裡的戰鬥，眼見率軍衝鋒的居然是一個年輕的女人，其剽悍狂野的味道竟比許多草原上的男子還要兇猛，楊浩下意識地舔了舔嘴脣，他的脣上還有葡萄酒甜美的滋味：他奶奶的，這個女人……好兇悍……好性感。

何必寧身在陣前，看得更加真切，眼見那個面蒙白紗，只露出一雙嫵媚而煞氣凜然的大眼美女竟然如此驍勇，何必寧也不禁暗暗心驚：「難怪大帥說什麼全民皆兵，在敵軍銳勢未盡前不許我等強行破城，這些回紇女人，竟也如此恐怖。」

眼見那白袍女子勢如破竹，已率軍衝破拒馬和荊棘，衝進了前軍，何必寧立刻提刀在手，親自迎上前去……

在何必寧軍陣後方，陌刀陣和重甲騎兵已進入陣地，距城一面，何必寧與阿古麗王妃正在苦戰，距西北一面，木恩率兵正力阻回紇援軍，陌刀手列陣於前，以刀拄地，凜然戒備著，後邊的老爺兵們開始在從兵的幫助下開始披盔著甲，細緻得好像一個個馬上就要登上花轎的新娘。

他們的作戰優勢是明顯的，但是劣勢也十分明顯，在千步之內，他們頂多往返衝擊兩次，然後就得氣喘如牛，任人宰殺，所以適合他們作戰的條件特別苛刻，為了節省人力馬力，不到作戰地步，他們也不會披上戰甲，但是毋庸諱言的是，一旦給他們從容發揮的餘地，他們的殺傷力，簡直就是冷兵器戰場上的坦克。

刀如山，矛如林，殺聲震天。

木恩手中一桿長矛已被鮮血淋透，儘管有護兵的竭力保衛，但是他的身上也出現了許多輕重不一的傷痕，敵軍來勢出奇的兇猛，若不是大帥早留了餘力，倉卒應戰的話，他手中有限的兵力是無法阻止這麼強勁的攻勢的。

眼見被木恩和何必寧夾衛在中間的重甲騎兵們已裝扮停當，而遠處塵土飛揚，木魁和艾義海的機動輕騎已向這裡繞來，楊浩立即下令木恩收兵。中軍大旗發出訊號，木恩的軍隊開始向兩側撤退，援軍在丟下千餘具屍體之後，迅速突破進來。

表演開始了……

楊浩故意把他們放進來，放到甘州城下，讓急急趕到甘州北城眺望戰局的城中所有王族、貴族、頭人和將士們親眼見證一場大屠殺。

重甲騎兵無視迎面而來的敵軍，開始像一臺臺重型坦克般地進攻了，箭射在身上，就像被蚊子叮了一口，隨即彈開，箭尖已鈍。彎刀砍在甲上，鏗然的火花中，不是刀斷，就是被震得脫手飛起，而重甲騎兵就像一座座鐵山，轟隆隆地向前開去，撞得他們人仰馬翻。

在重甲騎兵後面，陌刀手們就成了一臺臺絞肉機，此起彼落的陌刀，收割著人和馬的性命，陌刀揮舞之間，絞殺著一切，在他們蹚過的地方，留下一地血肉。

城頭上的人親眼見證了這場他們從未見過的大屠殺，剛剛還攻勢凌厲，與夏州軍勢均力敵的回紇援軍，在這樣兩支怪異的軍隊配合下，就像一群待宰的羔羊，完全沒有還手之力，眼看著那恐怖的屠殺場面，城頭的人面色如土，肝膽欲裂……

夏州輕騎兵從兩側擠壓上來，迫使他們無從逃避，回紇援軍只能硬著頭皮像飛蛾一般衝向迎面而來的鐵山和刀輪，被輾壓、絞碎，重甲騎兵和陌刀手從敵群中蹚過去之後，兩側密集的輕騎兵又就像鍘刀一般合攏了，打掃戰場、收拾最後的殘敵。

夜落紇站在城頭，眼睜睜看著一支龐大的援軍，近七、八千人的援軍，在夏州軍恐怖的絞殺下人馬俱碎，直至……全軍覆沒。

這是真正意義上的全軍覆沒，沒留一個活口，甚至就連他們胯下的戰馬，都沒能有幾匹倖存下來，夜落紇手扶著城牆，雙臂顫抖，雙腿發軟，直勾勾地看著方才還是數千人如虎、馬如龍，奔騰歡躍的地方，那裡現在已是一片紅，一片怵目驚心的紅，浸溼了那一片土地。

夜落紇失魂落魄，以至於竟忘了命令收兵，手下的將領們也都嚇呆了，他們的心一下子從天堂落到了地獄，從大喜變成了大悲，尤其是方才親眼見到夏州軍正面衝突時那種根本不可能抵抗的可怕戰力，那種心靈的強大震撼力，讓他們久久難以平息。

城下阿古麗的五千兵馬仍在苦苦掙扎，他們看不到前方的情形，仍在竭力接應那已永遠也不可能到達的援軍，直到這時，夜落紇才如夢初醒，大鬍子猛地哆嗦了一下，用淒厲的聲音叫道：「收兵！收兵！」

方才所見的一切，將化為一場噩夢，糾纏他們每一個人的夢鄉，很快，將藉由城頭數千人之口，把這噩夢，送進整個甘州百姓們的心中……

*　　*　　*

大漠中，月下一頂帳篷，如同一座墳塋。

四下裡，馬兒靜靜地站著，駱駝安閒地伏著，士兵們圍著一堆堆篝火，壓抑的氣氛使得少有人言。

帳中，夜落紇長子阿里王子和幾個部落頭人面色沉重地盤坐於內，火把在風中搖曳不休，晃得他們的面孔忽明忽暗。

「不成，我們不能馬上赴援甘州了，要等候其他各部落的援軍趕來，集合足夠的人馬，同時從不同的方向衝擊圍困甘州城的軍隊，讓他們彼此不能兼顧，唯其如此，我們才能衝進城去與大汗會合。」

阿里王子說罷，沉聲吩咐道：「從現在起，攜帶的糧食要盡量節省，直到等來更多的援軍！」

* * *

楊浩帳中，諸將雲集。

楊浩朗聲說道：「今日一戰，頃刻間使七千援軍全軍覆沒，逃無可逃，讓甘州守軍親眼見證，這種震懾力是無與倫比的，他們很難再有信心衝出城來與我們決一死戰了。可是回紇人不會就這麼放棄甘州，更不會就此投降，他們唯一能做的，就是利用甘州城廓寬廣，我們無法迅速調集軍隊赴援任何一處的弱點，集合足夠的援軍，同時攻打各城，試圖與守軍會合。」

楊浩微微一笑，說道：「但無妨，接下來，我們要做的，就是要讓他們放棄與我決戰，而去據城死守。夜落紇想守，就讓他把城守死好了。」

眾將哈哈大笑，楊浩按膝又道：「再有援軍，盡數放水，讓他們衝進城去與夜落紇會合，接下來該幹什麼，諸位心中該已有數了，既然他們肯被咱們牽著鼻子走了，那咱們就按部就班，一步步來。對甘州夜落紇可汗，圍而不打，對肅州龍家，打而不圍，對瓜、沙兩州的歸義軍，只截不打，三座城池，同步進行。」

眾將轟然稱諾，楊浩又道：「這裡，留張浦將軍主持大局，艾義海、木恩、李華庭三位將軍……」

三人一抱拳：「末將在！」

楊浩微微一笑：「你們嘛，陪本帥去去肅州，現在回去準備，連夜撤出兵來，明日起行。」

眾將恭聲應命，楊浩道：「好了，連日征戰，也都乏了，大家都回去吧，從明天起，做做樣子就好，可以輪番歇養一下。」

眾將領命而去，楊浩端起茶來又將自己的整個部署細細琢磨了一遍，他此番西來，本統八萬大軍，得涼州後，毫不客氣地把絡絨登巴的兩萬吐蕃軍也帶了出來，上山作賊還要來個投名狀呢，這兩萬比夏州兵更加熟悉和適應西域地理的生力軍，自無不用的道理。

兵力上的運用是充裕的，可是這一仗十分複雜，當初掃蕩橫山諸羌和打銀州，都是簡單的一對一的戰役，及至後來打李光睿，雖然採用了明修棧道、暗渡陳倉的戰略，一明一暗兩條戰線，但仍然是一對一的作戰，而今卻大大不同，他要以最小的傷亡，採用對河西走廊最不傷元氣的打法，同時針對三條戰線，三股不同的勢力，採用三種不同的戰略，而且要同步進行，如此方能使甘州不戰而降，其中的複雜程度，卻是遠甚於他以往經歷過的所有戰爭。

甘州、肅州、瓜州、沙州，以及駐守這些地方勢力的首腦，及其之間的關係，在楊浩心中細細地過濾了一遍，當他想得靈臺一陣清明的時候，一陣細碎的腳步聲響起，楊浩張開眼睛，就見一位脣紅齒白、臉若桃花的俊俏少年，翩然走進帳內，一見楊浩睜眼，那白袍少年張開雙手，在他面前輕盈地轉了個身，嫣然笑道：「好看嗎？」

逍遙巾、翠玉帶、登雲履，白袍如雪，粉妝玉琢的一張俏臉，眉眼盈盈如星月，當得起一個翩翩濁世佳少年的美譽，楊浩卻皺了皺眉道：「天色已晚，妳穿成這樣做什麼？」

俊俏少年嗔道：「是你說要祕密潛去肅州，要我扮成你坐鎮此地的嘛，我打扮打扮讓你看看啊。」

楊浩摸摸鼻子，臉上露出一絲邪邪的笑意：「反正瞞的是外人，用不著太過謹慎，不過……焰焰，妳這麼打扮，倒真是別有一番味道。」

唐焰焰轉嗔為喜，張開袍袖，自顧欣賞著道：「是嗎？我方才攬鏡自賞，也覺得很漂亮呢。」

楊浩忍笑道：「是啊，看了妳現在這副模樣，我忽然明白，為什麼有些權貴名士喜歡孌童了。」

唐焰焰做了個嘔吐的表情道：「喂喂喂，你可不許不學好，寵幸孌童……好噁心啊。」

楊浩不以為然地道：「有什麼噁心的？據說許多名士都喜歡孌童啊，所以常挑些眉清目秀的少年做小童，白天研墨遞茶，晚上嘛……嘿嘿，風雅得很。」

唐焰焰緊張起來，趕緊搶到他身邊，拉住他衣襟道：「你可不許學他們，要不然……要不然……以後都不許你碰我。」

楊浩呵呵地笑起來：「為什麼要了孌童就不許碰妳了啊？」

唐焰焰的臉蛋紅了起來，抿著嘴搖搖頭：「不許就是不許，還要什麼理由？」

楊浩黠笑道：「喔……焰焰好像明白孌童是些什麼勾當啊。唐家是不是有人蓄養過變童啊？」

「是……沒有，不是，不是……」唐焰焰剛剛點頭，突然驚醒過來，連忙使勁搖頭。

楊浩哈哈一笑，一把將住她柔軟的腰肢，在她瑩潤如玉的粉腮上親吻著道：「放心啦，妳家官人不會喜歡變童的。」

唐焰焰皺了皺鼻子，哼道：「這還差不多。」

楊浩哧哧地笑，不懷好意地道：「因為……我家焰焰打扮起來，比最俊俏的變童還要變童，官人何必騎馬找馬呢？」

唐焰焰被他親得仰起了頸子，星眸迷離，嬌喘吁吁地道：「人家……人家可是一個真正的女人……」

楊浩貼著她平坦柔軟的小腹向下滑動，另一隻手輕輕去解她的腰帶，貼著她的耳朵，悄聲說道：「妳當然是女人，而且還是一個很可愛的女人。女人侍候男人的事，妳能做；變童侍候男人的事，妳也一樣能做的。焰焰，今晚，就做一回官人的變童好不好……」

「不……不好……」

唐焰焰羞得臉紅似火，一把打開他的大手就想逃開，可是她剛剛像小狗似地爬出兩步，就被楊浩鉗住兩髖，將她硬生生地拖了回來。

「啊」的一聲輕呼，她的袍服被掀起，臀如滿月，如玉生光。

風吹裙起屁屁涼，淺吟低唱菊花殤……

巨大的白色氈帳牛車外，一道人影驚鴻般掠起，嗖地一下飛上了犛牛九尾的狼頭大纛，狗兒臉頰發燙地蹲在狼頭大纛上，用兩根手指緊緊堵住了耳朵，羞得無地自容道：「大叔是壞人……」

*　　*　　*

草城川，岢嵐防禦使府。

書房中，神祕客人帶著一副陰柔的笑意，說道：「赤將軍肯棄暗投明，官家龍顏大悅呵。如今你我共圖大舉，只待取了府州，這府州節度，一方封疆大吏，就是你囊中之物了。榮華富貴、錦繡前程，不可限量，王某這裡先恭喜了。」

赤忠按捺不住地道：「王大人，本官現在想的不是個問題，而是……取了府谷之後，如何應付隨之而來的種種變化，這件事不解決，本官就算肯投效朝廷，也不敢保證麾下將校人人效死啊。」

那王大人竟是河西轉運使兼河北道觀察使王繼恩，聽了赤忠的話，他淡淡一笑道：「呵呵，赤將軍客氣了，將軍坐鎮草城川多年，儼然就是一方諸侯，若說控制不住麾下兵將，誰人肯信？赤將軍不必擔心，官家已計議周詳，將軍請看……」

王繼恩手指地圖，沉聲說道：「你這裡一動手，我們馬上行動。安利軍、隆德軍控制廣原程世雄部，挾其不得妄動，本官奉有官家密旨，到時候會親自統率寧化軍、晉寧軍、平定軍、威勝軍，迅速進入府州地境，協助將軍控制府州下轄的各路兵馬。綏州刺使李丕壽會祕密率軍北上，截住麟州楊繼業的援軍。

「到時候，府州將被牢牢控制，麟州楊繼業難進寸步，楊浩如今正忙於西征，就算他肯半途而廢，等他趕回來，府州大局已定，除非他敢挑起反旗直接面對官家，否則還能怎樣？赤將軍，你看這樣的部署，可還算得上是萬無一失嗎？」

赤忠看了看地圖，估量著這幾路宋軍的實力，臉色漸漸從容起來：「官家的部署，自然是天衣無縫，不過……不會出什麼岔子吧？」

王繼恩道：「赤將軍，官家圖謀西北久矣，如果說誰是最想把西北納入掌中的人，那自非官家莫屬，如此重大的事情，官家豈會容它出現什麼岔子？赤將軍只管做好自己的事情，只要你這裡成功了，府州軍群龍無首，大事可成！」

赤忠又仔細看了半晌，把牙一咬，點頭道：「好，等折惟信到了，本官馬上開始動手。」

王繼恩喜形於色，說道：「好，王某一定全力配合，助將軍完成這件不世之功。」

赤忠道：「今日天色已晚，王大人就請暫在赤某的書房住下吧，明日，本官再親自送你離開。」

王繼恩點頭答應，赤忠告辭出來，剛剛來到中堂，就見副將蕭晨候在那兒，一見他來，連忙迎上前道：「大人，折惟信已經進城了，馬上就到府邸。」

赤忠吃了一驚：「這麼快？」

蕭晨笑道：「折帥得知咱們這兒三軍鬧餉，哪裡還能放心得下？二公子自然要日夜兼程，趕來安撫軍心了。」

這時前庭中有人高唱道：「折惟信公子到……」

赤忠和蕭晨相視一笑，連忙撣撣衣袍迎了出去。

折惟信風塵僕僕地趕到草城川，進城時已是日薄西山。如今他大哥折惟正漸漸著手替父親掌理府治，折惟信做為二弟，將來就是折御卿一樣的角色，將是大哥的左膀右臂，此番聽說因為糧餉緊張，草城川軍心思變，折御勳不敢大意，便令他帶了一筆錢糧趕來安撫。

如今糧餉車子已停在府外，折惟信心憂草城川形勢，不及等人傳報，便進了府邸，在管家陪同下快步走向中庭，一路思忖著如何安撫草城川將士，府州上下同心協力共度難關的措詞。

剛一跨過院門，就見赤忠領著副將蕭晨快步迎了上來，折惟信一見，連忙搶上兩步，微笑施禮道：「惟信見過忠叔，蕭大人好。」

赤忠與他父親平輩，喚其為叔而不稱其職，這也是折惟信故意親近，赤忠卻不敢當他一聲「叔」的敬稱，連忙上前攙扶道：「哎呀呀，少將軍快快請起，赤某可當不起少將軍這樣的稱呼。節帥身體還好吧？」

折惟信道：「家父身體康健如昔，只是一直牽掛著草城川的形勢……如今草堂川軍心如何？」

一旁蕭晨忙接口道：「少將軍，我岢嵐軍毗鄰著朝廷的寧化軍，朝廷兵馬糧餉無憂，而我草城川卻是捉襟見肘，將士們不滿之心漸生，前番鬧餉，赤大人當機立斷，將存糧充作餉銀發了下去，可是有朝廷方面的人暗中挑撥著，士卒怨氣不減反增，再這樣下去，軍心堪憂啊！」

折惟信聞言大驚，望向赤忠道：「大叔，如今情形竟已這般嚴重了嗎？」

赤忠面現憂慮，肅手道：「少將軍，請廳中寬坐，某再將詳細情形說與你聽。」說著向蕭晨目光一橫，蕭晨會意，立即拱手道：「末將暫避！」

五百六章　八美和親

肅州城，夜戰。

火光燒紅了半邊天，喊殺聲震耳欲聾。

城頭的守軍在戰火硝煙中亡命地阻擊著不斷撲上城頭的夏州兵，雙方以城頭為戰場，展開著一場殊死搏鬥。

守軍的戰袍很有大唐遺風，鬈髮高鼻的軍隊，兼具突厥和回紇人的長相特點，但是衣飾服裝一如漢人，將領們披掛的居然還有許多破舊的明光鎧，使用的兵器更是大刀戰斧、長矛鉤槍，人手再配一把長弓，基本上就是唐朝邊軍的配備。

肅州是龍家的地盤，首領叫龍王。每一代龍氏首領，都叫龍王。

肅州龍家是唐朝時候西域三十六國中的焉耆國王族後裔，焉耆古城博格達沁陷落後，遷入河西隴右一帶，最初，甘州本來在龍家的掌握之中，不過回紇帝國滅亡後，其中較大的一股勢力龐特勤部也逃到了河西，把龍家逐出甘州，鳩占鵲巢。

龍王只得率領族人退出甘州，占據肅州，在這裡，焉耆國人和吐谷渾族人，尤其是大唐對西域失去控制後遺留在河西的安西都護府大唐軍隊後人們，完成了第一次民族融合，所以他們接受了相當程度的漢族文化，戰略戰術也學習了大量大唐軍隊的特點，甚至連武器裝備、軍服款式都十分相似。

肅州龍家退守肅州後，就向金山國歸義軍稱臣納貢，成為附庸。然而，後來金山國在和甘州回紇爭霸中落敗，被甘州回紇一直打到沙州城下，逼迫張義潮的後人，金山國皇帝簽訂城下之盟，從此回紇可汗是父，金山天子為兒，雙方結下父子之國，金山國也改稱敦煌國，肅州龍家便脫離了歸義軍的控制。

如今的局面是，沙州曹氏繼承的歸義軍政權、肅州龍家政權、甘州回紇可汗，三家之間時而發生大大小小的戰爭，時而往來走動，姻親友好，遇到強大的外敵時他們一致對外，沒有外敵威脅時，它們之間勾心鬥角。

楊浩對這三家政權的建立和建立之後的發展充分了解之後，斷定一旦他在甘州城下遭受重創，正在觀望之中的肅州龍家、沙州曹家，必然壯起膽子聯手來解甘州之圍，於是他先下手為強，對甘州圍而不打，調集四萬精兵繞過甘州直撲肅州，到達肅州後又遣艾義海率一萬五千人繞過肅州，截斷肅州和歸義軍控制的瓜州之間的聯繫，自己則率主力，先行解決肅州。

肅州是這三方勢力中最弱的一環，解決了它，第一，可以給甘州和沙州更進一步的心理壓力，迫使他們早日屈服，另一方面，又可以截斷歸義軍和甘州回紇之間可能聯繫起來聯手頑抗的消息管道。

攻城戰到了第四天，夏州兵已經可以衝上城頭作戰了，夏州兵奮勇向前，前仆後繼，燒城門、撞城牆，用雲梯、飛抓攀爬城頭，與守軍決死一戰。夜已深了，廝殺聲卻是震天撼地，城中死傷慘重，但是攻上城頭的夏州兵也被利箭射倒無數，小小一片城頭已是到處死屍。

然而對肅州龍家來說，他們已退無可退，這已是他們最後的憑仗，唯有決死一戰。

一片金鑼聲起，楊浩收兵了。

守將阿罕莫兒舉著火把，環顧城頭，城頭到處是人的屍體，慘不忍睹，濃重的血腥氣中人欲嘔。死者如山堆積，殘肢斷臂，沒有頭顱的軀幹，沒有軀幹的頭顱，焦臭的屍體，腸肚內臟散落得到處都是，濃重的血腥，硝煙烈火瀰漫，這就是你死我活的殺戮戰場；敵軍退了，可他毫無歡喜之色，他不知道下一次攻城會在什麼時候發生，那時候自己是否能夠依然活著，傷重未死者淒慘的痛呼呻吟聲傳到他的耳中，他的臉頰不禁抽搐了幾下，下意識地扭頭向內城望去。

內城一片漆黑，就連龍王府也看不到幾點燈光，龍王在想什麼，肅州何去何從，是該做個決斷的時候了啊……

龍王府，這一代肅州龍家的家主，龍王龍瀚海跪坐在蒲團上，陰沉著臉色看著環坐左右的兄弟、子姪和龍家的心腹將領。

「爹，我們拚下去，現在甘州還沒被打下來，楊浩居然繞過甘州來打我肅州，我肅州就這麼好欺負嗎？咱們多年經營，好不容易有了一塊屬於自己的地方，如果丟了肅州，咱們龍家還能到哪兒去？和他們拚到底，他們勞師遠征，兵員接濟不上，糧草耗費更巨，只要咱們咬咬牙撐下去，一定能撐到楊浩退兵。」龍瀚海的兒子龍戰慷慨激昂地道。

龍瀚海的兄弟龍瀚江冷冷一笑，不陰不陽地道：「楊浩繞過甘州，先取我肅州，就是因為在他眼中，我肅州容易打。你說他兵力不足嗎？哼，他還分了兵，抄了我們的後路，截斷了我們和沙州的往來呢，這像是兵力不足的模樣嗎？」

龍戰嚷道：「我肅州還有兩萬五千精兵，還有一座城池可守，還有……」

龍瀚江截口道：「一旦城破，性命都沒有了，還有什麼？」

喝住了姪子，他雙手扶膝，微微俯身，沉聲道：「大哥，在人屋簷下，怎能不低頭？中原亂了一百多年，如今被大宋一統，這就是天下大勢，久亂必思大治。我西域亂了多久？人人都稱草頭王，比中原戰亂的時間更長，如今……是該出一位一統西域、天縱英明的大汗的時候了。這個人，除了楊浩，還有誰比他更有資格？依我之見，不如稱降。咱們降過沙州、降過甘州，再降夏州，又有何不可？」

龍瀚海唏噓道：「瀚江啊，就怕……人家要的不是稱臣納降，而是奪我龍王稱號，取我肅州兵權吶。」

龍王的小兒子龍雲略一思忖，提議道：「爹，要不……先休兵罷戰，試試楊浩心意，至少……可以藉此機會，讓我將士稍作歇息。要不然，恐怕真的是撐不下去了。」

龍瀚海沉吟半晌，點頭道：「也罷，瀚江，明日一早，你替我走一遭，探探楊浩的口風，咱們再做決斷。」

龍瀚江頓首道：「是！」

* * *

楊浩在肅州城外中軍大帳中接見了肅州使者龍瀚江，聽龍瀚江說罷向他稱臣乞降之意後，楊浩一笑搖頭，直截了當地道：「西北諸侯林立，戰亂不休，一向是今日你強，我向你稱臣，明日我強，你向我稱臣，所恃者，就是一時一地之勝利。

「有此常例，所謂諾言、契約，不過就都是一紙空文，人人今日稱臣，想的都是明日如何再戰勝對方，殺來殺去，勝敗已成平常事，倒楣的只有無辜的百姓，我要讓這河西長治久安，重回盛唐時候的繁庶局面，想做到這一點，唯有收各族兵權，盡集於一府治下。

「龍家乃肅州豪族，如果你們獻城納兵，與我夏州成為一家，我自會保你龍家一門富貴，就算是節府中，也有你龍家一席之地，龍家子姪，允文允武，來日在文治武功方面但有建樹，本帥也會不遺餘力，抬舉扶持，難道不好過似如今這般，於沙州、甘州夾縫之中苦捱日子？」

龍瀚江低聲下氣地道：「楊帥，這肅州基業，畢竟是祖上傳來的，誰願成為一個敗壞祖宗基業的不肖子孫呢？夏州兵強馬壯，我們情願歸附，向楊帥稱臣納貢，聽從調遣。如果……楊帥宏恩，那麼……我肅州龍王可效沙州與甘州故事，與楊帥結為父子之邦，楊帥是父，龍王是子。」

楊浩哈哈大笑，搖頭道：「龍大人，你說笑了，楊浩是宋臣，不是一國皇帝，一都君王，豈敢與肅州龍王結父子之邦？請回覆龍王，他有請降的誠意，本帥亦有納降的誠意，不過，我的條件不能改變，獻城、交兵，除此之外，本帥餘皆不圖，龍家的田地私產、奴隸僕傭一概不動。我知道，肅州龍家善於做生意，我節帥府中，尚有轉運使一職，亦候龍王就任。」

龍瀚江面有苦色道：「楊帥……」

楊浩長身而起，朗聲道：「小羽，送客！」

議和既不成功，唯有再戰，次日又是一場血戰，兩日後，東城失陷，被夏州兵衝進城去，壓迫守軍直入內城，龍戰、龍翔、龍雲等龍氏幾兄弟親率拱衛龍王府的三千精銳士卒浴血殺出，這才奪回東城，重新確定了對肅州的控制權。

但是夏州兵一直殺至肅州內城，對龍王府高層造成的心理震撼是驚人的，他們現在每一個人都已明白，肅州隨時可能失守，一旦失守，他們將失去一切，昔日高高在上的王族，將按照草原上的慣例，戰敗者，淪為勝利者的奴隸。

一入奴籍，何日再有出頭之日？

次日一早，肅州城頭高掛免戰牌，龍瀚江帶著一支浩浩蕩蕩的議和隊伍再度趕向楊浩的大營。

楊浩剛剛練罷功，又與狗兒對練了一趟劍法，然後回到帳中，在她侍候下洗漱更衣，打扮停當之後，換了一身箭袖，神清氣爽地趕到前帳，肅州城的議和使者又來了。

這一回，楊浩沒有如上一回般起身迎出帳外，他就端坐帳中，將校頂盔掛甲，分列兩旁，殺氣騰騰地等著龍瀚江進帳參見，不想龍瀚江進得帳來，後面居然跟進來八個人，這八個人一進大帳，立即香風陣陣，沁人心脾，一下子把大帳中肅殺的氣氛沖個一乾二淨。

楊浩愕然扶案望去，只見跟在龍瀚江身後的，竟然是八個綵衣霓裳、體態婀娜、輕紗遮面、霧鬟雲鬢的少女。楊浩看了看陪同龍瀚江進來的木恩，木恩向他咧嘴一笑，楊浩心中頓時瞭然，敢情……這一回龍家連美人計都用上了。

雖然薄紗遮面，卻根本掩不住那俏美精緻的五官，反而有一種若隱若現的朦朧誘惑，鼻梁都高高的，輕柔的薄紗隨著鼻息輕輕起伏，如今剛到八月，正是酷熱的時候，姑娘們穿的都不算很多，薄衣蔽體，曲線玲瓏，仔細看去，八個美人風情居然各不相同。

有直髮的，有鬈髮的，有黑髮的，有金髮的，有藍眸的，當然也有黑眸的；有的身材苗條頎長，一雙出色修長的大腿配著那小蠻腰和豐碩的翹臀，誘人鼻血；有的嬌小玲瓏，就像還未長大的女童；有的豐盈，有的苗條；有的含情脈脈，有的柔媚可人，有的冷豔高傲，有的天真無邪……

她們個個都是花容月貌，嬌柔嫵媚，但是風情氣質、體態身形又各不相同，肅州龍王似乎一下子就把不同體態、不同風情、不同膚色、不同人種的美人都收集全了，打包給他送了來。

楊浩看得出，其中有些金髮美人，其實也不是純種的白種人，似乎，這些美人都是混血兒，混血兒……果然比普通的美女更具一種特殊的味道。

八個風情各異的美人娉娉婷婷往那兒一站，一下子吸引了所有人的目光，侍立兩旁，手按刀柄，本來目不斜視的將校們，也都不錯眼珠地盯著這些美人，這樣的美人，平時一個也不大容易見到，何況一下子就是八個。

楊浩經過剎那的驚愕以後，已經鎮定下來，他微微一笑，目注龍瀚江道：「龍大人，這是何意？」

龍瀚江躬身道：「楊帥，我龍家實無意與楊帥為敵，也確有誠意歸附楊帥。前日回城之後，瀚江將大帥的意思回稟了龍王，龍王苦思兩日，今日遣瀚江來，是為了再一次向楊帥表達我龍家的誠意。龍家……願意自削肅州王號，歸附夏州旗號……」

楊浩雙眉一軒，喜形於色，龍瀚江繼續道：「肅州龍王願奉楊帥為主，接受轉運使之職，肅州行政、軍事，悉從夏州號令，稅賦、子民，直接受夏州管制，只不過……還有兩個條件。」

「你講。」

「一：我兄瀚海，仍然駐守肅州，不去夏州就職；二：肅州軍隊，聽從楊帥號令節制，但是需由我兄兼任肅州防禦，直接統御。」

楊浩一怔，不由怒而失笑道：「這算什麼？有其名而無其實，和那些敗則稱臣，勝則據地稱霸的無賴有什麼不同？」

龍瀚江道：「楊帥，我們甘願請降，節帥投桃報李，也該予我龍家一些方便吧？何況這其中是大大不同的，我龍家實則已交出了肅州，交出了肅州百姓，受到了楊帥的節制，只是想暫時保有一定的兵權，這……也是因為龍家一些長輩尚有疑慮，只是為了安撫大家的心，天長日久，肅州還不是要被節帥牢牢控制？」

楊浩心道：「肅州交出了民政權、經濟權，假以時日，我的確能逐漸加強對軍隊的滲透控制，把它也完全掌握在手中，可這……需要和平的外部環境，需要一、二十年的工夫，而且，如果肅州照此辦理，甘州和沙州必然有樣學樣，如果河西走廊諸州全都照此辦理，那我對河西走廊，實際上就是根本沒有達到完全的控制，一有什麼風吹草動，他們還不是各自扯旗自立？」

龍瀚江見楊浩垂首沉吟，又不失時機地上前一步，恭聲說道：「家兄一片赤忱，些許顧慮，還望楊帥體諒。同時，為表誠意，家兄還向楊帥奉獻這幾名女子，侍候楊帥左右，請楊帥笑納。」

楊浩慢慢抬起頭，笑是笑了，卻不接納：「龍大人自肅州城中搜羅幾個美人，就想本帥棄了根本所圖？」

龍瀚江正色道：「楊帥錯了，她們……並不是從肅州城中百姓人家搜羅來的女子。」

他一指那個長著一雙勾魂攝魄的藍眸金髮的美人，和另一個身段凹凸有致、極為媚惑的女子，說道：「這兩個，是家兄的親生女兒龍靈兒、龍蝶兒。」

他又一指長袖素羅、清雅嫵媚的一個少女，和另一個眉若遠山、眸若星辰、肌膚似玉、嫩白水靈的秀美佳人，澀然一笑道：「她們……是在下的女兒。」

龍瀚江的手指又移到那個身材嬌小可愛的小蘿莉身上，說道：「這個，是我的親外甥女……」

龍瀚江一一說出，這八名女子，居然俱是龍家至親，把個楊浩聽得目瞪口呆，龍瀚江一一介紹完了，喟然一嘆道：「楊帥，如此……還不能證明我龍家歸順楊帥的誠意嗎？」

楊浩慢慢抓起茶杯，在手中轉了半圈，抬眼望去，八雙或靈秀，或嬌豔，或嫵媚，或優雅，或純真，或羞澀，或好奇的明眸，正齊刷刷地投注在他的身上，就算這些身嬌肉貴的金枝玉葉今日被拿來送人，她們心中不無屈辱之意，可是與家族的命運前程相比，她們卻也有著奉獻自己的覺悟。何況，這個揮兵殺來的楊大帥，並沒有血口獠牙的兇形惡相，而且……還頗為英俊。如今，她們也想知道，這個夏州楊大帥，會如何選擇。

楊浩將茶杯湊到脣邊，輕輕抿了一口，淡淡笑道：「楊某揮兵十萬，叱吒西來，如今若為女色所迷而改初衷，豈是大丈夫所為？」

龍瀚江道：「何謂大丈夫？孟子曰：富貴不能淫，貧賤不能移，威武不能屈，此之謂大丈夫。可沒有美色不能惑這一條，英雄美人，本就相得益彰，就連亞聖也未見反對呀。」

楊浩好笑地道：「龍大人的《孟子》新解，倒是令人耳目一新，別緻得很。不過……甘州夜落紇可汗，納了沙州曹將軍的女兒為九王妃，又嫁了自己的女兒給曹將軍的四公子，那又如何？可曾阻得甘沙兩州間的明爭暗鬥？以聯姻而定敵友，根本就是靠不住的。而且……」

他的神色嚴肅起來，放下茶杯，莊嚴站起，沉聲說道：「一路西來，我夏州將士風餐露宿，披星戴月，戰場上他們拋頭顱、灑熱血，勇往直前，無畏生死，不是為了讓楊浩納幾房美妾回去侍奉枕席的！若我答應，以這些美人換取肅州保留軍權，就是對我夏州陣亡將士的褻瀆！」

帳中兩排將校將目光霍然投向楊浩，面前那些花枝招展、妖嬈嫵媚的美人也都視之不見了。

「龍大人，請回覆龍王，楊浩也抱著最大的誠意，願意再給他一天時間，好生考慮。我的條件，沒有討價還價的餘地，如果龍王答應，龍家一門富貴，絕無影響。希望他能打開城門，化干戈為玉帛。楊浩率堂堂之師，息賊安民，重關古道，以事祥和，以濟蒼生。如果明天早上太陽升起的時候，龍王仍執迷不悟，本帥會履行誓師夏州時宣告天下的誓言！」

龍瀚江身子一震，脫口問道：「什麼誓言？」

「順我者生，逆我者亡！」

帳中將校們不約而同地拔直了腰桿，按住了腰刀，這一刻，男人們煥發出的肅肅殺氣，將那滿帳妖嬈的脂粉氣一下子都掃了出去！

＊　＊　＊

草城川，岢嵐防禦使府。

折惟信雙手抓著牢房的柵欄，怒不可遏地瞪著赤忠，厲喝道：「赤忠，我折家待你不薄，你怎麼可以幹出這樣的事來？」

赤忠沉沉一笑，說道：「少將軍，官家……待我更是不薄啊。良禽擇木而棲，良臣擇主而侍。中原一統，是大勢所趨，小小府州，想要阻擋大宋西進的步伐，根本是螳臂當車，赤某人這麼做，只是明大勢，從大理。人往高處走嘛。」

折惟信冷笑道：「人往高處走？小心摔個跟頭，摔得你粉身碎骨，我爹……絕不會放過你的！」

赤忠扶了扶頭盔，淡淡一笑道：「折帥？呵呵，你還是多為折帥擔憂吧。」

折惟信哂然道：「你有膽子跟我爹對陣嗎？宋軍若有實力一舉吞掉西北，又何必使此齷齪手段，當初我折楊兩家與夏州李光睿為敵，中原尚且奈何不得我府州，如今楊太尉兵強馬壯，更勝李光睿當年，我兩家聯手，宋國敢傾力來攻嗎？北國契丹人，也不是吃素的。」

赤忠睨他一眼道：「二公子，這些道理，赤某還要你來教嗎？誰說……我一定要用打的？」

他好整以暇地整理著披掛，冷笑道：「三日之後，就是折二太爺大壽之期，你折家上下，都會齊聚府州百花塢，你說，那時候本將軍帶兵去百花塢，就說士卒譁變，二公子下落不明，赤某彈壓不住，請領援軍，趁其不備，將你折家上下一舉拿下，還需要大費周章嗎？」

折惟信神色劇變，赤忠哈哈大笑，悠然道：「你看，秦國兵強馬壯，窮六國之力不可敵，然澠池之會，藺相如五步之內，卻可令秦王擊缶。何也？時機選擇的好，匹夫之怒，亦可使天下縞素。赤某確實沒有與折帥公平一戰的實力，但是……」

他走到牢房門邊，腳步一頓，冷冷說道：「只要機會運用得當，就算富有天下的趙官家都做不到的事，偏偏我赤忠……卻是可以辦得到的。」

五百七章　龍王不王

交出兵權就是澈底交權，雖然說楊浩承諾許他一個轉運使的官職，這官職階不低，而且是個肥差，可是和做一方生殺予奪的草頭王相比，那就大不一樣了。龍王沒想到自己低聲下氣，自稱兒王、交出財政和民政大權，又搭上龍家精挑細選出來的八個美人，楊浩竟然還會提出如此苛刻的條件，所以聽了龍瀚江的回報後，不禁勃然大怒。

事到如今，他才想起沙州歸義軍來，兩家雖然常起征戰，如今卻是脣齒相依、同仇敵愾，能否爭取沙州出兵相助呢？龍王計議已定，便命剛剛回城的二弟龍瀚江想辦法再突出重圍，與沙州取得聯繫。

說起沙州與肅州之間的關係，更是複雜得很，肅州龍王本來是沙州歸義軍的附庸，沙州金山國稱帝的時候，肅州龍王是向金山國稱臣的，但是歸義軍被甘州回紇打敗，成為回紇人的附庸之後，肅州龍王便脫離了歸義軍的控制，自立門戶了。因為這一層淵源，所以肅州與沙州的來往反而不及甘州與沙州之間的聯繫密切。

沙州曹家汲取了歸義軍張義潮一脈傳人貶抑其他諸族，只會使用武力進行排擠打壓，結果遭到反噬，使得自己的勢力不斷萎縮的教訓，常以懷柔手段與吐蕃、回紇諸族結交關係，和親就是曹家一個慣用的手段。因此曹家東結回紇，西結于闐，互嫁女子，以為姻親，但是因為肅州龍王本是歸義軍下屬，所以不肯自折身段主動攀交，而肅州龍王對舊主也本能地想保持距離，所以兩者平素來往並不多。但是這個時候，龍王不得不倚助歸義軍，於是便想與之和親了。

肅州龍王家多出俊男美女，這倒不是因為龍王本人的基因如何優良，而是因為肅州人的血源太混雜。一般來說，混血兒更容易遺傳父母雙方的優點，肅州龍家本是焉耆人，但是焉耆人亡國後，他們輾轉東遷，不斷與各族融合，突厥人、党項人、回紇人、契丹人、漢人乃至波斯、大食人，百餘年下來，使得肅州多出俊男美女，按照現代標準，肅州一個賣狗皮膏藥的小販，大概都比得上一個模特兒的基本條件。

既然楊浩寧要江山，不要美人，龍王就想把這幾名本打算用來跟楊浩和親的美人再用來與沙州曹家結親，換取曹家的幫助。當夜，夜黑風高之時，肅州城悄然開了西門，使龍戰親率五千輕騎，護送龍瀚江殺出重圍，龍家用來和親的那幾個女子們雖然看著嬌嬌怯怯，一副弱不勝風的模樣，其實也是個個弓馬嫻熟，因此俱都乘了戰馬，換了騎裝，隨同龍瀚江一齊殺出重圍。

龍戰浴血廝殺，總算把二叔的使節團安然送出了重圍，趁著夜色，一隊輕騎沒入茫茫草原。可是他們雖衝出了圍城的大軍營防，卻沒能避過艾義海的耳目。艾義海的鐵騎早已封鎖了肅州到瓜、沙兩州的一切通道，艾義海本是大漠馬匪出身，攻城掠寨、攔路剪徑本就是他最拿手的本領，給他一萬五千精騎，要他封鎖一條道路，自然是易如反掌。

於是，第二天傍晚的時候，龍瀚江和八美人便一個不剩地被艾義海送回了楊浩的中軍。

楊浩聞訊迎出帳去，就見龍瀚江臊眉搭眼，垂頭喪氣，那八個換了騎裝之後更是嫵媚與英武兼備的佳人則用異常複雜的目光看著他，倒是不見什麼懼怕之色，也不知這些美女是因為出身龍王世家，見慣了生死場面，還是有著一個美人最差的結局也是充作戰利品，絕不會被人暴殄天物、一刀斷頭的覺悟。

楊浩對龍瀚江揶揄譏笑道：「龍大人去而復返，可是龍王已然有了決斷？」

龍瀚江長嘆一聲，挺胸閉起雙目，慨然道：「士可殺，不可辱，楊帥只管動手便是了。」

楊浩笑吟吟地道：「楊某說過，等待龍王做出決定，直至明晨東方日出，又怎會出爾反爾？來人吶，送龍大人和幾位美人回肅州，龍大人，這一回小心些，可不要再認錯了路，肅州城四面八方，早被圍得風雨不透，要是一不小心，再誤入我的軍營，那就尷尬得很了。」

龍王龍瀚海正焦急等待消息，聽到城外動靜，慌忙跑上城頭，目瞪口呆地看著楊浩把他的和親隊伍再度送了回來，直到穆羽率人悠然返回，這才急忙放下吊橋，把二弟和幾個女子都接了回來。

是夜，城中如何算計暫且不提，到了天明，東方破曉，一輪紅日破空而出，楊浩見肅州城頭仍然毫無動靜，便立即下達了攻城令！

一時間，戰鼓雷鳴，號角聲聲，龍王披掛整齊登上城頭，向外一看，不由得大驚失色。

戰鼓聲瀰漫於整個戰場之中，壓抑得人心沉甸甸的，透不過氣來，一隊隊士兵如潮水般撲向城頭，過去這些天楊浩的軍隊攻城只使用過雲梯和飛抓，而今……形形色色、體積龐大的攻城戰車、巢車、望樓、撞城車、掘洞車一輛輛大模大樣地開了過來，真不明白城外俱是一片黃沙，他們從哪兒弄來如此多的巨木、製造出來這麼多龐大的攻城器械？就憑沙漠綠洲中的那些低矮樹木？一時間，龍王幾乎要以為甘州已然陷落，楊浩把攻打甘州的各種戰車全都調到了肅州。

黑雲壓城城欲摧，山呼海嘯般的狂野吼聲震天撼地。遠遠望去，漫無邊際，漫山遍野都是夏州軍的飛龍、飛虎、飛豹戰旗，因為天氣炎熱，許多夏州兵都脫去了肥大的袍子、沉重的鐵甲，赤膊挎弓，舞著大刀長矛，就像一群野人般縱躍跳竄，吶喊呼嘯著撲過來。

肅州城雖不算高，但是至少也有三丈，他們可以倚仗地利，居高臨下，與夏州軍作戰，而現在，那麼多龐大的攻城器械，完全彌補了雙方地利上的差距，在那高大的攻城戰車面前，肅州守軍變成了仰攻，而在他們腳下，夏州兵利用飛抓、雲梯也是蟻附不斷，令得他們上下難以兼顧。

龍王見此聲勢，不由倒抽一口冷氣，他見龍瀚江等被安然送回時，就已知道楊浩的決心不可撼動，但是心中仍存一絲僥倖，使他始終不肯做出獻城投降的決定，可是此刻他親眼看到這麼精良的器械，這麼多一往無前的軍隊，他才真真切切地感覺到，楊浩誓得肅州的信心有多麼堅決。

拋石機、床弩、旋風炮，率先向城中發起了密如暴雨般的攻擊，哪怕站在堅固的護頂下面，龍王還是下意識地退了兩步……

有些人是不到黃河心不死的，哪怕你說上千言萬語，不用武力去親自證明，他就始終不肯放棄妄想。肅州龍王就是這樣的人，現在他終於知道楊浩的的確確與沙州歸義軍、甘州回紇、党項李光睿的為人處事截然不同了。

那些梟雄，只想占據最便利的通道、最富庶的城池、最肥美的草原，然後用強大的武力壓迫諸族向他臣服，讓豺狼虎豹都臣服於他的尖牙利爪之下，做一個風風光光的獅子王，大漠草原的「阿斯蘭汗」，便心滿意足了。

而楊浩……楊浩是漢人，推崇的是漢人的治理方法，他要的是普天之下，莫非王土，率土之濱，莫非王臣。他要的是把整個草原變成他的領地，整個草原上的子民都直接納入他的統治之下；他要的是天無二日，人無二主。

戰鼓轟鳴，號角怒吼，現在已經不需要他來決定什麼了，楊浩已經做出了決定，龍王倉皇回顧，龍王宮中那座佛塔的尖頂在陽光的照耀下依然金光燦爛，但是龍王心中卻已明白：這裡……很快就要不再屬於他了。

八月十八日卯時一刻，肅州城東門率先告破。一炷香之後，西城門告破。隨即肅州龍家軍主動棄守北城、南城，全城軍隊撤防內城。辰時二刻，肅州四城飄起的炊煙，已盡屬夏州軍所有。

巳時三刻，楊浩三軍一鼓作氣，開始對內城發動攻擊，內城爭奪戰打到末時，城中挑起了降旗，肅州的縉紳名流受龍王所託，出內城陳情乞降。

這一番，楊浩不再親自出面，而是由張浦出面接待。雙方確定受降之後，龍瀚江第三次進入楊浩的軍營，開始正式洽商受降事宜，此時楊浩仍不出面，還是由張浦出面接待，全權負責受降細節。這其中的意味不言自明：龍家若主動投降，那就是楊浩的座上賓，如今兵臨城下，不得不降，就不可能受到那樣的優待了，楊浩拒不出面，那麼他原先允諾給予龍瀚海的轉運使之職也要落空，龍家已注定要離開河西的權貴勢力圈子，他最好的結局，只能是成為夏州城中一個富家翁。

可是這是沒有辦法的結局，你想得到多少，就得付出多少。肅州城還在龍家手中時，如果把它和軍隊完整無缺地交予楊浩，回報自然也高，既然你還抱著萬一的幻想，希望能夠抵住夏州軍的進攻，保住自己的地盤，那你就要承擔失敗的一切後果。

龍家雖不得不降，又怎甘心就此一蹶不振，於是向張浦議降時，龍瀚江再度委婉地提出了將龍家幾名女子送作楊太尉侍妾的意思，張浦雖負有談判全權，但是這種事他可不敢替楊浩作主，於是尋個由口，便抽身去見楊浩。

楊浩聽罷回稟，對張浦笑道：「龍家是不到黃河心不死，到了黃河還是心不死吶。如今他山窮水盡，被迫投降，還想與我討價還價嗎？他唯一的選擇就是盡快整軍投降，交出肅州內城，我會安排他舉族遷往夏州，賜他府宅，龍家上下的安全和個人私產都會受到妥善的保護，餘此沒有其他條件，叫他不必疑慮重重。」

張浦笑道：「龍家一番好意，大帥又何必拒人於千里之外呢？其實和親獻女，事屬尋常。漫說龍家敬獻的那幾個女子天姿國色，的確嫵媚動人，就算姿色平庸一些，大帥也不宜拒絕。和親固然不可能決定一方豪強勢力的決斷，但是這種微妙時刻，這個舉動，卻有重大意義。

「龍家獻美，於龍家來說，這是輸其誠，大帥接受了，這便是安其心，才能籠絡住他們。如果大帥拒絕，龍家難免要寢食不安，不知道大帥對他們龍家是否還有什麼後續的制裁措施，心中不安，就會猜疑不定，猜疑不定，說不定就會鋌而走險……」

楊浩打斷他的話，斬釘截鐵地道：「現在和龍王已不是談判，而是受降，龍家必須得明白一個道理：他們已經沒有跟我討價還價的本錢！」

張浦無奈，只得點頭應承：「是，末將知道怎麼做了。」

楊浩目送他走出大帳，微笑著搖了搖頭。龍家他當然會保全，既然降了就絕不能殺，還得務必保證他們的安全；可是到這種時候才降，對他們的制裁就絕不能手軟，今天如何處置龍家，沙州曹家、甘州夜落紇很快就會知道，龍家就是他們的榜樣。

恩威並施，剛柔並濟，這就是手段。

至於龍家那幾個美女，楊浩並不諱言她們的確美麗，雖然還沒完全看清她們的容貌，但是僅從她們的身段體態、風情氣質來看，已是各具特色，較之自己的幾房妻妾，別具一種異域草原的美人韻味，如果龍家是在主動獻城的同時，獻女和親的話，為了安撫龍家，打消他們的疑慮，他是不會拒絕的。

在這個時代久了，他已經習慣了這個世界豪強相爭時以女子為工具的現象，豪門權貴的政治婚姻，不但古代以為常事，就算現代就少了嗎？他不會去做這樣的事，但是要他接受卻也不妨，就算以後不會建立什麼深厚感情，出於政治需要把這些養眼的美人充實他的私宅內室，他並沒有太大的心理牴觸。

然而，現在卻大可不必，既然沒有這個必要，那麼要她們何用？美人，楊浩已經見過很多了，對美色的抵抗力和眼界也在不斷提高，他欣賞那些女子的美麗，卻完全會生起把她們金屋藏嬌的打算，更何況，此舉還是對龍家、對沙州和甘州有一種警示呢。

然而對龍家來說，卻不作此想，和親的作用固然有限，然而這卻已是龍家不被權力所拋棄的唯一手段，得到張浦的回覆後，龍王一邊自怨自艾，一邊把那幾個女兒、姪女、甥女喚到面前，聲淚俱下地做著最後的努力和安排，希望能靠她們最大程度地挽回龍家敗落的局面。

而炮打翻山、先取肅州的楊浩，此時已一刻不停地開始了對沙州歸義軍的征服。

沙州，是歸義軍的老巢；歸義軍，曾是所有西域漢人的驕傲。打沙州的法子，自然與肅州有所不同……

五百八章　軟硬兼施

肅州這麼快落入楊浩的手中，大出沙州歸義軍意料之外。

當楊浩不戰而克取了涼州的時候，沙州歸義軍仍抱著觀望的態度，儘管楊浩圍困甘洲的時候，沙州已開始著手做出種種備戰措施，但是實際上仍然不甚緊張，因為夏州軍隊以前氣勢洶洶一路西進的情形並不是沒有過，但是他們每一次的軍事行動最後也就是止於甘州罷了。

一則，是因為甘州回紇兵力強大，能征善戰，在河西走廊各股勢力中最為強大；二則，是因為自夏州往西，每一州府間的路途都非常遙遠，越是往西，戰線越長，糧草輜重的運輸供應越成問題，所以夏州軍隊一路西進，就算無人可以正面為敵，只要在夏州軍隊深入大漠之後派出小股部隊沿途騷擾，斷其糧道，就足以使夏州軍無功而返了。

然而，這一次楊浩的打法與夏州定難軍的傳統打法截然不同，他先以和平手段取了涼州，然後以涼州為跳板兵困甘州，甘州被圍之後，楊浩圍而不打，又突出奇兵直取肅州，攻打肅州的時候，又事先切斷了肅州與涼州的一切聯繫，直到楊浩兵困肅州的第四天，沙州歸義軍節度使曹延恭才知道楊浩的大軍已到了肅州城下，接連派出幾撥探馬都沒有回音，等到最後一撥探馬成功探得了消息，結果卻是肅州已然易主。

楊浩這種下跳棋一般的打法讓曹延恭大為緊張，雖說沙州還在瓜州後面，可是楊浩既能跳過甘州先取肅州，那麼跳過瓜州先取沙州也未必就不會再來一次，所以瓜、沙二州都集結重兵，嚴陣以待。

瓜州城頭，曹延恭正親赴此地巡閱三軍。旌旗獵獵，歸義軍士兵們齊齊整整地立在城頭，檑木滾石俱備，弓匣箭弩齊全，士氣看來也是十分飽滿旺盛，曹延恭十分喜悅，一番作勢鼓動之後，便與瓜州守將，自己的姪兒曹子滔回了內城，聽取他對瓜州的詳細部署。

令旗一揮，三軍解散，方才那種氣壯如山的氣勢頓然不見，一個老兵和一個看起十分稚嫩的小兵沒精打采地抬著兩匣箭，準備搬回軍械庫去。

小兵張望著城外，喃喃地道：「齊二叔，你說……楊將軍真能打到咱瓜州城來嗎？」

老兵懶洋洋地哼了一聲道：「天曉得，不過……現在他不是把龍王府給抄了嗎？你說他肯就此罷手嗎？依我看吶，他是一定會來的。」

小兵舔了舔嘴脣，說道：「齊二叔，要是楊將軍真的打過來了，咱們真的跟他打嗎？」

老兵道：「吃軍糧拿軍餉，咱們幹的就是這行殺人的買賣，上頭吩咐下來，怎麼不打？」

小兵道：「唉，何若呢？楊將軍可也是咱漢人呢，咱們世居瓜、沙，中間隔著焉耆人、回紇人、吐蕃人、党項羌人，可有多少年不曾見過故鄉人物了？如今，咱歸義軍勢力越來越小，節度使大人還得向甘州回紇人叫一聲父可汗，丟人吶。

「聽聽人家楊將軍是怎麼說的，『古道如龍，慘遭寸折。大漠風蕭，敦煌離宗，玉門關外，車馬凋零……謹以至誠，宣告天下，楊浩氣憤風雲，志安社稷。今見河西之凋蔽，感一身之責任，率堂堂之師，息賊安民，重關古道，以事祥和，此大仁大義舉也。旌旗所至，順我者昌，逆我者亡……』二叔，我聽著心裡一熱啊。」

「閉嘴，禍從口出，知道嗎？」

老兵教訓著他，擔心地向前看了一眼，兩人抬著箭匣剛剛走下石階，已經快到軍械庫了。

小兵不滿地哼了一聲，嘟囔道：「以前，咱們歸義軍何等威風，不管是吐谷渾人、突厥人、回紇人、吐蕃人，把誰放在眼裡了？如今，咱們就守著這麼屁大的一塊地方，要用女人和于闐、回紇結親，才能維持咱們歸義軍的存在，想想咱歸義軍當年的威風，唉！」

老兵默不作聲，眼看要走到軍械庫的時候，他才喃喃地道：「息賊安民，重鬪古道！旌旗所至，順我者昌，逆我者亡……楊將軍真是這麼說的？」

「嗯！」

老兵眼睛裡放出了光芒，慢吞吞地道：「其實……咱們歸義軍金吾衛大將軍張義潮大人在的時候，也這麼威風過的……」

* * *

瓜州內城，防禦使府。

侍婢奉上茶來，又退了出去。

曹子滔俯身向前，對曹延恭道：「叔父，楊浩來勢洶洶，甘州如此強大的兵力，竟也只能據城自守不敢出戰，如今肅州失守，如此一來，楊浩便可以據肅州為根本，糧草接濟、兵員休整方面，再也不必山遙路遠，這樣的話，如果他真的打到我瓜州城下，甚為可慮呀。」

曹延恭不無焦慮地道：「子滔，叔父何嘗不明白這個道理？尤為可慮的是，佛教界態度曖昧，我瓜、沙二州的佛教弟子實在是太多了，在他們的影響之下，許多人對楊浩的到來，明面上不反對、暗地裡很歡迎，真他娘的……」

曹延恭在自己的姪子面前，自然不需要什麼遮掩，說到這兒，已是憂心忡忡地站了起來。

當年張義潮起兵反吐蕃時，西域佛教界曾給予他極大的幫助，因此歸義軍建立金山國後，便成為崇佛之國，雖說金山國信奉的是中國大乘佛教，與密宗佛教政教合一，或者對政權影響極深的情況有所不同，他們並不干預當地政權的統治，然而佛教的普及，使得各行各業都有大量的佛教弟子，這些寺主、座師、有道的高僧威望卓著，他們的態度對佛教徒們自然會產生相當大的影響。

楊浩不但敬佛崇佛，將蘆嶺州打造成了佛教聖地，而且本身還有一個岡金貢保、護教法王的名頭，從他翻譯、倡導的佛教經義來看，他並不獨尊密宗，對大乘佛教、小乘佛教都十分尊重和保護，如今瓜、沙二州勢力極度萎縮，所以大乘佛教在西域的影響也越來越小，這不是佛教顯宗弟子對密宗弟子的競爭結果，而是由於政治勢力的萎縮造成的，因此沙州佛教界認為，如果河西走廊各州府能夠統一，他們不會受到打壓，而且可以發揚光大，這樣的情況下，他們對楊浩到來的態度便可想而知了。

曹子滔道：「不止佛教界態度曖昧，叔父，我剛剛收到的消息，還沒來得及稟報叔父呢。」

曹延恭道：「還能有什麼更壞的消息？」

曹子滔臉上露出一副苦澀的笑容：「叔父，我沙州大儒路無痕被楊浩招攬了去，如今……他已被任命為肅州知州，走馬上任了。」

曹延恭臉色攸然一變，失聲道：「路無痕做了肅州知州？」

*　　　*　　　*

「曹延恭現在在做什麼？」

狗兒俏皮地輕笑道：「聽說大叔取了肅州之後，曹延恭非常緊張，急急趕往瓜州，親自安排防禦。大叔遲遲不攻，反令曹延恭寢食難安，他每天都登上瓜州城頭，眺望東方，比一個盼望遠行的夫婿歸來的閨婦還要執著呢。」

楊浩被逗得哈哈大笑：「妳這丫頭，整天和竹韻那個鬼靈精混在一塊，也學會說俏皮話了。」

他略一沉吟道：「嗯，曹延恭的確是急呀，他的外援一共有兩個。甘州可汗夜落紇如今自顧不暇，他是指望不上了；于闐國正忙著與打伊斯蘭聖戰的喀喇汗王朝交兵，這時候根本不可能出兵援救他；瓜州內部又不是鐵板一塊，佛教界和他沒有同仇敵愾之心；歸義軍的底層士兵們，對我一路西征敗吐蕃、困回紇，頗有漢人同族揚眉吐氣之感，曹延恭豈能不急？」

狗兒道：「這還不止呢，路知州走馬上任後，曹延恭更加不安了，路大人是西域大儒，在西域士林中威望卓著，他在西域有弟子七百，這七百弟子，哪個沒有一點家世背景？聽說路大人做了肅州知府，曹延恭把他認為和路大人關係密切、不太可靠的人，一律或明升暗降、或尋釁罷職，統統趕離了軍政兩界的要職。」

楊浩得意地笑道：「臨陣換將，本是大忌，一下子換掉這麼多文武官員，更是大忌。這些人哪個沒有親信的僚屬？哪個沒有三親六友？曹延恭不這麼做，他不放心，他這麼做了，瓜、沙二州卻更是暗流洶湧，人心思動了。且不去管他，讓他再亂一亂吧。那邊的消息，妳要隨時掌握，稟報予我。」

「是，大叔，那我先下去了。」狗兒掩著嘴，打了個大大的哈欠。

楊浩一拍額頭道：「啊，我倒忘了，妳平時都是白天睡覺，晚上才有精神的，還拉著妳說這麼多，快去休息一下吧。」

狗兒向他扮個鬼臉道：「才不是呢，自打隨師父學藝之後，狗兒站著也能睡覺，走路也能睡覺，騎馬也能睡覺，要不是這一次潛赴瓜州，往來奔赴一刻不曾得閒，我才不睏呢。」

楊浩刮了下她的鼻子，笑道：「好啦好啦，大叔知道妳的本事大，快去休息一下吧。這些天，大叔會留在肅州城內，安全上毋須擔心，妳只幫大叔注意著瓜、沙那邊的動靜就好。」

狗兒應了一聲，這才返身跑了出去。

楊浩吁了口氣，剛剛在座位上坐下，穆羽也走進來，低聲道：「大人，那個人……已經到了。」

楊浩精神一振，連忙起身道：「把他從角門帶進來，請進後宅花廳，我馬上就到。」

「是！」穆羽一閃身，又溜了出去。

楊浩稍事整理，便出了書房，向後宅行去。

如今，楊浩已在肅州成立了安西軍，自任安西軍節度使，迄今為止，他已兼任橫山、定難、安西三軍節度使。同時，他任命張浦為安西軍節度副使，並且實行軍政分離，命人火速從夏州調來了沙州大儒路無痕，擔任首任肅州知州。

路無痕高調上任，兵不血刃地便幫楊浩完成了一件大事：曹延恭開始自亂陣腳了。

「張兄此行機密，而本帥出入、行止難免為人所注意，就不親自送張兄離開了。」楊浩起身，向那位神祕的張姓客人笑道。

「楊太尉太客氣了，太尉政務繁忙，張某就不打擾了，現在就趕回沙州，一定把太尉的意思告知家父。」張姓文士起身還禮，笑容滿面。這人三十左右歲年紀，白面微鬚，一表人才，只是在楊浩面前，臉上帶著刻意堆起的笑容，有點誠惶誠恐的感覺。

「河西淪落百餘年，路阻蕭關雁信稀。賴得將軍開舊路，一振雄名天下知！將軍者，張義潮大將軍是也。今日本帥統兵西征，未嘗不是秉承張大將軍遺志。此事若成，便是造福我西域數百萬漢人，利在當代，功在千秋。

「昔年，張義潮將軍振臂一揮，群起響應，西域重回漢家手中，這是不世之功。今日，希望張老先生能振令祖之餘烈，再舉義旗，則楊浩感激、西域數百萬漢人感激，就是令祖張義潮大將軍，也會含笑九泉的。」

張姓文士聽他吟起讚頌自家先祖的詩句，提到自家先祖的名字，不禁挺了挺腰桿，臉上露出自豪的神色，他聽楊浩說完，向他重重一抱拳，激動地道：「太尉放心，此回沙州，張某一定竭盡所能，不辱使命。」

楊浩也肅容道：「楊某先祝張兄旗開得勝、馬到功成！穆羽，替我送張先生，要艾義海親自帶人護送張先生，安然返回沙州。」

張姓文人又向他抱了抱拳，隨著穆羽急急行去。

他是張義潮的後人，張承奉稱王時，敦煌長史、金山國吏部尚書曹仁貴自稱歸義軍節度兵馬留後使，確立了曹家在敦煌的統治地位，與張承奉共同統治敦煌。從那時起，張義潮的後人便只是名義上的金山王，而曹仁貴則是實際上的金山王。

此後，曹家勢力一步步擴張、穩定，直到架空、取代張氏後人，成為金山國不管名義上還是實際上的真正掌舵人，張家後人則漸漸淪落為游離於沙州權力核心之外的一個大家族。然而，張家畢竟是歸義軍的創始人，儘管喪失了實際權力，但是張家依然是歸義軍的精神領袖。

平時，張家已很難對沙州歸義軍產生什麼影響，但是這並不包括特殊時期。比如：沙州內憂外患之時，人心不穩，曹家不能給沙州帶來和平與希望，相反會帶來毀滅和死亡，權貴豪門世家需要一個新的代言人，這個人得有資格與曹家相提並論。

歸義軍苦守瓜、沙二州，固然不必扯上什麼民族大義，只是曹氏政權維護一家一族之利益的原因，但是客觀上，他們卻產生了讓漢家文化在西域薪火相傳、始終讓漢人在西域保持一定影響力的作用，所以如非迫不得已，楊浩不想與歸義軍兵戎相見，殺個你死我活。

他先以強大的軍威震懾瓜、沙二州，以民族大義喚起歸義軍將士的共鳴，以路無痕影響瓜、沙二州的士林官場，透過宗教勢力左右無數的沙州佛教信徒，最後再給他們推出一個血統純正、形象燦爛的張義潮後人，讓張家振臂一揮，直指楊浩大將軍才是沙州的希望、沙州的未來、沙州東方的啟明星……如果這樣都撼動不了曹延恭的統治，那瓜、沙二州也不會是現在這樣一副要死不活、到處和親的窩囊樣了。

送走張姓文士，楊浩回到書房，看了看面前堆積如山的各種公文，輕輕捏了捏眉心，順手拿起一份便展開來。

路無痕趕到肅州以後，楊浩肩上的重任減輕了許多。路無痕是西域大儒，在這樣艱苦的環境中收徒授業，傳遞教化，使得路無痕成為一個很實際、也很懂得變通的人，他不止有才學，而且是個幹吏，絕沒有中原某些博學鴻儒的臭毛病。

楊浩得了肅州之後，軍、政、經濟，各個方面，都要建立新規矩，推行新制度，還要任用大批的官員，要想得到肅州世家豪族的全力支持，不可避免地要從他們之中挑選一些精明能幹的人才為己所用。肅州龍家已經倒了，肅州的豪門世家也需要攀上這棵新的大樹，因此每日都有許多世家豪族，帶著珍貴的禮物登門造訪，與他攀交。

楊浩不能冷落了這些人，每日光是搭在往來迎酬上的事就占用了他絕大部分的時間，路無痕趕到之後，楊浩算是澈底解脫了。路無痕對這裡的豪門大族都很了解，接迎待答更是長袖善舞，有他接手這些事情，楊浩才能騰出手來考慮一些全局問題。

門扉輕叩兩聲，楊浩喚道：「進來！」仍然頭也不抬地看著手中的案牘，門扉輕啟，從外面輕盈地飄進一個妙齡少女，手中托著茶盤，修長出色的身段，豐隆飽滿的酥胸，盈盈一握的蠻腰，尤其那紮緊細腰、下開喇叭口的石榴裙，兩條修長筆直的腿在裙下款款擺動時，便搖曳出一股狂野意味的風情。

楊浩本來專注於公文之上，鼻端忽地嗅到一股中人欲醉的幽香，不禁訝然抬起頭來，乍一迎上那雙勾魂攝魄的海水藍的明眸，瞧見那一頭瀑布似的金髮，楊浩不由一怔，失聲道：「怎麼是妳？」

五百九章　龍女風波

藍眸金髮的少女向他嫣然一笑，福禮道：「老爺，請用茶。」說著雙膝併緊，隔著三尺遠，便恭恭敬敬地彎腰，將一杯熱茶輕輕放到他的面前。

正值盛夏，穿著簡單。肅州人有一大半都具有大唐安西都護府軍人後裔的血統，所以軍陣戰法、衣甲穿著，俱有大唐遺風，這女子們的衣飾也不例外，金髮少女穿著一身湖水綠的對襟衫襦，外罩一件半臂衣，下身穿一件嫩黃色的裙子，寬大交領的衣衫，露出一抹誘人的緋色胸圍，盡得薄、透、露的大唐女裝遺風。

她這一俯身，一對嬌嫩豐盈的堆玉乳丘便似要裂衫而出似的，沉甸甸極具質感地凸現出來，一對玉峰豐盈挺拔，粉瑩瑩、顫巍巍，羊脂玉球一般，旖旎香豔，勾人魂魄。朱脣深淺假櫻桃，粉胸半掩疑晴雪，大概就是形容這樣的美人了，只不過……對一個頭梳雙丫鬟，明顯尚未嫁人、不諳雲雨滋味的少女來說，這樣飽滿豐挺的胸部實在顯得是太大了些，不過考慮到她有一半的歐洲血統……楊浩不自然地挪開了目光，這一抬頭，瞧見的卻是她輪廓分明的側臉。

金髮少女的五官線條比血統純正的歐洲人要柔和了許多，肌膚也不像純正的歐洲人一般粗糙或生有雀斑，而是牛奶一般白皙柔嫩的質感，幾縷金色的頭髮就垂在她那吹彈得破的臉蛋上，因為靠得太近，似乎他只要呼一口氣，就能拂開那少女頰上金色的髮絲。

楊浩窘迫地直了直腰桿，與她悄悄拉開了些距離，藍眸少女顯然注意到了他的舉動，她放好茶杯，飛快地瞟了楊浩一眼，一雙月眉彎彎，眼波俏皮媚麗，眼角微微向上吊起，透出一股伶俐精明的味道。

這個女孩不是別人，赫然竟是肅州龍家的那個龍靈兒，當日龍瀚江向楊浩介紹的龍家八美中，頭一個就是這龍靈兒，雖說當時她以輕紗蒙面，但是那雙嫵媚天成、慧黠機靈的眸子，楊浩既然見過，自然不會認錯。

楊浩微微蹙起眉頭道：「龍姑娘，你們龍家……不是已經遷去夏州了嗎？」

龍靈兒溫順地道：「是，遵大帥吩咐，龍家已舉族遷往夏州，不過……龍家在肅州多年，家中略有薄產，倉卒之間遷走，有些田產房舍還來不及變賣處置，所以……我爹就留了二娘在這裡打理……」

楊浩沒好氣地打斷她的話道：「我的意思是說……姑娘妳何以出現在這兒，扮起了端茶送水的侍婢？」

龍靈兒道：「靈兒是太尉府的侍婢，不留在這兒又去哪裡？不做這些事情又做什麼呢？」

楊浩聽了不禁愕然，失聲道：「什麼什麼？我怎麼不知道，是誰作主讓妳留下的？」

龍靈兒道：「是靈兒姐妹乞求路知州恩准，才得以留在府上侍候太尉。」

「妳們姐妹？」楊浩又失聲叫道：「妳……和龍蝶兒那幾位姑娘，都留在了這裡？」

龍靈兒更加乖巧，小聲應道：「是！」不過眸底卻飛快地閃過一絲得意的笑意：「口是心非的臭男人，還要裝作一副不近女色的聖人嘴臉，那怎麼一眼就認出了人家，還把人家的名字都記得清清楚楚？」

楊浩的眉頭攸地擰成了一個疙瘩，他沒想到擅自作主把龍家八女充作自己侍婢的竟是路無痕，既然是路先生，他倒不好為了幾個丫頭侍婢的事情對他有所責難了。

楊浩吁了口氣道：「龍家的姑娘，怎麼可以幹些端茶遞水、侍候起居的事情呢？龍姑娘，妳們還是盡快趕去夏州吧。我在夏州已為龍家安排了府邸，龍家在我治下，一定會受到保護和尊重，楊某人一向言行如一，說到做到，妳們儘管放心便是。」

龍靈兒垂首道：「太尉是光明磊落的男子漢，小女子和龍家上下哪有什麼不放心的？只是……家父當初不識大體，妄圖抗拒太尉天兵，以致無端多造許多殺孽，虧得太尉寬宏大量，未予追究，家父心中實是既慚且愧，只恨不能有所補償。太尉在此，戎馬倥傯，身邊怎能沒人照顧？那些男子們粗手大腳的，哪裡做得了細緻的事情？靈兒和姐妹們服侍太尉，實是出自本心，只想報答太尉一二，還請太尉大人不要拒之千里……」

楊浩冷哼道：「妳也知道本帥戎馬倥傯，此來是領兵打仗的？為將者有八患，拒諫、策不從、善惡同、專己、自我、信讒、貪財、內顧，姑娘雖非武人，卻是將門之女，這內顧的意思，妳該懂得？」

龍靈兒俏臉微微一白，垂著頭，盯著自己的腳尖，囁嚅地道：「小女子風塵陋質，貌乏葑菲，難入太尉法眼，怎敢妄想能侍奉太尉枕席？此來……只想做個茶水丫頭，那也心甘情願的，色相誘引的罪名，小女子實不敢當。」

「我不需人照料的，妳們姐妹……」

龍靈兒抽噎一下，眼淚就像擰開了水龍頭，撲簌簌地滾下臉頰：「太尉，小女子是龍家的女兒，曾幾何時也是王女，說起來，算得上身分尊貴，高高在上，可是大難臨頭，我們這些女子們卻被家族送來送去，猶如一件貨物，何止尊嚴掃地？不錯，做一個侍婢，若放在以前，確實算得委屈，可如今……卻是我們姐妹的一種體面，太尉忍心驅趕我們離開嗎？」

楊浩苦笑道：「侍候人還成了什麼光彩的事情不成嗎？真是胡攪蠻纏，本帥對龍家確實並無加害之意，姑娘在我面前，也大可不必扮出一副謹小慎微的模樣來，這樣吧，回頭我派人送妳們去夏州……」

「太尉，你這是要逼死我們姐妹啊！」

龍靈兒淒呼一聲，噗通一下跪倒在楊浩面前，一把抱住了他的大腿，龍靈兒這一跪下，胸前頓時一陣波濤洶湧，看著教人眼暈。

楊浩一頭黑線，慌得連忙拔直了身子，雙手扶著胡椅的扶手，吃吃地叫道：「龍姑娘，妳……這是做什麼？太不成體統了，起來，起來，快快起來……」

龍靈兒哪裡肯放，抱著他的大腿大放悲聲，裂衣欲出的一對飽滿乳球緊緊抵在楊浩的膝蓋上，窘得楊浩更是動彈不得：「太尉，你道我們姐妹喜歡被人送來送去的嗎？我們留在太尉身邊侍候，此事太尉府上下已盡皆知曉，整個肅州城也是無人不知，若是此時太尉逐我們離開，那我們可真要成了肅州城的笑柄，還有什麼顏面活在世上？太尉若要殺我，只管一刀砍下來，何必用這樣的軟刀子逼我們自盡呢……」

「妳……妳……妳胡說什麼，放手，先放手，有話好話，咱們有話好說……」

楊浩狼狽不堪，正在連聲要她放手，門外侍衛高呼一聲道：「肅州知州路無痕路大人求見。」

楊浩一聽沙州大儒路無痕到了，這副模樣要是被他看見，那可真是跳進黃河也洗不清了，只好連聲道：「妳快起來，妳快放手，這副模樣成何體統，妳……妳……罷了罷了，妳要留下便留下好了。」

龍靈兒霍然抬頭，一雙淚眼猶自矇矓：「太尉答應了？」

楊浩苦笑道：「答應答應，本帥答應了，妳快放手。」

龍靈兒歡喜地站了起來，這一起立，胸前一對玉瓜又是一陣蕩漾，她歡天喜地把茶盞往楊浩面前輕輕一推，柔聲道：「多謝太尉大人收留我們，老爺請用茶。」

那雙柔滑的纖纖玉手，是侍婢該有的一雙手嗎？楊浩苦笑著擺擺手道：「好了好了，妳先下去吧。」

龍靈兒乖乖應道：「婢子遵命。」

楊浩暗暗擦了一把冷汗，這才揚聲說道：「有請路大人。」

楊浩知道龍王費盡心機，厚顏留下這幾個至親的女子，絕不是懼怕他會加害。他若有心加害，靠幾個女人怎麼可能改變他的心意？但是，女人不能阻止楊浩的殺心，卻能改善龍家的處境。龍家幾個美人身前身後地侍候著楊浩，就算楊浩自己沒有優待龍家的意思，還怕他手下沒有善於揣摩上意者去迎合他嗎？真難為了龍王，如此煞費苦心，不過……由此也可看出，龍王此人只是靠祖宗餘蔭成就了一方霸主，他本人並沒有什麼過人的本事。

楊浩剛剛想到這兒，路無痕便帶著一絲似笑非笑的表情，邁步走了進來……

＊　　　＊　　　＊

路無痕剛剛上任，設官分職，安撫軍民，整頓吏治，設置調整肅州所屬的治官屬吏，推行楊浩制定的各項法令，正忙得不可開交，有許多事情，是需要隨時與楊浩溝通的，他每次到楊浩書房，楊浩都是急急請進，這一次卻耽擱了片刻，先走出一個容色妖豔、體態火辣的女子，路無痕也是男人，自然會想歪了。

他久居西域，在那樣艱苦的環境中傳道解惑，授業教化，必須得懂得變通，不像中原的一些大儒一般性格刻板，對於英雄豪傑的風流韻事，也很有一種理解和寬容。

楊浩明知他想歪了，可這種事卻是解釋不得的，所以把他延請入內，也不提方才發生的一幕，只與他商討設官分職、推行律令的公事，等到路無痕把自己拿捏不定的事情一一向楊浩問清了他的態度，正欲起身告辭的時候，楊浩才按捺不住問道：「路大人，這龍家八女，是你留下來充作節府侍婢的嗎？」

路無痕一笑，捋鬚道：「非也，非也，下官剛剛趕到肅州還沒兩天，哪裡想得及這些事情？這是張浦將軍親自把八龍女送來，下官才為她們做出安置的。呵呵，八龍女出身名門，琴棋書畫、詩詞歌舞，盡皆精通，有她們在身邊侍候，大人可還滿意嗎？」

「張浦？」楊浩苦笑一聲道：「還好，呃……還好。」

送走了路無痕，楊浩連書房都沒回，拔腿便向張浦那裡走去。楊浩攻打肅州時，讓焰焰代替自己留在甘州城外，由張浦主持大局，肅州得手後，楊浩已離開甘州的消息便也無法隱藏了。

在這段期間，陸續趕回甘州勤王的回紇各部，都被張浦放進了甘州城去，等到援軍基本全數趕回甘州，張浦突然在甘州城外挖戰壕、布荊棘、擺拒馬、築圍牆，建起了城外之城。這種打法，後周世宗柴榮也曾經用過，圍那城池，足足耗時一年。

有那陌刀陣和重甲騎兵嚴陣以待，早被這兩支人馬嚇破了膽的甘州軍隊並未敢出城阻撓，甘州可汗夜落紇站在城頭看得莫名其妙，雖說甘州以牧民居多，城中糧食儲備有限，突然湧入的大批援軍俱都消耗糧食，可是久困甘州，勞師無征的夏州同樣耗不起啊，他有多少糧食可以這樣揮霍？

有鑑於此，夜落紇按兵不動，和夏州軍打起了消耗戰，等到甘州城外防禦工事全部建起，各軍部署完畢，肅州得手的消息業已傳來，張浦便飛馬趕到肅州，接任了安西軍節度副使之職。

如今張浦的節度副使府和路無痕的知州衙門，都設在龍王府前庭的左右跨院裡，倒不用離開府門，楊浩匆匆趕到張浦那裡，只見張浦面前案牘如山，把他的人都埋了起來。

一見楊浩趕來，張浦大喜，忙請楊浩入座，說道：「大人來的正好，卑職正在擬定攻打肅州的撫恤和賞罰名單，並對龍王府的原有軍隊進行整編，重新任命將佐。撫恤與賞罰，關係到軍心士氣；對肅州龍王軍的整編，關係到大帥下一步行動的時間，多等一天，就多耗一天米糧，光是軍餉，就不計其數，末將不敢耽擱呀，剛剛整理出個眉目，大人就到了，呵呵呵，來來來，快請大人看看還有什麼不妥之處。」

楊浩見張浦眼中泛著血絲，顯見公務繁忙，恐怕通宵達旦都在工作，那問罪的話便噱了回去。這些天，張浦真是累壞了，謀畫方略、分析軍情、巡察軍營、將佐任命、軍隊整編，諸如此類的事務已是極為繁重，還要與路無痕一起出席肅州名流仕紳、世家豪族的宴請應酬，一個人分成了幾個用，也真是難為了他。

楊浩現在已經開始有意地把許多事交給下屬去辦，軍政分家之後，張浦和路無痕就成了肅州文武兩衙的負責人，只要在他們職權範圍之內的事，楊浩就不予過問，哪怕他們的安排並不是百分百地合乎自己的意思，楊浩也不予點出，而是等著他們自己去發現不妥並進行修正。

他如果始終抓權，不予放手，就會使自己的部屬對他形成一種依賴，始終無法成長起來獨當一面，何況……他未必就能保證自己的意見永遠正確。然而，涉及一地政權的創立，他想完全置身事外是不可能的，尤其是涉及人事權和財政權，許多事都需要他這位軍政兩方面的最高首腦出面協調和決策，做最終決定。

楊浩放下八龍女的事，先接過了名單仔細看起來，有疑慮的地方，就問問張浦如此安排出於何種考慮，兩人一問一答，研究到暮色西斜，下人上來掌燈，這才驚覺天色已晚。

楊浩擱下筆道：「成了，主要的官員就這麼定了吧，再往下一層去，咱們也不要一手包辦，這些官員，也要給他們一些自主權。喔，對了，龍家八女，留在我的後宅充任侍婢，我聽路大人說，是張將軍把她們送過去的？」

張浦應道：「是啊，八龍女一心要留下來侍奉大人以報答大人寬宏之恩，軟磨硬泡的，末將也是窮於應付啊。呵呵……還是穆羽看著不忍，在末將面前為她們說了幾句好話，末將這才……呃……難道這不是大人的意思？」

楊浩心中靈光一閃，已是恍然大悟，他乾笑兩聲道：「沒什麼，本帥很滿意，嘿嘿，很滿意。」

張浦便也露出一副瞭然的神情，呵呵笑道：「末將是個粗人，還怕錯會了太尉的意思呢，只要太尉滿意就好……」

楊浩離開張浦的署衙辦公之地，回到自己書房坐下，方始苦笑一聲。

萬萬沒有想到，結果竟是如此令人啼笑皆非，原來一切緣由，盡是因為穆羽的一句話。如果旁人為八龍女說幾句好話，張浦是不會往心裡去的，可穆羽是什麼人？那是楊浩的貼身侍衛，論親近，那可是天天守在楊浩身邊的人。

他說一句話，張浦難免要犯合計，會以為穆羽說情是出於楊浩的授意，身為上官，有些事、有些話，不方便自己去說、去做，就要有善解人意的下屬精於揣摩，體會上意。張浦雖是一員靠戰功升上來的武將，卻也不能免俗。

州府民政，乃至府衙內的差使，都是知州路無痕管著，路無痕見是節度副使張浦親自把人送來，自然也絕對不會刁難，很痛快地便答應下來。等他把人往楊浩身邊一送，穆羽見是連楊浩也十分敬重的路無痕安排下來的事情，自然一口應承。這場烏龍事鬧下來，穆羽竟不知道他才是始作俑者。

楊浩如今日理萬機，幾個丫鬟侍婢的事情，穆羽自然不會也去麻煩他，就把這幾個女子安置下來，這幾個女孩確也機靈，她們並不急著在楊浩身邊露面，每日灑掃庭院，製作飲食，先和府上的侍衛親兵們都混熟了，連帶著整個肅州府都知道楊太尉收了龍家八美，造成了既定事實，這才由最機靈的大姐靈兒試探著去給楊浩送茶，開始公開亮相。

楊浩弄清了事情的來龍去脈，雙眉不禁深深地鎖了起來。

龍瀚海費盡心機，厚顏把龍女安排在楊浩身邊，是因為他知道龍家是否就此沒落，完全取決於楊浩。楊浩對此早已洞燭於心，也不想追究什麼。說起來，龍家統治肅州這麼多年，在這長年與各方勢力角逐征戰的地方，家中的子姪沒可能成為紈褲子弟，龍家的男兒個個能文能武，他如今正是開疆拓土的創業階段，等他把龍家的勢力根基澈底消化之後，就用用龍家子姪也無所謂，他身邊正缺將才呢。

他真正擔憂的是由此想起了其他的一些事情。如今，他威權日重，在西北，儼然就是一位土皇帝，麾下的文官武將越來越多，他的統治已經漸漸走上了軌道，有些問題如果現在不加以注意，他的統治勢必如曇花一現，最終必然走上窮途末路。

今日穆羽無意中一句話，就引起張浦那麼多的聯想，進而又影響到路無痕，原因僅僅是因為穆羽是自己身邊的人，自然而然地就發揮了一種「楊浩代言人」的作用。一個侍衛統領尚且有如此影響力，那麼冬兒呢？焰焰呢？娃娃和妙妙呢？

以前他想的還是太簡單了，總覺得身正不怕影子斜，可是人與人之間的關係最是微妙，是無法用一定之規去約束的。他的統治集團越來越龐大，上下間的距離也越來越明顯，許多事情他已不能去親力親為，需要透過層層的下屬官僚去執行，這個時候，他這個最高領導者的親眷家屬之一言一行、一舉一動，必然會被許多揣摩上意的人很自覺地把他們當作他的代言人，從而想盡辦法地去執行。

張浦、路無痕都是清廉能幹、職位很高的官員，涉及到他楊浩的事，尚且會有這許多想法，在他龐大的官僚體系中，他能保證多少人是剛正不阿、鐵面無私的包拯呢？吏治崩毀，其政必亡。吏治，必須治吏。治吏，公私界限必須分明。

楊浩暗暗決定：等到打通河西走廊，返回夏州的時候，必須馬上著手收回賦予冬兒、焰焰她們的權利，以前兵微將寡、地盤有限時，賢內助們可以站出來為他分憂解難，同時也可以做為鼓勵女人參政的榜樣。但是時移勢易，現在繼續讓她們在自己的「小朝廷」中任職，已是弊大於利了。

楊浩並不是一個上知天文，下知地理，文韜武略，足智多謀的天縱奇才，但是他的優點是善於學習、長於自省。從霸州一介家丁，直到今天，成為擁兵十餘萬，身兼三州節度的一方節度使，除了機遇、運氣，還有他自己不斷的學習和進步，肅州龍女事件，本來只是一件小事，但是由此及彼，卻在楊浩心中敲響了警鐘，使他意識到了自己治政上存在的漏洞和不足。

楊浩脣邊慢慢綻起了一絲微笑：「這個龍瀚海，此舉對我倒是大有裨益啊。」

不知什麼時候，穆羽閃進了房中，見楊浩一臉的若有所思，脣邊還帶著一絲微笑，不禁好奇地道：「大人，什麼事這麼開心？」

楊浩醒過神來，瞪他一眼道：「開心？開心個屁！你這小子啊……」

穆羽莫名其妙地道：「我？我怎麼啦？」

楊浩哼了一聲道：「張公子送走了？」

「是，艾將軍親自護送，絕對沒有問題。」

楊浩站起身，徐徐踱了幾步，沉吟道：「好，一俟沙州有了回音，本帥就要統兵殺往瓜州，你呢，就去甘州一趟。」

穆羽奇道：「大人去瓜州，不帶上我嗎？」

楊浩道：「你自己惹下的禍事，自己去解決。本帥兵發瓜州的時候，你就護送了龍家八女往甘州去，交給二娘。」說到這兒，楊浩眸中露出一抹促狹的笑意：「就說……本帥給她找了八個使女。」一面卻心想：「焰焰那個醋罈子，一見了子渝，就像針尖碰上麥芒，總要鬥個你死我活，這八個美人送到她那裡去，女人對付女人，她一定會有辦法把她們打發了去的吧？龍靈兒……那麼『胸狠』的女人，慣會利用女人的本錢，大概……也只有焰焰才能對付她們了……」

* * *

這一晚，府州百花塢陷入了前所未有的混亂。

赤忠趁折二太爺大壽之期，領著一隊精心挑選出來的心腹死士，扮作殘兵敗將直趨府谷，詭稱草城川守軍譁變，殺官造反，急急趕回府州搬取救兵，一路誆開府寨要隘，先行奪取關隘，再使大軍通過，他本折御勳極為信任的將領，竟然順利趕到了府谷。

到了府谷，赤忠率死士直撲百花塢，由於楊浩的密諜如今大部調往西域，而折家的眼線耳目也都放在了外線，對內部這種異動，居然一直沒有察覺。

赤忠誆開百花塢的城門，立即揮軍殺入，同時躡蹤而來的大軍也突然殺將出來。府谷有兩城，隔河對峙，互為犄角。北城建在山梁上，百花塢就在此處，北城南側，有一道深澗南逼黃河北枕群山，名為營盤嶺，此處駐紮有一營重兵。北城北的石嘴驛，也是府谷一處軍事要塞，兩處兵營要塞，將百花塢緊緊拱衛在中間。

有如此險要的地勢可倚仗，如果外敵來侵，是很難攻入百花塢的。百花塢做為折家日常辦公、家族駐居之地，塢城內本身卻並沒有多少人馬，千防萬防，家賊難防，赤忠自東而來，以自家人身分直撲百花塢，又迅速占據橋頭，截斷了與黃河對面的南城之間的聯繫，本來固若金湯的百花塢，竟就此陷落在他的手中。

赤忠站在白虎節堂上，慘白的臉色還沒有恢復正常，雖然他已決意與舊主決裂，可是多年來俯首聽命，折御勳在他心中的威嚴已牢不可摧，攻入舊主府邸，他不免有些心虛情怯。

士兵們已控制了整座百花塢，白虎節堂上也經過了一場廝殺，旗牌、兵器架倒了一地，士兵們正搬出屍體，扶起旗牌，打掃著節堂。

「這裡……以後就屬於我了嗎？我將取代折帥，成為保德節度使？」望著巨幅的「白虎下山圖」，赤忠還有一種做夢般的感覺。

「大人，大人。」蕭晨趕到了他身邊，小聲喚道。

「哦？」赤忠一個激靈，連忙轉身，問道：「怎麼樣？折家上下，可全抓到了？」

蕭晨得意笑道：「嘿嘿，他們今兒白天折二太爺慶壽，已經喝了一遭，晚上是折家族人的聚會，喝的更多，一個個酩酊大醉，哪曉得咱們從天而降，所以也沒費多少周折，折家上下一個不少，全都抓到了，現在都已投入囚車，大人可要見見他們？」

「不不不，本官……本官不見他們了。」赤忠臉上掠過一片不太引人注意的慚色，仔細想想，他又不放心地道：「你確定？折帥和折御卿、以及折家上下重要人物盡皆抓到了？」

蕭晨道：「末將親自一一核對的，絕不會錯。」

赤忠頷首道：「唔，那就好，那……本官就放心了。」

蕭晨道：「大人，那……末將馬上押運他們上路？」

赤忠皺了皺眉頭道：「王大人為什麼這麼急？夜色深沉，萬一有個什麼差池，豈不壞了大事？要不然……等到天亮如何？」

蕭晨急道：「那怎麼成？咱們動手雖快，折家還是放出了烽火，現在營盤嶺、石嘴驛的守軍正向這裡馳援，住在南城的那些高官顯要、權貴名流也在集結家將侍衛，試圖殺過河來，任誰也想不到大人您剛一得了百花塢，馬上就把折家上下全部轉移了的，此時把他們運走，最是安全不過，何況還有末將親自押運呢。」

赤忠還是猶豫不決，蕭晨又道：「大人，忠於折家的軍隊為了把折家滿門救出去，必會不遺餘力攻打百花塢，雖說此處糧草充足，易守難攻，足以支撐到朝廷的援軍趕到，可是那樣一來，咱們的死傷必重。如果把折家的人全都運走，交給王繼恩大人，各路援軍一旦知道折家已牢牢控制在朝廷手中，必然軍心渙散，再無鬥志，有他們為人質，大人才能更好地控制府州，咱們也能少一些傷亡啊。」

「這個……好吧，你馬上把人運走，一定要親手把他們交給王繼恩大人。」

蕭晨挺胸道：「大人放心，屬下但有一口氣在，絕不辱使命。」

「好，本官給你三千……不，給你五千人，務必要押著折家上下，絕不可出現半點差池。」赤忠猶豫了一下，目中閃過一絲狠色，低聲道：「如果真的被人截住，且無法突出重圍，你就……」

蕭晨會意，重重一點頭，獰聲道：「末將明白，如果事有不濟，折家上下百十口人，不會有一個活著！」

「好，你去吧……」

赤忠看著蕭晨急步離去，略一思忖，忽也喚過幾名親兵，急急走了出去。

赤忠隱在城門一側，混在士卒們中間，眼見燈籠火把打起，一排早已備好的囚車將折家滿門一一押運出去，像折御勳、折御卿這樣的重要人物，都是單獨一輛囚車，赤忠親眼看見他們被五花大綁捆在囚車裡，這才放心。

囚車駛出百花塢，只見唯一的一座橋梁上剛剛經過一場廝殺，對岸的人撂下了許多屍體，已退回南岸。蕭晨沉聲吩咐道：「熄了燈籠火把，加緊趕路。」

一支大軍護著二、三十輛囚車，藉著夜色的掩護，急匆匆沿河而下，行出里許，就見遠處山嶺上一條火把長龍正急急奔向百花塢，那是營盤嶺的守軍看到了百花塢上燃起的烽火，急急趕來馳援，蕭晨見了，不禁冷冷一笑。

折家四太爺、五太爺、和老七、老九，還有折惟昌和折惟忠兩個小輩困在同一輛囚車上，五太爺醉意未去，神色卻已清醒，他藉著月色環顧四周，喃喃自語道：「赤忠這個叛賊在搞什麼鬼，這是要把咱們運到哪兒去？」

沉吟有頃，摸不著頭腦，五太爺回過頭來，怒視九太爺道：「老九，以前，咱們的『隨風』一直是由你負責的，雖說如今交給了惟正，可他還年輕，許多事仍然是由你掌舵，你可倒好，你是怎麼管的？咱們折家被人家一窩端了，居然一點消息都沒有。」

九爺苦笑道：「老五啊，咱們的『隨風』，耳目眼線都排布在外面，難道是用來監視自家人的嗎？誰想得到他赤忠吃了熊心豹膽，居然會窩裡反？」

老五怒不可遏地道：「他們困住聚會堂，喝令我折家的家將們放棄抵抗時，不是說過嗎？朝廷已調安利軍、隆德軍控制了廣原的程世雄，王繼恩親率寧化軍、晉寧軍、平定軍、威勝軍進入府州，綏州刺使李丕壽祕密北上，設伏截擊麟州楊繼業的援軍，叫咱們不要妄想，速速棄械投降嗎？那些不是外面，還有那裡是外面？怎不見一點消息傳回？」

老四這時也黯然道：「不錯，憑他一個赤忠，就算反了，哪能鎮得住整個府州？正因如此，才不慮他反。如今他真的反了，那話絕非恫嚇，赤忠背後，一定有朝廷撐腰，所以他才甘冒天下之大不韙。老九啊，咱們折家這次算是澈底栽了，如果『隨風』能事先發現點什麼風吹草動，咱們何至於如此不濟？」

老四、老五都這麼說，一向淡定沉著的九爺急得臉色赤紅如豬血，他氣極敗壞地道：「我們折家的眼線雖不能打入宋國高層，但是宋軍若有什麼風吹草動，大軍調動間，聲息豈能小了？那樣的話，就絕不可能瞞過我的耳目！」

老四沉聲道：「事實是，他們已經瞞過了你的耳目，難道你想說，朝廷兵馬根本沒有接應赤忠，赤忠是發了失心瘋，才想憑他草城川傾巢而出也不過一萬八千的兵馬，就想來個改朝換代，占據府州？」

九爺登時語塞，他失魂落魄地望向茫茫夜色中的層層山巒，聽著滾滾不息的黃河滔聲，百思不得其解地喃喃自語道：「怎麼可能？安利軍、隆德軍、寧化軍、晉寧軍、平定軍、威勝軍，但有一處調動兵馬，我怎麼可能一點消息都沒有收到？難不成……我的『隨風』也盡被收買叛變了不成？」

騎在馬上，橫槍行於囚車旁的蕭晨把他們的對話都聽在耳中，蕭晨抿了抿嘴唇，回頭望了眼已看不到一絲燈火的百花塢方向，臉上又露出了得意而陰險的笑容……

以君伐臣，且無正當名義，實在不是一件正大光明的事情，因此即便大宋朝廷的高級官員們，對趙光義取府州的計畫也大多不曾與聞，只有一個在外帶兵，且與皇帝曾同謀過弒君大事的王繼恩，是這樁陰謀的全程參與者。因此從朝廷方面，即便他們的密探成功地在朝廷的要害部門潛伏下來，這一次事先也休想打聽到一點什麼消息。

楊浩的「飛羽」密探，除了一些固定的消息站之外，已全部調往西域搜集戰爭情報，但是折家的根基就在此處，「隨風」的密探雖也時刻關注著河西走廊的戰事，但是他們的重點監察對象，仍然放在府州外圍。

正如折九爺所說，「隨風」密諜雖不能打入朝廷的要害部門，但是府州周邊的朝廷駐軍乃是重點監控對象，他們如果有什麼風吹草動，根本無法瞞過折家訓練有素的密探們的耳目，然而一個不爭的事實是：對這次內外勾結的兵變，折家事先的確一點異動都沒有發覺。其中緣由何在呢？

烽火臺烈焰沖霄，在夜色中異常醒目，當百花塢的烽火臺上燃起沖霄的烈焰時，一座座山頭的烽火便相繼燃起，迅速向遠方傳去。

以建在高山上的麟州城為中心，長城綿延而去，探向四面八方，烏沉沉的夜色中，它們就像一條條沉睡的古蟒巨龍，一動不動，突然，其中自北方延伸過來的一條長城烽火臺上，突然相繼燃起了烽火，本已睡下的楊繼業，聞訊匆匆披衣起身，登上箭樓向遠方眺望一陣，確認警訊來自府州，不由瞿然一驚。

今天是折二太爺的大壽之期，他還著人送了一份厚禮去的，楊繼業實在難以想像府州這一晚會發生什麼樣的變故，難道是折二太爺喝得興起，要玩一齣「烽火戲諸侯」？

楊繼業當然不會以為折二太爺會有這個雅興，眼下敵情未明，但兵貴神速，援軍是絕不能等到真相大白之後才派遣的，楊繼業立即披掛整齊，擊鼓聚將，點齊一路人馬，先使數百探馬先行上路，查探消息，又遣長子楊延朗、次子楊延浦領兵八千，殺奔府州。

大軍連夜上路，鐵騎馳騁，次日中午便抵達了府州與麟州之間最大的關隘大堡津，稍事休息之後，又馬不停蹄地繼續趕路，沿途根本未曾遇見綏州刺史李丕壽的一兵一卒……

五百十章　折蘭王

天光大亮，赤忠依托府谷北城的險要地勢，布下了重重防線，人間仙境一般的百花塢裡盡是兵營。從百花塢高處望出去，河對岸經過一夜的整頓，混亂無序的隊伍也已經集結起來。

赤忠見此深以為憾，折家麾下的權貴世族，俱都住在南城，整個北城百花塢，就相當於折家的私邸，而昨天白天已經開過壽宴，昨晚是折府家宴，那些官員們都回了南城，赤忠圖謀故主，難免情虛膽怯，所以全部兵力都集結在北城，以致沒有把這些官員一網打盡。

不過聊以自慰的是，折家的主力部隊都設在外線，府谷在重兵團團拱衛之中，府谷本地的兵馬反而有限，屯紮重兵的地方只有石嘴驛和營盤嶺守兵，合計也不會超過一萬人，依托百花塢的險要地勢，根本不必擔心會被他們打下來。

漫步在百花塢中，赤忠一時得志意滿：折家在外線的兵馬是不用擔心的，和他一樣重兵在外的程世雄，已被朝廷的安利軍、隆德軍挾制，王繼恩大人親率寧化軍、晉寧軍、平定軍、威勝軍四路兵馬進攻府州，足以牽制群龍無首的府州軍隊，而綏州刺使李丕壽祕密北上，設伏截擊麟州楊繼業的援軍，他便可以安享勝利果實。

折家滿門老少盡被活捉，這就是他獻給朝廷的奇功一件，等到朝廷大軍將各路兵馬降伏，他赤忠，將成為府州的主人。

舊主折御勳滿門老少已被運走，赤忠心中的不安淡了許多，他已經開始把自己當成府州之主了，看著那一草一木、一亭一廊，心中都有一種莫名的喜悅。

到了中午，心懷大暢的赤忠坐在折家花廳，折府之主折御勳日常用餐的地方，與麾下幾員心腹愛將吃了一頓豐盛的午餐。赤忠吃的甚是滿意，不禁撫鬚笑道：「記得以前為折帥……為折御勳賀壽時，也曾吃過他府上廚子的手藝，這幾道菜做的，味道並不遜於當日的府州名廚呢，不過風味卻截然不同，折家已換了廚子嗎？」

營指揮伍維笑道：「大人，昨夜一場混戰，折家的大廚們驚慌逃竄，亂兵之中也被咱們的人砍死了，剩下的不過是幾個徒弟小工，末將特意抓了折惟正新納的小妾李氏來做的這幾道菜，李氏是府谷小樊樓李掌櫃的愛女，這手藝自然是不差的了。」

說到這兒，伍維向他擠擠眼，小聲地道：「大人，折惟正那妾室李氏，雖然年只十三餘，卻是花容月貌，姿色婉麗呢，大人若是喜歡……」

赤忠連忙咳嗽一聲，正色道：「唉，你我效忠於朝廷，反了他折家，那是大義，若是欺辱人家女眷，那與占山為王的強盜還有何不同了？這種話，以後不要再說。」

伍維忙道：「是是是，大人教訓的是。那以後，就叫她專為大人調治膳食好了。」

赤忠沉吟道：「這也不妥。唔……折家的女眷，還有多少留在此地的？」

伍維忙道：「遵大人吩咐，折家的正室女子，和已有子女的妾室，盡皆裝入囚車，一併押運送至王繼恩大人處了，留下的都是些偏房妾室，未曾生育過的，在折家，算不得什麼重要人物。」

赤忠揮手道：「把她們集中在後面一幢樓上，統一看管，不得使人騷擾凌辱，那個李氏，一併關起來，不管怎麼說，她到底是折家的人，不可欺之過甚。」

伍維略一猶豫，勉強應道：「是。」其他幾員將領面面相覷，都在互相打著眼色。

赤忠察言觀色，一見這般情形，已經有些明白，臉色頓時沉了下來。

娶妻娶德，娶妾娶色，能被折家的人納為妾侍的人，姿色自不待言，昨夜亂軍攻入百花塢，赤忠就曾親眼看見折家的一些侍婢丫鬟被他手下的兵將們按在地上撕破衣裙大逞淫威，如今看伍維和眾將領這副模樣，恐怕這些將領們利用權勢，早已霸占了些折家的女人，那個李氏想必姿色殊異，兼為折家少主的妾室，身分比較高，這才留給了自己。

赤忠沉哼一聲道：「等到朝廷大軍進了府州，降服各路亂軍，本官就是府州節度。自古以來，就算是改朝換代，前朝的廟堂祖墳、宮妃嬪妾，也是要秋毫無犯的，人心！

懂嗎？如果不得人心，以後咱們怎麼在府州站穩腳跟？如今剛剛打下府谷，你們就恣意妄為，讓對岸那些世族豪門、權貴大家們得知，誰還肯降？誰還敢降？真是目光短淺！」

折家的美妾們的確被赤忠手下的將領們瓜分了一些，只是時間倉卒，連夜布置城防，許多女人還暫時關在後面。待得天明，秩序已定，就不好瞞著赤忠做這些事了，因此他們才攛掇伍維挑了這個嬌俏可愛的李氏來，先以一手高明的烹飪技藝勾起赤忠的饞蟲，然後便想趁機引見，只要赤忠把她納入自己房中，他們也就能夠明目張膽地瓜分女人了，不想赤忠一門心思想著成為府州節度使的事情，不肯自傷羽毛，反把他訓斥了一頓。

伍維被訓得灰頭土臉，唯唯諾諾只是稱是，赤忠厲聲道：「待本官成為府州節度使，你們俱有封賞，個個都是鎮守一方的大將，要錢有錢、要權有權，還怕沒有女人？把折家的女人都集中關起來，不許再占為己有，真是一群鼠目寸光的東西！」

「是是是……」

伍維正連聲稱諾，一個斥候匆匆跑了進來，叫道：「大將軍，南城集結兵馬，在轉動使任卿書帶領下，正欲對我橋頭再度發起攻擊。」

赤忠哂然一笑道：「任卿書嗎？呵呵，本官與他私交不錯，此人打仗不行，但是理財卻是行家能手，本官將來麾下缺不了這樣的人才，待本官去，親自招降了他。」

他剛剛站起身，又是一個斥候匆匆跑入，抱拳稟道：「報，大將軍，麟州方面已派出了援軍，楊繼業長子楊延朗為先鋒，率三千輕騎，已殺到營盤嶺，與營盤嶺守軍合兵一處。」

赤忠臉色一變，怪叫道：「怎麼可能？麟州的人怎麼可能趕來？你可曾看清楚了？」

那斥候道：「屬下絕不會看錯，隔著一道山嶺，那旗旛飄揚，字跡清楚，的的確確是麟州楊延朗的旗號。」

赤忠驚駭莫名，喃喃自語道：「怎麼可能？怎麼可能？依照前約，綏州李丕壽不是出兵截擊麟州援軍的嗎？怎麼這麼快就把他們放了過來？」

營指揮劉掙跳將起來大叫道：「他娘的，莫非那朝廷閹人陰了咱們一道？」

赤忠向他翻了個白眼，叱道：「真是個不動腦子的蠢物，朝廷一心得到西北，既有如此良機，豈會輕易放過，你道是小孩子扮家家酒嗎？堂堂一國帝王，如此費盡心機，卻不出一兵一卒，就為了看著府州內亂？府州雖首腦盡去卻元氣未傷，旁邊又有個楊浩虎視眈眈，趙官家會坐失良機嗎？」

劉掙被罵得不敢吭聲，一旁伍維說道：「不錯，與咱們大人合謀的乃是朝堂，豈同兒戲？依末將之見，恐怕是綏州兵馬難敵楊家所致。」

他拱手道：「大人，綏州自李丕祿死後日漸凋零，這兩年來，又受麟州和府州打壓，情形更加不妙，軍心士氣恐早不堪一用，而楊家如今東征西討，放眼西北全無敵手，卻正是士氣如虹的時候，那綏州兵，恐怕是沒有阻攔住他們。」

赤忠聽了伍維的分析，與自己的想法不謀而合，不禁轉怒為喜道：「不錯，想來也是如此。呵呵，折家的大軍無法回援，靠楊家一路人馬濟得什麼事？他們不來則已，既然來了，就別想再回去了，官家想吞下府州，又豈會放過麟州？等朝廷大軍一到，咱們一鼓作氣，殺到麟州去！」

「將軍英明。」

「哈哈哈哈……」

*　　*　　*

任卿書組織了各豪族世家、權貴官員的私兵家將，正欲聯合營盤嶺、石嘴驛的駐軍，對百花塢再發動一次攻擊，爭取救出幾個折家人來，這時傳來消息，麟州楊家已派出了援軍。

此時此地，任卿書做為保德軍節度使和折御勳的拜把兄弟，已是府州的最高指揮官，聞訊立即暫停進攻，會見援軍統領楊延朗。

兩下裡一見面，任卿書便道：「少將軍，我府州危急時刻，麟州慨施援手，任卿書實是感激不盡，在此，我先替我家大帥向令尊、向楊帥致謝了。」

楊延朗連忙還禮道：「任大人客氣了，你我兩家休戚與共，本應互相照拂，談不上什麼感謝。只是……我麟州見烽火起了，便急急派出了兵馬，迄今尚不知道府州到底出了什麼事。」

任卿書苦笑道：「說來難以置信，草城川防禦使赤忠，不知發了什麼失心瘋，突然詐稱兵變逃回百花塢，一舉控制了南城，將折帥全家都控制了起來。」

楊延朗失聲叫道：「怎會如此？他……難道他以為如此一來，就能讓府州易主，從此受其轄制嗎？」

任卿書苦笑道：「就是因為不可能，所以我也滿腹疑惑，或許……折帥對他草城川連番鬧營有所不滿，想要撤了他的官職，所以他才鋌而走險？如今折家上下俱都在他控制之中，到底原因為何，我卻難以知曉了。」

楊延朗遲疑著搖搖頭，忽然問道：「朝廷方面，可有什麼異動？」

任卿書道：「少將軍是懷疑赤忠已被朝廷收買了？不瞞你說，我得知奇襲百花塢的竟是赤忠之後，第一個想到的也是這個可能，如今已派出探馬與各地駐軍取得聯繫，同時，因折家滿門都被控制，『隨風』的人也剛剛與我取得聯繫，現在由我接手掌管。從我掌握的情況看來，朝廷目前並無一絲異動，只有赤忠的一路人馬約四、五千人正急速返回草城川，令人莫名其妙。」

楊延朗一聽也不禁蹙起了眉頭：「折帥全家都落入他的手中，這就非常棘手了，搞不清他的目的所在，就更無法對症下藥。任大人，延朗有個建議……」

任卿書忙道：「少將軍請講。」

楊延朗道：「折家在外圍府縣的兵馬不可輕易撤回。」

任卿書頷首道：「我也是這個意思，所以只與他們取得聯繫，通報消息，暫時並不打算要他們揮師府谷。」

楊延朗又道：「此事干係重大，應該把掌握的情況隨時通報與楊太尉，這件事，咱們只怕是扛不下。」

任卿書道：「我明白，這事必須得知會楊太尉。同時……不幸中的萬幸，因為折二太爺大壽，折家上下全都趕回了府州，結果被赤忠給一窩端了，但是我們五公子卻一直沒有出現，我想……得知府州發生的事情後，她會現身的。」

任卿書憂心忡忡，卻強作歡顏地道：「如今，楊太尉遠在西域，一時半晌就算知道了消息也來不及趕回的，折家軍如今只能有賴五公子出面來主持大局了。」

楊延朗點點頭，說道：「第三，暫時停止對百花塢的進攻，試一試和赤忠見個面，了解一下他囚困折帥的原因，是利令智昏還是因為什麼個人恩怨，盡最大努力保障折帥全家的安全，再想辦法救他們出來。」

任卿書欣然道：「少將軍所言，正合我意，咱們就這麼辦！」

＊　　＊　　＊

任卿書依楊延朗之言，一面通知折家外圍各軍鎮將領嚴守本陣勿亂陣腳，一面吩咐「隨風」加緊偵緝朝廷動向，同時透過情報站向楊浩傳報府州發生的最新狀況，又派遣一位與赤忠私交甚篤的府州官員赴百花塢會見赤忠。

當然，私下裡，任卿書不免也要把最新發生的情況向他的大當家崔大郎通報一番，不過，他目前雖是折家軍的領軍人物，但是折家經營府州歷兩百年，樹大根深，形成了一個獨立的利益團體，任卿書目前雖是大家的帶頭人，也不可能獨斷專行，一味按照繼嗣堂的主張去行事的，如今尚未得到崔大郎的指示，他更是完全以保德軍轉運使的身分主持大局。

任卿書派往百花塢的官員連門都沒有進，就被趕了回來，赤忠拒絕會見。

赤忠當然要拒絕，折家上下已經被他一股腦兒地押運去交給王繼恩了，彼此之間已經完全沒有任何轉圜的餘地，叛主之人，但有三分天良，也無顏再見故人的，在這種勢必決裂的情況下，他還有什麼必要與折家的屬僚們談判？

任卿書得到回信，與府州官吏們磋商了一番，楊延朗和剛剛趕到的楊延浦也列席了會議，商討的結果仍然是毫無眉目，只得再與百花塢交戰。

楊家軍毫無阻礙，以最快的速度出現在府谷，這令赤忠頗為驚疑，但是在接下來的攻防戰中，他發現任卿書動用的軍隊只有營盤嶺、石嘴驛，以及由府谷南城豪紳世家、權貴名流的家將、私兵們組織的隊伍，還有就是麟州楊繼業的人馬，外線軍隊一直沒有露面，這才放下心來。

從眼前這種情形看，麟州兵馬出現在這兒不是綏州的李丕壽出了岔子，就是他的軍隊不堪一擊，府州屯於外線的大軍皆不見回援，可見王繼恩仍然依照前言調動諸軍發起了進攻，在群龍無首軍心渙散的情況下，府州軍隊不可能是朝廷兵馬的對手，他只要守住百花塢，就能等著王繼恩傳來捷報。

有鑑於此，赤忠利用百花塢的險要地勢只守不攻，與任卿書的兵馬僵持起來。

這一天，蕭晨押運著折家老少抵達了草城川，赤忠傾巢而出，草城川已是一座空城，蕭晨連城都沒有進，直接繞城而過，奔向細腰寨。

細腰寨是朝廷寧化軍的駐地，依山而建，這山自嶺上俯視，恍若一個倒臥於地的美人，因此整座山巒都起了很別緻的名字，與草城川折家岢嵐軍接壤的三處要隘，分別是乳山峝、紅脣嶺和細腰寨。細腰寨居中，同時也是岢嵐軍出入中原之地的交通要道。

此時，山西道觀察使王繼恩已悄然自代州趕來，屯兵於細腰寨，蕭晨趕到的消息剛一傳進大寨，王繼恩就迫不及待地迎了出來，一見軍中護得水洩不通的二十多輛車子，王繼恩又驚又喜，連忙問道：「蕭將軍，折家的人可全都在此？」

蕭晨得意笑道：「末將幸不辱命，折家除了一個喜歡扮作男兒裝的女兒家折子渝，滿門老少，所有折家嫡系宗親，盡皆在此了。」

王繼恩哈哈大笑，一拍蕭晨肩膀道：「蕭將軍立下了一樁天大的功勞啊，官家那裡，少不得你的錦繡前程。」

蕭晨連忙道：「還請王大人多多提攜。」

王繼恩喜不自勝，又問了問府州情形，便迫不及待地吩咐道：「來人，把折家的人全都帶下囚車，一一捆上，帳前聽命。」

王繼恩回到中軍大帳，扶著帥案站定，左手邊豎著王旗，右手邊豎著令箭，神情肅然，威風凜凜，雙眉一軒，便凜然喝道：「來啊，有請……保德節度使，折御勳折大將軍。」

不一時，兩名小校押著五花大綁的折御勳走上大帳，王繼恩一見，佯怒道：「豈有此理，折大將軍乃是朝廷命官，官階比本官還高上三分，你們怎敢如此對待？快快鬆綁，看座。」

兩個小校連忙為折御勳鬆綁，又搬來一把椅子，折御勳這一路都是綁在囚車裡，精神有些委頓，可是一見王繼恩，他卻是怒目噴火，他也不在椅上坐下，就立在兩排甲仗森寨的侍衛面前，怒聲喝道：「原來如此，赤忠已被你們收買，所以反了本帥。」

王繼恩一臉驚訝地道：「折將軍，這話從何說起？我王繼恩可聽不大明白。」

折御勳冷笑道：「王大人，折某人栽了，栽得澈澈底底，要殺要剮，如今都由得你，大人又何必裝腔作勢？」

王繼恩一臉苦笑，環顧左右道：「折將軍在說些什麼，你們可明白嗎？」

兩旁帶刀侍衛齊齊躬身：「標下不明白。」

王繼恩雙手一攤，笑道：「我倒是明白了，折將軍想必是怒火攻心，氣的有些糊塗了。」

王繼恩笑吟吟地在帥椅上坐了，拈起一張卷軸來，細聲慢語地道：「折將軍莫要動怒，且請坐下。」

他頓了一頓，又道：「楊浩狼子野心，圖謀府州久矣。他先占了麟州之後，便開始覬覦府州地盤，這一次，他親自率軍西征，一路勢如破竹，所向披靡，整個河西之地，幾乎已盡落其手，唯有這府州……嘿嘿，麟、府兩州，是他出橫山的門戶，他既得西域，便思中原，這個時候，豈容折將軍扼其咽喉？

「因此，他勾結赤忠，夜襲府谷，麟州楊繼業也適時出兵接應，趁折帥不備，終於奪了府谷。可惜呀，百密一疏，危難關頭，方顯忠良啊。赤忠的副將蕭晨蕭將軍深明大義，豈肯與賊為伍？緊要關頭，蕭將軍救了折將軍滿門老小，逃到這細腰寨來，是向本官求援來了，折將軍，下官說的可對呀？」

折御勳微微一愣，那雙緊鎖的臥蠶眉漸漸挑了起來：「我明白了，我明白了，嘿嘿，哈哈……」

折御勳仰天狂笑：「好一個一石二鳥之計，既當了婊子，又立了牌坊，既奪了我的府州，又得了攻打楊浩的藉口。好算計呀好算計，真是好算計，只可笑那赤忠，一門心思以為攀上了高枝，卻沒想到，他不過是一條被人利用的走狗，哈哈哈哈……」

王繼恩好脾氣地陪著他笑，等他笑罷了，王繼恩才和顏悅色地道：「折帥，這是哪裡話來？你看看，這是你向官家親筆寫就的請兵奏摺，楊浩勾結赤忠，攻占府州，圖謀不軌，折大將軍舉家投靠朝廷，請朝廷出兵平叛，白紙黑字，寫得清清楚楚，來人吶，拿去給折將軍看看，若是沒有問題的話，就請折將軍謄抄一份，呵呵……折將軍，你放心，官家……一定會為你主持公道的。」

「我呸！」折御勳目若噴火，一張赤紅的臉龐已是紅中透紫：「你打的好主意，嘿嘿，要謀我的府州，你們已經得了去。以君伐臣，出師不正，這便宜你占定了，這罵名，你們也是擔定了，還想要折某為虎作倀不成？」

王繼恩臉色一沉，厲聲喝道：「折御勳！這份奏摺你若不寫，你道朝廷就沒有辦法正名了？嘿，偌大的天下，要找幾個能將你筆跡模仿得一字不差的又有何難？朝廷未必要你的人證，你的遺書，再加上赤忠副將蕭晨的人證，已經足夠了。

「如果你折家滿門盡皆『死在府谷』，憑你的遺書，朝廷一樣可以名正言順地出兵占據府州，討伐楊浩。留你一條性命為朝廷佐證，不過是錦上添花之舉，你道缺了你，真就不能取信於天下了嗎？留你一命，乖乖按官家的意思辦，以後夾起尾巴好好聽官家的話，你折家滿門至少可以保住這條性命，你折大將軍還能受官家賞賜一個官職。可你若不肯相從的話……雲中折家，將從此除名，其中孰輕孰重，難道你還分不清嗎？」

折御勳鬚髮皆飛，怒目嗔道：「你說什麼？」

王繼恩悠然道：「折將軍，你看清楚，如今你折家滿門都在我的手中，他們的生與死，可都在你一念之間呀。」

王繼恩向帳外一指，折御勳回頭一看，就見折家老少盡皆五花大綁，被按伏於中軍大帳兩側，折御勳倉皇搶出帳外，就見折家老少一字排開，足有數十丈開外，每個折家人後面，都站著兩個押解的士兵和一個手執雪亮鋼刀的劊子手，折御勳登時臉白如紙。

王繼恩領著一幫侍衛跟了出來，悠然笑道：「折將軍，若是折家上下百十口人，於此時此刻同時身首異處，你說那場面，是不是很壯觀吶？」

折御勳渾身簌簌發抖，只是不語，折家的人是按照身分地位的重要，從帳口向外排開的，被綁在帳左第一人，就是白髮蒼蒼，枯如老鶴的折二太爺，折二太爺又痛又悔，聲淚俱下地叫道：「御勳吶，都是因為我這老傢伙，才害得折家上下被人一網打盡吶……」

旁邊折三太爺卻是老而彌堅，怒聲喝道：「老二，此時還說這些做什麼？沒得教人笑話。御勳，咱折家統治雲中兩百年，威風了兩百年，該享的榮華富貴、權柄地位，都享用過了，天下的好處，還能都教咱們占了不成？今有此報，也沒什麼了不起，他們要殺要剮都由得他們，挺起脊梁來，咱折家的人，就算是死，也不能向人彎腰服軟。」

王繼恩晃了晃手中的卷軸，微笑道：「折將軍，可肯依我之言吶？」

折御勳臉白如雪，眸子卻赤紅如血，咬緊了牙關一言不發，王繼恩唇角漸漸綻起一抹陰冷的笑意，他慢慢舉起手，突然向下一揮，「通」地一聲鼓響，站在大帳最外端的一個刀斧手刷地一下舉起了鋼刀，毫不猶豫地劈了下去。

被砍的折家人自始至終沒有吭出一聲，只見一腔血湧，人頭落地，折御勳的心一下子絞緊了，赤紅的雙目中蘊起了淚光。

「通！」又是一聲鼓響，另一側盡頭的劊子手又揚起了手中的大刀……

五顆血淋淋的人頭落地，當第六通鼓聲響起的時候，折御勳終於崩潰了，那都是他的骨肉親人啊，折御勳心如油潑，慘呼一聲道：「住手！」

王繼恩微笑道：「折帥可是回心轉意了？」

折御勳一雙赤紅的眸子狠狠地瞪著王繼恩，老牛一般喘著粗氣道：「好，我……我寫……」

王繼恩得意地笑了一聲，揚聲道：「來人吶，給折帥搬來一張書案。」

當下就有幾名兵士搬來一張几案、蒲團，又擺上文房四寶，鋪開紙張，王繼恩將手中的卷軸交予一名侍衛，就在折御勳面前展開，折御勳抓起筆來，依著那卷軸上所言，奮筆疾書起來。

折家的人卻不明白王繼恩要他寫些什麼，折二太爺憤然呼道：「死則死已，御勳吶，什麼都不要答應他們。」

折老四則瞪著蕭晨喝道：「府州已落入你們手中，我折家滿門也已成了階下囚，你們還想要什麼？」

王繼恩細聲慢語地微笑道：「幾位老人家稍安勿躁，折帥現在做的，正是要保你們一家太平富貴呢。」

折御勳把牙齒咬得格格直響，只是奮筆疾書，並不搭一言，一張奏表匆匆寫就，折御動懸腕執筆，盯著奏表末端一片空白，定定出神半晌，這才署上自己的名字。

侍衛立即扯過奏表，交到王繼恩手上，王繼恩展開奏表，從頭到尾看了一遍，眉開眼笑地道：「好好好，官家等得急著呢，呵呵，朝廷十餘萬大軍，可都在等你折大將軍這張奏表啊。」

王繼恩將奏表捲起，立即有人遞上一個捲筒，王繼恩將奏表裝入，封好，立即交予一名心腹侍衛，沉聲喝道：「以八百里快騎，急送汴梁！」

「遵命！」那侍衛雙手接過，倒退幾步，翻身躍上早已備好的一匹戰馬，打馬揚鞭，由幾十名侍衛護送著離開了軍營。

王繼恩滿面春風，又對折御動笑道：「折將軍，稍後，本官會派人把你一家送往京師。呵呵，折帥是個聰明人，你該知道，只要你乖乖聽官家的話，那麼……你活著，遠比死了更有用。等官家接到你的請兵奏摺，折家滿門都會安全了，官家會賞你一幢華麗的宅子，賜你一個顯赫的官職，以顯皇家胸懷的……」

「哈哈哈哈……」折御動忽然一躍而起，仰天大笑，王繼恩嚇了一跳，恐他驚起傷人，連忙退了幾步，只見折御動兩眼發直，喃喃自語道：「一幢華麗的宅子，一個顯赫的官職，嘿嘿，哈哈，那我就要當一個折家祖上最顯赫的官職，我要做折蘭王，我要官家賜我做折蘭王，哈哈哈哈……」

折家幾老見他如此異狀都驚愕難言，折惟正、折惟信等幾子掛念父親，不禁駭然叫道：「爹，爹，你怎麼了？」

蕭晨又驚又笑，詫然道：「王大人，他……這是怎麼了？氣火攻心，瘋了不成？」

王繼恩也有些愕然，聽蕭晨一說，卻冷笑道：「堂堂折氏家主，什麼風浪沒見過？說瘋就瘋了？」

他狡黠地盯了猶自狂笑的折御勳一眼，說道：「他瘋且由他瘋，如果他想做孫臏，我卻不是龐涓，嘿嘿，看緊了他，他要瘋，且由他瘋！」

折御勳大笑幾聲，忽又聲淚俱下，其狀真若癲狂：「折蘭王，你們都給我聽清楚了，我……我折御勳，要做折蘭王！折蘭王！」

五百十一　貧僧功力尚淺，不能隔衣療傷

趙光義收到王繼恩快馬遞來的折家請兵奏摺後大喜過望。此前，他已令自江南剿匪平叛勝利歸來的潘美調兵五萬，對外宣稱要對蜀境叛亂加強圍剿，卻遲遲不予發兵，一直在等候這個機會，此時一見請兵奏摺，如獲至寶，立即開動一切宣傳機器，高調宣揚楊浩背信棄義，罔顧國法，悍然對府州用兵的不義之舉。同時責令王繼恩就近調安利軍、隆德軍進攻廣原程世雄部，調寧化軍、晉寧軍、平定軍、威勝軍攻打府州。又命潘美親率五萬禁軍，馬不停蹄直撲麟州。

消息傳到契丹，蕭后大為驚異，楊浩若是真的圖謀府州倒沒什麼，在她看來，欲成大事者，豈能為情誼所羈絆，楊浩若真的如此心狠手辣，才算是一個梟雄人物。不過以她的了解，楊浩卻不是這樣一個人，而且……就算時移勢易，楊浩已然蛻變，也絕不會利令智昏，在他大舉西征，河西走廊尚未到手的時候，在東線突然再啟戰端，難道李光睿兩面用兵，以致拖得自己山窮水盡的的教訓還不夠嗎？及至大宋對此迅速做出反應，宋軍以最快的速度攻入府州，蕭綽終於了然：大宋對西北動手了。

此時，大契丹國剛剛改名，由大契丹國改名為大遼國。大契丹國，本來是以族名為

國名，但是契丹的民族構成十分複雜，族群眾多，尤其是還有燕雲十六州的漢人，占了相當大的一部分。加上少主新立，改個國號，也是一種新氣象。

新君登基，年紀尚幼，蕭綽以太后身分聽政，正休養生息，積蓄國力，因此改國號大遼，取漢字「遼」的本意，山修遠其遼遼兮，寓意擴大疆域，以其遼遠，只不過這時內亂剛剛平息，元氣未復，行事還該低調一些，所以對外宣稱是取「遼」在契丹語中意譯「鑌鐵」的意思，以遼為國號，寓意國家堅固。

大政方針既是休兵養民，這時就萬萬不能與宋國再起戰端，然而如果坐視趙光義攻占西北，將整個西域納入他的統治之內，不但宋國的疆域將更形擴大，而且宋人有了養馬之地，遼人的一大優勢就會蕩然無存。這卻是十分棘手的事情。

蕭綽穿著一身鬆軟舒適的便服宮衣，斜倚在榻上，一手輕輕搖著團扇，一手輕拍著在她懷裡睡得正香的兒子，思索著西北局勢，那裡發生的戰爭雖與遼國沒有直接關係，但是卻對宋遼兩國未來的形勢有著莫大的影響，她豈能不重視？

小皇帝已經起了名字，大號叫耶律隆緒，小字叫牢兒。「舜住陶焉，期年而器牢」矣，這和尋常人家給孩子起名「拴柱」、「鐵鎖」一樣，都是盼著孩子平平安安、成人長生的意思，當然，這只是蕭后對娘家人的說法，至於這「牢兒」是否還有別的某一層意思，那就只有她自己知道了。

雙十年華的年輕少婦，又兼錦衣玉食，保養得宜，那體態圓潤豐腴，肌膚脂白粉嫩，誘惑得很，兩條纖直的美腿在榻上半屈半伸，更是依稀可見裙內粉光緻緻，滑嫩動人的一片春光。

此時正當夕陽西下，金黃色的陽光晒在她那張清水瑩潤的俏臉上，有一種慵懶的風情。她的黛眉微蹙著，緊張地思考著對策。

如今大遼是絕不能輕易對宋國這個龐然大物用兵的，否則，一著不慎，自己兩年時間苦心經營的局面就會毀於一旦。大遼帝國實在是太龐大了，楊浩可以用兩年時間整合諸部，振興夏州，對契丹這麼龐大的一個國家來說，兩年時間，經濟上不過剛剛恢復一些元氣，軍事和政治上，才剛剛將重要職位上的官員全部調整了一遍，內部矛盾的調和、外部糾紛的消弭，如今還很脆弱。然而，就算西北如今不是那個冤家的地盤，也絕不能坐視宋國把河西拿到手，大遼對此必須得有所表示。

蕭綽苦苦思索，看來，遼國能採取的辦法依舊是牽制，盡量牽制宋國，使他們不能對西北投入太多的兵力，減輕夏州軍的壓力，至於如何化解這場危機，最終還是要靠那個冤家自己，可那個冤家，如今卻正在瓜沙古道上，他來得及趕回去嗎？

想到這裡，蕭綽輕輕嘆了口氣，懷裡的娃兒似乎嫌悶在她懷裡有些熱了，他閉著眼睡著，兩隻小手不耐煩地推開母親的手，兩隻小胖腳丫在娘親身上蹬了蹬，整個身子就在榻上打了橫。

蕭綽瞪了眼熟睡中的兒子，眸中不無幽怨：「這個小冤家，吃飽喝足就不找娘了，倒是像他那沒良心的爹爹……」

＊　＊　＊

旌旗獵獵，楊浩的大軍終於向敦煌開拔了。

敦煌南枕氣勢雄偉的祁連山，西接浩瀚無垠的羅布泊，北靠嶙峋蛇曲的北塞山，東峙峰岩突兀的三危山，乃是西域胡商跨過玉門關，東進中原的必經之路，這片綠洲面積不是很大，但是土地肥沃，在這個靠近沙漠戈壁的天然小盆地中，黨河雪水滋潤著肥田沃土，綠樹濃蔭擋住了黑風黃沙，糧米旱澇保收，瓜果四季飄香……

敦，大也；煌，盛也。敦煌，誠為大漠古道中的一個奇蹟之城。

為了澈底斷絕匈奴與西羌的通路和聯繫，捍衛邊關和絲綢之路的安全，漢武帝曾在河西設置了酒泉郡和武威郡。並採用設防、屯墾、移民等措施，不斷充實、加強建設河西。後來又將酒泉、武威二郡分別拆置敦煌、張掖兩郡。又從令居經敦煌直至鹽澤（今羅布泊）修築了長城和烽燧，並設置了陽關、玉門關，列四郡，據兩關，保證了絲綢之路的暢通。

從此，中國的絲綢及先進技術源源不斷地傳播到中亞、西亞和歐洲。歐洲、地中海沿岸和西域的玉器、瑪瑙、奇禽異獸、農作物等長途轉運到中原。各國使臣、將士、商賈、僧侶往來不絕，都要經過絲路要道敦煌，敦煌成為中西交通的「咽喉鎖鑰」。貳師將軍李廣利伐大宛國，獲汗血馬；趙破奴擊敗姑師國俘獲樓蘭王，都是以敦煌為糧草、兵馬供應基地而一舉獲勝的

因此這裡的漢人最多，占當地居民的八成以上，於是這裡就出現了這樣一幅奇景，當西域與中原隔絕往來之後，瓜、沙二州有大量的漢人，反而是在瓜、沙東面，更靠近中原的地方，被吐蕃人、回紇人、党項人占據。但也正因如此，西域漢人與中原斷絕往來，已有上百年之久，這些孤懸於外的漢人，建歸義軍，自立金山國，依舊傳承著漢人的文化和血脈。

然而，金山國的統治者一味打壓當地少數民族的錯誤政策，使得他們處處樹敵，漸漸地，祖先的榮耀不再，金山國漸漸沒落，反而要敬甘州回紇為父可汗，這個時候，楊浩來了，帶著他的大軍，欲重新打通西域古道，重振這裡的東方文明，對執掌瓜沙政權的曹家來說，這是他們的末日，而對歸義軍來說，卻是喜憂參半。

當蕭綽正睹兒思人，黯然神傷的時候，楊浩已親統大軍到了葫蘆河，從此再往前去就是瓜州了。

暮色蒼茫，夕陽西下，楊浩的大軍在葫蘆河邊駐紮下來。氈帳如同突然生長在河邊

的一朵朵蘑菇，綿延開去，無窮無盡。儘管瓜州歸義軍冒險偷襲的可能不大，不過排布在外線的人馬，還是按照規矩，一絲不苟地挖戰壕、設拒馬，做好了防禦準備。

這一路上，他們見過了雕刻在溝壑峭壁上的佛像，見過了大漠駝鈴、瀚海蜃景、胡楊秋色、清泉綠洲……異域風光固然優美，但是見多了也就索然無趣，每日感覺最深的反而是白天的烈日炎炎，夜晚時的秋風刺骨，還有風起時的漫天黃沙。

軍營最南面駐紮的是肅州龍家兵，楊浩得了涼州，便把涼州城主絡絨登巴的兩萬兵馬帶了出來，此番得了肅州，以肅州為據點，攻打瓜州的時候，依樣畫葫蘆，把肅州兵馬也都帶了出來。龍家兵久居西域，對西域風情更是司空見慣，毫無新奇，好不容易度過沙漠，來到綠洲，兵士們十分暢快，紛紛來到葫蘆河裡沐浴潔身。

最上游的河裡，站著兩個只穿兜襠布，就像兩個相撲手似的彪形大漢，黑鐵塔一般的身子，兩個大漢正在河裡摸魚。這裡的魚肥碩無比，因為沒有漁夫的捕獵，生態環境極好，一兩尺長的大魚隨處可見。不過對不怎麼懂水性的肅州軍來說，想要徒手捉條大魚卻不怎麼容易。

好不容易，其中一個黑黝黝的漢子濺得滿臉水花地抓起一條大魚，哈哈大笑道：「老支，老支，快來看，哥哥我抓到了好大的一條魚。」

另一個黑漢子一見大喜，連忙竄了過來，嚷道：「妙極，吃那又硬又乾的肉乾真是吃膩了，哈哈哈，老卡啊，你抓緊了它，趕快上岸，咱們把牠烤來吃。」

老卡一聽，瞪眼道：「怎麼要烤來吃呢？這樣鮮美的河魚，應當下水去燒，燒得肉爛骨酥，吃淨了肉，啃乾了骨頭，再喝一碗濃濃的魚湯，那才美味。」

老支搖頭道：「你懂個屁，這魚莫要刮鱗，也莫去了內臟，就這麼在火上烘烤，魚的鮮香滋味才不會消散，我見西域遠來的商賈這樣吃過魚的。」

「燉了吃，有肉有湯，湯鮮味美。」

「烤了吃，鮮香撲鼻，回味無窮。」

兩人站在齊腰深的河水裡大吵起來，老卡勃然大怒，把手中活蹦亂跳的魚兒往水裡狠狠地一摔，那魚啪的一聲入水，竟爾有些暈了，清醒了一下，才搖頭擺尾地游去。

老支瞠目結舌地道：「你怎麼把魚扔了？」

老卡賭氣道：「要燉來吃，就要燉來吃，你偏要烤來吃，好罷好罷，乾脆不吃，懶得跟你惹那一肚子鳥閒氣！」

老支聽了也是怒髮衝冠，大叫道：「不吃就不吃，稀罕嗎？難道就你會抓，老子的一雙手是擺設不成？我自己抓！」說著雙手伸手進河中，拚命地攪和起來，攪得河水四濺，故意濺了那老卡一身。

岸邊站著的侍衛見了二人吵鬧，不禁掩口偷笑。這兩個人，一個叫卡波卡，焉耆國人後裔，還有點突厥人的血統，是肅州龍王軍的左果毅都尉，另一個姓支，叫支富寶，山東琅琊人，唐朝時他的祖上從軍入伍，成為安西都護府的一名士兵，後來道路阻隔，就遠離家鄉，在西域安家落戶了。這兩個人是自幼一起長大的朋友，又一起當了兵，一起做了官，好得能穿同一條褲子，偏又最喜歡拌嘴嘔氣，他們的屬下早就見怪不怪了。

肅州軍因為很大程度上接受了大唐安西都護府軍的衣缽，所以官制一如唐朝，又因他們學大唐官制學了個四不像，最高領袖稱王爺，區區一州之地，偏又按照一國的官制來設官，所以官制體系混亂得很，按大唐軍隊的官制，每十丁設一什長，每五什設一伙長，每三伙設一隊長，這支部隊的規模也就是一隊的數量，設一個隊長、一個隊副足矣，然而肅州龍王兵的將校「通貨膨脹」得厲害，這一隊約一百五十人的隊伍，居然設了左、右果毅都尉兩名正六品級的校官。

楊浩因為正在戰時，不能對他們的軍隊進行澈底的改編組合，為了讓士兵們習慣和適應，現在只來得及對管事的高級官員按著節府編制進行了改制，至於下面人浮於事的眾多將校長官，依然按照舊制，暫時沒有觸動。

支富寶攬活了一陣，一條魚也沒有抓到，覺得很沒面子，不禁憤憤地道：「奶奶的，不捉了不捉了，我還是去吃自己的肉乾去。」

他直起腰剛要上岸，忽然發現前方順流而下，若隱若現一道影子，不禁驚喜道：

「哇！好大的一條魚，來人啊，來人，拋一枝矛下來。」

岸上士兵急忙拋過一枝長矛，支富寶接矛在手，便向那河中起浮不定的一道黑影急急趕去，卡波卡扭頭一看，忙也跟了過去。

支富寶得意洋洋地道：「嘿嘿，這條魚塊頭夠大，一半用來燉，一半用來烤，怎麼樣？哥哥我比你大方吧？」

卡波卡嗤之以鼻：「等你真捉到了再來充大方吧，你就那笨手笨腳的樣子。」

支富寶大怒：「你這廝怎麼總是與我作對？好好好，教你看看某家的手段！」支富寶舉矛在手，就欲拋出長矛，卡波卡突然一把拉住了他，凝神肅容道：「等一等，好像不是魚，是個人。」

卡波卡奇道：「怎麼可能？這種地方，哪來的人？」

二人凝神屏息，定睛看去，只見那或浮或沉的黑影漸漸漂近，果然是個溺水的人，卡波卡大驚道：「真的是個人！」說罷伸出長矛將那人撥了過來，只見那人長髮在水中披散，容顏蒼白清麗，恍如一個水妖，又大叫道：「而且還是一個女人！」

支富寶掏掏耳朵道：「這個地方，怎麼會有女人落水而死呢？莫非是過境的胡商遭了馬匪？」

卡波卡道：「你怎知她就一定是死的？」

支富寶道：「不是死的，難道還是活的？」
兩個人又抬起槓來，一邊拌著嘴，一邊各自拉住一隻手，將那女人拖上岸去。
卡波卡喋喋不休地道：「如果是活的，咱們以後捉了魚，就全都燉了吃。」
支富波道：「如果是死的，咱們以後捉了魚，全都烤了吃。」
雖然日光西斜如血，但是沙地上仍然極熱，那女人被拖上岸，往沙地上一放，熱氣往上一烘，不等救治，鼻翅便翕動了一下，卡波卡眼尖，一見大喜，叫道：「活的，活的，她是活的。」
支富寶不屑地道：「你沒看她一身是傷？現在活著，不代表一會兒還活著。」
卡波卡氣得跳腳：「你又要賴皮不成？依你這麼說，就算她是活的，再過幾十年還是要死的，這個賭你豈不是永遠也不會輸？」
支富寶道：「咦，我有說幾十年那麼久嗎？我只是說，一會兒她也許就斷氣了，這樣的話，我就沒有輸。」
手下的兵士早已看不下去了，當兵三年，老母豬做貂蟬，何況這女人雖然芳容憔悴，卻極是秀麗，偏生兩個混帳主將毫無憐香惜玉之心，還在那兒拌嘴，一名親兵便忍不住插嘴道：「兩位都尉大人，咱們是不是先救人吶？」
這時，那女人似乎神智清醒了些，她矇矇矓矓地張開眼睛，虛弱地道：「這……這是什麼地方？」

卡波卡和支富寶對視了一眼，蹲下身道：「這裡是葫蘆河，你怎麼落了水的，還有什麼家人嗎？」

女人眸波閃爍了一下，弱弱地問道：「葫蘆河？瓜州……東面的葫蘆河？」得到肯定的回答後，女人道：「我……我認得沙州曹家的人，你們……你們救我……」

卡波卡哈哈大笑道：「那可對不住了，我們雖然正身在葫蘆河，可我們卻是肅州龍家的人。」

女人微微茫然，半晌才低語道：「肅州龍家？又……又開戰了嗎？龍家……龍瀚江大人，與……與家父是老友，尚請……請賜予援手。」

支富寶拐了卡波卡一下，說道：「老卡，以後不要再說是龍家的人了，太尉聽了一定不開心的，咳！姑娘，我們現在，實是夏州楊太尉的人，奉命西征，討伐瓜、沙的。」

女人啞然：「楊太尉？」

卡波卡道：「不錯，夏州楊太尉揮軍西進，一路勢如破竹，已然占了涼、肅，現在正兵進瓜州，我們龍家軍，現在也歸附太尉了。」

女人眸中一片驚喜，身軀猛然一動，似想要坐起來，可惜實在虛弱，她喘息著，一把抓住卡波卡的手，急促地道：「快！快帶我去見楊太……尉，我……我是楊太尉的……」

女人勉強說到這兒終於力竭，雙眼一翻便暈了過去。

卡波卡抓了抓頭皮，疑惑地道：「她怎麼誰都認識啊？她說她是楊太尉的什麼？」

支富寶蹲下來，仔細看看那女子憔悴中仍不失俏麗的容顏，摸著下巴沉吟道：「莫非她是楊太尉的相好？」

卡波卡恍然大悟道：「老支啊，你總算聰明了一回，我琢磨著也是八九不離十，八龍女都做了太尉的侍婢，太尉為人，那可是風流得很吶，你看她這俏模樣，就算現在不是太尉的相好，見了太尉之後，也保不齊就成了他的相好。」

一旁的侍衛忍無可忍了，大叫道：「兩位都尉大人，等你們弄清楚了，這女人也就死啦！」

卡波卡大驚道：「既是太尉的相好，可不能死在我的軍中。」

支富寶跳起來道：「不錯不錯，咱們得撇清關係，快快快，拿條氈毯來，趁她還沒斷氣，趕緊給太尉大人送去。」

兩個活寶弄來一條毯子，把那女人往毯中一裹，又試了試她的鼻息，果然還有微弱的呼吸，兩個大漢趕緊把她抬起來，撒開雙腿便向楊浩的中軍奔去。

中軍帳外，楊浩憂心忡忡，踱來踱去，也不知帳中的竹韻現在是生是死。

他萬萬沒有想到，竟會在這裡見到竹韻，看她一身是傷，也不知經歷過多少場慘烈的廝殺，方才趕緊餵了些熱湯下去，看她氣息稍稍平穩了些，但是到底生死如何，現在還是一個未知數。

楊浩正在想著，就聽帳中一聲嬌叱：「滾開，再敢碰我……殺了你！」

隨即便是哎喲一聲杯盤落地的聲音，楊浩一驚，趕緊衝了進去，就見頭髮花白的軍中老郎中仰面摔了開去，旁邊一個捧著藥匣的小徒弟驚慌失措地站在那兒，楊浩趕緊扶起郎中，掠到楊邊，就見竹韻伏在榻邊，一手撐著床榻，一手抓著楊浩的佩劍，緊咬牙關，怒視著那郎中。

楊浩道：「竹韻，妳怎麼樣了？這是……怎麼回事？」

那郎中險險被一劍開膛破肚，嚇得臉色慘白，這時一見楊浩，便大吐苦水道：「太尉大人，老朽奉命來為這位姑娘診治傷勢，誰想這位姑娘也太兇了些，老朽還沒解開她的衣衫，就險些被她一劍取了性命。常言道，有病不諱醫，老漢這麼大歲數了……」

那郎中還在喋喋不休，竹韻一見楊浩，頓時委頓在榻上：「太尉，竹韻……竹韻此去隴西……」

楊浩截口道：「有什麼話，等裹了傷再說。」

「不，此事干係重大……」

「再如何重大，也得保住了性命再說。」

竹韻臂上一條刀口肌肉外翻，因為被水浸泡的緣故，已經不再滲血，看著更是令人怵目驚心，楊浩急忙喚過郎中，吩咐道：「快快為她塗藥包紮。」

竹韻這一動作觸及傷口，又已痛出一身冷汗，額頭沁著細密的汗珠，勉強一笑道：「大人，我……沒事……」

那郎中馬上插嘴道：「還說沒事？我的老天，這渾身上下，也不知傷了多少處地方，肋下的箭傷都化膿了，大腿上中的一刀……」

竹韻霍地一下強撐著坐了起來，氣得臉龐漲紅：「你這混蛋？你看了我的身子？我……我殺了你！我殺了你！」

竹韻掙扎著就要下地，那郎中嚇得一溜煙逃到帳口，探出頭來道：「姑娘，老朽絕對沒看妳的身子，那膿水、血水都沁出了衣袍，老漢兩眼不瞎，又是治慣了刀劍創傷的，還用脫衣診治嗎？」

楊浩一把按住竹韻的肩膀，訓斥道：「都這副模樣了，妳不想活了嗎？」

「我……」

「好了好了，現在什麼都不要說，先治傷，有什麼話，等敷了藥，包紮了傷口再說，郎中……」

楊浩扭頭喚人，那郎中站在門口一見竹韻殺氣騰騰的目光，哪裡還敢進來？楊浩好說歹說，最後氣極了走過去拎著他的衣領，才把這郎中強行拖了進來。那郎中戰戰兢兢拾起藥匣擱在楊邊，先抬頭看看竹韻的臉色，又扭頭看看楊浩，楊浩鼓勵地點點頭，郎中才哆哆嗦嗦去解她溼透的衣衫，竹韻緊緊閉上了眼睛，蒼白的臉頰上卻浮起了兩抹異樣的紅暈。

外衣解開了，只見腰間繫著一條已經變了顏色的布條，布條是從長袍下襬上撕下來的，纏了幾匝，在小腹前打了個死結，那郎中哆哆嗦嗦解了幾下，沒有解開綁帶，手指偶爾碰到她的小腹，反而令得竹韻一下下繃緊了身子。

郎中解了幾下沒有解開，自己急出一頭大汗，他喘著粗氣，壯起膽子勾起死結，彎腰湊近了去想看個清楚，竹韻忽然尖叫一聲，一把拍開他手，喘吁吁地道：「不要碰我！再敢碰我，我就宰了你！」

楊浩哭笑不得地道：「竹韻……」

竹韻哀求道：「太尉，我……我自己敷藥，成不成……」

郎中早已像受驚的兔子般閃了開去，苦著臉道：「老朽還沒碰見過這麼難纏的病人。太尉大人啊，反正……反正就是敷金創藥嘛，藥在匣裡呢，您不如讓人四下搜尋一番，找個女人來為她敷藥就是了，老朽……實在侍候不來。」

楊浩怒道：「這種時候，去哪裡找人？這樣嚴重的傷勢，還拖得下去嗎？」

「可是，老朽……」

「快些診治！」

楊浩一聲嗔喝，老郎中硬著頭皮，哆哆嗦嗦地湊上來，竹韻緊握明晃晃的紫電劍，倔強地道：「不許……不許他看了我的身子，否則……否則我必殺他。」

那郎中一聽立即畏縮不前，楊浩不禁大感頭痛，可惜軍中沒有帶著一個女人，那八龍女都讓穆羽送去甘州了，指望著焰焰把她們打發回家，早知有今日，就把她們帶來了。

眼見竹韻就像受了傷的雌虎，那郎中哆哆嗦嗦卻像一隻病貓，楊浩把眼一咬，喝道：「藥匣留下，你們出去吧。」

老郎中如獲大釋，趕緊答應一聲，叫那徒弟放下藥匣，帶著他一溜煙逃了出去。

楊浩沉聲道：「軍中實在找不出一個女子，事急從權，現在……本太尉親自為妳敷藥，若是妳覺得於名節有損，無法接受，那妳就一劍刺死我好了！」說罷昂然走到竹韻身邊，伸手便去解她腰帶。

「你……你……」竹韻的嬌軀打起了擺子，手中的劍顫抖不已，楊浩剛一解開那溼擰在一起的衣結，竹韻忽然嬌呼一聲，噹啷一下長劍落地，雙手迅速掩住了臉龐，指間露出的肌膚已赤紅如血。

五百十二　緊要關頭

楊浩雖然說得正氣凜然，然而手指一觸及竹韻的腰帶，還是有些緊張。他和竹韻只是上下從屬的關係，雖說是為了替她敷藥，可男女有別，一觸及這女殺手的身子，心中自然也不太自然。

但是解開腰帶，輕輕拉開她貼身的小衣，看到那觸目驚心的傷口後，這些顧慮和些許的旖念便都消失了，留下來的只有關切和擔心。

竹韻自水中漂流而來，這就省卻了楊浩為她清洗傷口的步驟，傷口已沒有血跡，創口傷勢十分清晰，因此看來更加令人怵目驚心，肋下那道深深的箭創，因為她強行把箭拔了出來，倒鉤撕裂了一片肌肉，被水浸泡以後，肌肉創口外翻，看著有些嚇人。而這時又沒有縫合的工具，敷藥後即便是好了，也難免要留下一片疤痕。

楊浩抓過藥匣，將金創藥小心地撒向她的創口，竹韻悶哼一聲，雙手忽然握緊，額頭沁出細密的汗水。

楊浩緊張地道：「竹韻，忍耐一下，創口若是化膿，那就麻煩了。」

竹韻嗯了一聲，咬緊了牙關不再發出聲音，楊浩加快速度，為她的創口均勻地撒好金創藥，又扯過裁好的潔淨白布，輕輕按在她的傷口上，然後扯緊一端，輕輕探入了她柔軟的腰下，竹韻嬌軀一顫，眼簾緊閉，任他擺布，楊浩將布條一層層纏起，將傷口緊緊包紮起來……

竹韻身上的傷不止一處，看著那些怵目驚心的傷口，楊浩真難相信一個女孩子家竟然可以強悍若斯，以她的武功，尚且受了這麼重的傷，也不知經歷過多少慘烈的廝殺，到底受過什麼樣的境遇。楊浩忽然想起她曾經自傲地對自己誇口過十二歲就開始殺人，忽然覺得她那未今是自誇，其實是在傾訴她內心的辛酸：誰願意做一個刀口舔血的殺手呢？尤其是一個女兒家，她的身上依稀還有一些依稀可見的舊創傷痕，從小到大，也不知她經歷過多少次這樣險死還生的危局。

竹韻咬緊牙關，緊閉雙目，俏麗的臉蛋透著暈紅的顏色，她還從來不曾在一個男人面前如此袒露自己，尤其是一個讓她傾心的男人，這樣任他擺布，她真的是羞不可抑，然而……如果一定要在一個男人面前赤身裸體，她寧願看到自己身子的那個人是他。

竹韻的肩胛處也有一處創傷，敷藥容易，可要包紮傷口，就不免要為她除去整件衣衫，楊浩為難半晌，說道：「竹韻，事急從權，妳的傷勢耽擱不得，我只好……得罪了。」

竹韻微微張眼，就見楊浩併掌如刀，正要對她頸項斬下，不由脫口叫道：「不要！」

楊浩硬生生止住，尷尬地道：「暫時昏厥……更好過一些，而且痛楚也能……也能輕一些……」

竹韻的呼吸急促起來，卻倔強地道：「不要，我……我不習慣昏迷著受人擺布……」

她牙關一咬，忽然竭盡力量翻過身去，顫聲道：「有勞太尉大人了……請……請動手吧。」

楊浩猶豫了一下，這才輕輕一扯她胸圍繫在後背上的活結，胸圍已被她的體溫烘乾，結扣一解，胸圍便鬆開了，身側乳肉被她身子擠壓著，在側邊微微露出一彎圓潤動人的輪廓曲線，楊浩迅速將藥粉撒到傷口上，取過布帶，低聲道：「得罪。」

竹韻雙手撐床，竭力將身子撐起，纖腰微沉，上身挺起，下身貼身小衣裹著的隆臀，因為這個動作而顯得更形豐盈隆突，整個姿勢充滿了曖昧的味道。

楊浩不敢多看，視線緊盯著大帳一角，試探著將布條裹向她的身下，竹韻胸前一對玉乳受地心引力作用，輕輕蕩漾在她身下，楊浩兩眼旁望，笨拙的雙手即便想避開它們，還是不可避免地再三碰觸到。

竹韻被他觸到第一下時，羞得一聲嚶嚀，雙臂痠軟幾乎癱倒，只是咬牙苦撐，過了片刻才適應過來，楊浩慌慌張張地將布帶纏過去，布帶一圈圈纏上，只覺觸手處肌膚火熱光滑，那異樣的觸覺在他腦海中漸漸幻化出了那裡完整的形狀，唔……應該是筍狀的，頂端還微微有些上翹，兩粒小小的乳珠……在他不斷的碰觸之下，那乳珠竟漸漸凸出、堅硬……老天！

楊浩低頭看了一眼，見竹韻的耳根後頸都是紅的，渾身的肌膚都透出了一種粉紅色，自己的呼吸也不禁急促起來，手忙腳亂地為她裹好傷口，楊浩的額頭也不禁滲出了緊張的汗水。

竹韻這時身上橫七豎八地纏滿了繃帶，雖然露出一處處肌膚，倒也不致春光大洩難以見人。楊浩取過一件自己乾淨整潔的中衣，輕輕為她披上，裹住了她的上身，讓她重新翻躺在榻上，然後如臨大敵地看向她的下身……

方才裹傷，已先挑容易包紮的地方敷藥包裹過了，所以竹韻的兩條褲腿早已撕開，她小腿上的傷處倒不多，只有幾處在山澗樹林間奔跑時的刮痕和磕碰的瘀青，但是大腿上……一道斜斜的三角形創口正落在大腿根處，應該是用長矛造成的創傷。

她的下身只剩下兩片遮羞的布片，如果要包紮那裡，少不得要掀起一些，這時代沒有那種貼身的小褲褲，那布片一掀開，萬一看到點什麼，這女孩的身體對他而言可就再也沒有什麼祕密了……

楊浩遲疑半晌，才試探著將手湊向她的大腿，剛剛靠近，掌背就感覺到一股熱烘烘的力量，竹韻的胸膛劇烈起伏著，忽然沙啞著聲音叫道：「太尉！」

楊浩嚇了一跳，急忙收手，抬頭一看，就見竹韻紅暈爬滿臉頰，結結巴巴地道：「太尉……還是請你，打量了我吧……」

一掌下去，竹韻解脫了，楊浩也輕鬆了，他小心地掀起竹韻下身的一角衣片，露出大腿根部嫩若豆腐的肌膚，忽然想到：「不對呀，大腿處的傷痕……她自己不也能包紮的嗎？」

楊浩看看已昏迷不醒的竹韻，搖頭苦笑一聲，只得硬著頭皮包紮起來……

＊　　＊　　＊

竹韻幽幽醒來，只覺一杓濃香撲鼻的肉湯正輕輕灌到口中，她下意識地張開眼睛，就見楊浩正端著湯碗，坐在她的榻前，竹韻的頰上登時又飛起兩抹紅雲：「太尉……」

只叫出一聲，她的眼淚就奪眶而出，她也不知道為什麼要哭，從記事的時候起，她就已經很少再哭，但是直到此時此刻，她才知道自己原來和別的女人並沒有什麼不同，想哭的時候並不需要什麼理由。竹韻眼淚汪汪地看著楊浩，從未發覺自己是如此軟弱。

楊浩喜道：「不要哭，危險已經過去了。」為避免尷尬，他馬上聰明地換了話題：「竹韻，妳怎麼會出現在這兒？還弄得一身是傷？」

楊浩這一問，竹韻也清醒過來，急忙問道：「太尉，折姑娘還沒有趕回來嗎？」

楊浩驚道：「折姑娘，哪個折姑娘？」

「折子渝折姑娘呀。」

楊浩失聲道：「子渝？妳見過她了，妳在哪兒見到她的？」

竹韻道：「屬下……去隴右打探吐蕃人動靜，窺察尚波千與吐蕃諸部結盟，勾結宋國意欲對太尉不利的舉動……」

楊浩喟然道：「這個我知道，其實他們能玩出來的花樣不多，早知此行如此凶險，無論如何我都不會允許妳去隴右的。」

竹韻啟齒一笑：「險……其實也談不上什麼險，屬下本可全身而退的，只是……屬下無意中見到尚波千酒後向他兒子賣弄一件寶物，屬下以為，此寶物對太尉必然大有用處，可是他對這寶物太過看重，屬下無法下手竊取，只好強行搶奪，以致暴露了行藏，被他們一路追殺，屬下逃到六盤山時，恰好在那裡碰見了折姑娘。」

楊浩驚訝地道：「六盤山？原來如此，她使了個聲東擊西之計，故意暴露行蹤，似乎潛去中原，原來竟是去了隴右。」

竹韻道：「是，屬下見到折姑娘，也感到非常驚訝。屬下當時已收到焰夫人的傳訊，知道折姑娘一怒之下離開了夏州，就想誆她回來，恰好此時追兵迫近，屬下就攔了折姑娘一起向北逃，我們趕到蕭關的時候，後有追兵，前有強敵，無奈之下，屬下只好把竊來的那件寶物交予折姑娘，由我出面誘開守關之敵，為她製造逃回河西的機會。」

楊浩沉聲道：「那是什麼時候的事？」

「大約一個月前。當時，我只想越招搖越好，逃得越遠越好，這樣折姑娘才容易闖過關隘，待我吸引了大批追兵後，我就向西逃去，後來又從牧人那兒搶了匹好馬，這一路逃亡，他們緊追不捨，屬下自蕭關向西，逃到蘭州，又從蘭州逃到西寧，本來想翻越姑臧山先到涼州，再返回夏州。

「可是整個隴右，幾乎都是吐蕃人的地盤，他們知道我是夏州的人，不管是往東還是往北，都安排了重重兵馬，屬下始終不能擺脫，更難以突破他們的重圍，無奈之下只得繼續西向，一路殺入青海湖，直到進入黃頭回紇的地盤，這才擺脫他們的追兵。

「屬下翻越大雪山後，便進入了瓜州地境，不想翻越大雪山後，又碰到一夥馬賊，見我一個女子形單影隻，對屬下起了歹意，屬下當時已精疲力竭，邊打邊逃，逃到一條河邊旁，終於不支落水……」

說到這兒，竹韻道：「屬下從蕭關這一路逃過來，將近一個月的時間了，折姑娘如果能順利自蕭關返回河西，早該見到太尉了，至少……也該與太尉通個消息，可是……難道……她遭遇了什麼不測嗎？」

楊浩的神色變得凝重起來，按照竹韻所說，折子渝如果當時順利過關的話，至少會比竹韻早半個月時間見到自己，就算她不想見自己，但是以她為人，受人之託，忠人之事，也絕不會就此消聲匿跡。她到底出了什麼事？

楊浩心中焦慮，可他也知道，這時如何擔心都無濟於事，至多叫人加強自蕭關北來各處地方的搜索注意罷了，看了看竹韻蒼白憔悴的容顏，他這才問道：「竹韻，妳奪了尚波千的什麼寶物，以致他不惜一切，擺出這麼大的陣仗，一直追殺妳過青海湖，直到黃頭回紇境內？」

竹韻的眸中立時放出光來，激動地道：「是傳國玉璽！」

楊浩駭然道：「傳國玉璽？」

竹韻道：「是，傳國玉璽，秦始皇的傳國玉璽。誰也沒有想到，這件寶物竟然落在尚波千手中，尚波千得了這件寶物後，就欲以此為號召，重建吐蕃帝國，可他也知道自己如今實力有限，因此對這寶物祕而不宣，只想在宋人的支持下占據整個隴右，一統吐蕃諸部，待時機成熟後，再亮出此寶，自立稱帝。這傳國玉璽，被屬下偷來了……」

她的兩頰浮起兩抹激動的紅暈，說道：「太尉嘯傲河西，掌控西域，將來還要揮軍南下，一統隴右，此璽若歸太尉所有，不啻猛虎背插雙翼，來日……太尉若要建國稱帝，也可據此寶而號令天下了。可是……折姑娘怎麼會迄今沒有消息……」

竹韻身子一震，突然失聲道：「莫非……折姑娘把玉璽拿回折家去了？」

一語出口，竹韻立知失言，擔心地看了楊浩一眼，楊浩卻未發怒，只淡淡一笑道：「不會，重利面前，一個人的為人品性或不可盡信，至少……他的智慧不會因此而稍減。這傳國玉璽雖是無上寶物，但是也得有相應的實力，才能發揮它的作用，否則只會給人帶來禍事，尚波千雖得此寶卻祕而不宣，就是這個緣故。折家雖是雲中一霸，但是卻不具備稱王稱帝的條件，府州若據此寶物，那便是為折家招來滅頂之災。」

竹韻慚然道：「是，竹韻錯了。」

楊浩笑笑：「不要多想，折姑娘的下落，我會派人去打聽。天色已晚，妳好生休息吧，明日一早，我再來看妳。」

竹韻回過神來，輕輕應了聲是。

楊浩起身為她掖好被角，囑咐道：「大漠中夜晚涼意襲人，注意休息，如有需要，帳外有人侍候，妳就在我的帳中好好休息吧，我去跟老艾擠一晚，呵呵，但願他的呼嚕不要太響……」

竹韻定定地看著楊浩背影，待楊浩的腳步聲漸漸遠去，竹韻的目光又慢慢望向帳頂，眼神飄忽，也不知想著什麼，眼波先是朦朧如星海，漸漸盈盈欲流，如同兩泓春水。

她悄悄掀起薄衾，看看自己已被包紮過的身子，忽然一把扯起被子，在她的臉蛋變成一個紅蘋果之前，把自己的臉埋了進去……

楊浩走出中軍大帳，手下侍衛立刻為他披上了大氅，楊浩揮了揮手，屏退了侍衛，卻沒有急著往艾義海的大帳裡去，他踱在如銀的沙地上，慢慢踱到河邊，望著葫蘆河中粼粼的河水，痴望半晌，忽又回首東顧：子渝雖然驕傲負氣，卻絕不會帶著傳國玉璽蹺家的，可是為什麼一直沒有她的消息呢？她是回了府州，還是遭遇了什麼不測？

楊浩的視線，穿越大漠長空，似乎已飛到了府谷百花塢。

*　　*　　*

百花塢，赤忠酩酊大醉，趔趔趄趄地被人扶回他的寢室。他的寢室就是折御勳原來的房間，他早已把自己當成府州之主了，可是這種得意和滿足感只持續了區區七天。

今天，他的心腹侍衛出去查探消息回來，他才知道自己被人當了猴耍，朝廷的確出兵了，可兵馬今天剛剛才對府州發起進攻，他們拿著朝廷的詔令和折御勳的親筆請兵奏摺，把他赤忠說成背叛折御勳、投靠楊浩的一個奸佞，號召府州上下立即歸附朝廷，共同討伐折赤兩家叛逆。

外圍，現在是一團糟，折家的兵想要抵抗朝廷的旨意，但是卻有折帥的親筆書信，而且朝廷的使者陪著折御勳長子折惟正親自到陣前招降，折家軍此時根本無法分清到底孰是孰非了。楊家軍處境尷尬，被迫撤軍以示清白，任卿書等人明知朝廷必有奸計，可朝廷一方有大帥的親筆書信和折惟正出面，他們根本不能再作抵抗，眼下是左右為難，無所適從。

而正在百花塢裡翹首企盼的他，卻知道自己馬上就要踏上末路了，朝廷容不得他，折家容不得他，楊浩也容不得他，不管是哪一路人馬攻到府谷，他都是死路一條。他甚至不敢把這個消息向全軍宣布，可就算如此，很快，所有的將領都會知道，緊接著，所有的士兵也都會知道，那時候，誰還會死心踏地地跟著他往絕路上走？他很快就要眾叛親離了。

赤忠想到悲處，不由大叫一聲，一把將攙扶著他的兩個侍衛推了開去，大叫道：「滾，都給我滾！滾、滾、滾！」

兩個侍衛不知將軍為何大發雷霆，慌忙退了下去，赤忠咬牙切齒地道：「我不甘心，我不甘心，我赤忠，豈能如此任人擺布？折家滿門都葬送在我手裡，老子反正是無法回頭了，明天……明天我就親自去見任卿書，把你趙官家的醜惡嘴臉公諸於世，總會……總會有人信的。」

他搖搖晃晃地往前走了幾步，一陣涼風吹來，突然扶著廊下欄杆俯首大吐起來。嘔了半天，忽然驚覺有人接近，赤忠霍地一下拔出了佩劍——那柄皇帝御賜的鋒利寶劍，揮劍一指，大吼道：「誰？給我出來！」

「嘿嘿嘿，將軍，是我啊。」

一個人從屋簷陰影下慢慢踱了出來，現身於月光之下，赤忠定睛一看，認得是營指揮伍維，不禁吐出一口濁息，搖搖晃晃地以劍拄地，斜睨他道：「你……你不巡守營盤，到……到這兒幹什麼？」

伍維諂笑道：「大人，朝廷兵馬一到，咱們的困局立解，大人到時候就是府州之主，一方節度了，大人怎麼還鬱鬱寡歡呢？」

赤忠聽了，哈哈大笑道：「不錯，不錯，朝廷兵馬一到，咱們的……困局立解，哈哈，哈哈哈……」

他笑聲如哭，儼如夜梟嗚啼，驚起林中幾隻飛鳥，伍維眉頭微微皺了皺，說道：「大人，夜深更涼，還是早些回房歇息吧。呵呵，末將在大人房中，為大人安排了一個排遣寂寞的妙人，大人若是喜歡，今夜就留宿了她吧，這事只有末將一人知曉，斷不會張揚開來的，大人戎馬辛苦，偶爾放縱一番，也是應該的嘛，不要太苦了自己……」

說著就要上前扶他，赤忠吼道：「走開，我……我沒事，本將軍還沒有老，不……不用人扶。」

他拔起明晃晃的利劍，搖搖晃晃地往自己房中走，喃喃地道：「不……不錯，不能太……太苦了自己。唔……妙人，妙人……」

伍維站住了腳步，看著赤忠的背影，陰陰一笑，又復遁入了簷下，赤忠跌跌撞撞搶進房去，房間裡已掌了燈，赤忠把利劍往桌上一拍，抓起茶壺咕咚咚地灌了一氣，醉眼一掃，這才發現榻邊站著妙齡少女，荳蔻年華，卻梳著婦人的髮型，眉若春山，眼似秋水，似乎見他進來，才從榻邊站起，躲在榻邊瞟著他時，神情怯怯，猶如一隻楚楚可憐的小兔。

赤忠一怔，指著那小婦人，大著舌頭問道：「妳……妳是誰？叫什麼名字？」

那小婦人怯生生地道：「奴家……奴家姓李……是折少將軍的妾……」

赤忠「啪」地一拍桌子，抓起明晃晃的長劍，晃晃悠悠地指著她喝道：「老子問妳名字，妳哆嗦什麼，妳也要欺騙老子，是不是？妳也要背叛老子，是不是？妳……妳想害我嗎？」

那小婦人眼見長劍抵到了胸前，只駭得魂飛魄散，顫聲說道：「妾身……妾身只有一個乳名，叫小咪……」

赤忠一拍額頭，忽然清醒了一些：「啊，我知道妳，妳……妳做的一手好菜，是小樊樓掌櫃的女兒，呵呵呵，我很喜歡，咦，妳……妳在這兒做什麼？」

小咪體如篩糠地道：「是……是將軍大人派人把我押……押過來，要妾……妾身……服侍將軍……」

「哦？」赤忠上下打量她，只見這年方十三的小婦人纖細的蠻腰，光滑的皮膚，柔順的秀髮……一切都是那麼迷人，尤其是她年紀尚小，那種稚嫩、清新、嫵媚的味道，教人打心眼裡喜歡。

赤忠的目光漸轉淫邪，他曾想努力做一個人所景仰的大人物，做一個府州上下人人愛戴的大將軍，可是現在一切夢破，除了美酒，大概只有這美人是他能夠爭取、能夠享用的了吧，還有什麼呢？還有什麼呢？

「噹啷」一聲，長劍落地，官家御賜的那口寶劍，被他踩到了腳下，他一把撲上去，雙手一分，「嗤啦」一聲，便將小咪的外袍撕開兩半，只著抹胸褻衣的小美人，肌膚粉光緻緻，幼滑如雪，極致妖嬈，赤忠咕咚吞了口口水，一把抱起她，隨著那小婦人的一聲尖叫，一起倒在了榻上。

「嗤嗤」聲不絕於耳，衣片紛飛，小婦人尖叫著被脫成了一個粉嫩嫩的小白羊，赤忠咬牙切齒地撲了上去，就像見到了生死仇敵，奮力一刺，小婦人一聲尖叫，幾乎痛得昏厥過去，赤忠卻迫不及待地顛動起來。

錦帳頻搖，吱呀作響，伴隨著他粗重的呼吸，一幕醜陋在房中上演，赤忠的呼吸越來越急促，眼看就要攀登到極樂巔峰，一個敏捷的人影突然闖了進來，赤忠正在銷魂蝕骨的關鍵時刻，欲罷不能，那人闖進來後更不搭話，手起刀落，一顆大好頭顱便飛了出去。

小婦人被噴了一臉熱血，忍不住大聲尖叫起來，那人持刀而立，面對聞聲衝到門口的侍衛們大喝說道：「赤忠背叛主上，欺凌主妾，罪不容赦，伍維大好男兒，豈甘與此醜輩為伍？今已取他性命，眾將士是要附逆，還是願隨本官棄暗投明？」

是夜，府谷南城，眾文武雲集轉運使任卿書府中，議論紛紛，莫衷一是。庭院中，侍衛們高舉火把，照得庭院亮如白晝，眾人的心也如那火把一般，燒得劈啪作響。

趙光義控制了折家滿門，因此便左右了天下輿論，做為一個帝王，對他的臣子和子民有了一個出師有名的交代，而對府州軍來說，如今卻是進退兩難，他們自然知道折帥不可能遠遠逃去汴梁求取救兵，折惟正的出現，恐怕是在人屋簷下，不得不低頭，可是主公在人家手上，折家軍該怎麼辦？

降了不甘心，戰又不占理，折家的官員們是進退維谷，左右為難。

就在這時，指揮使馬宗強急匆匆地走了進來，在任卿書耳邊低語幾句，任卿書霍地一下站了起來，急喝道：「她在哪裡？」

「正迎進府中。」

任卿書拔腿就往外走，眾文武莫名其妙，紛紛隨之行出，眾人行到院中，恰見中門大開，一群侍衛高擎火把，擁著一輛車子闖了進來，車上盤坐一個玄衣少女，臉白如雪，凝若寒冰。任卿書一見，驚喜交集，霍然拜伏於地，高呼道：「五公子，妳可回來了！」

《步步生蓮》卷二十一燒盡紅蓮完

GOBOOKS
& SITAK
GROUP©